Louis Pergaud wurde am 22. Januar 1882 in Belmont, einem kleinen Dorf in der Nähe des Doubs, als Sohn eines Lehrers geboren. Alle anderen Mitglieder seiner Familie waren Bauern. Nach beendetem Studium – er wurde Lehrer wie sein Vater – ging er 1907 nach Paris, wo er zu schreiben begann. Um seinen Lebensunterhalt zu verdienen, nahm er vorübergehend einen bescheidenen Posten bei einem Wasserwerk an. 1914 wurde er zum Kriegsdienst einberufen, avancierte zum Leutnant und verschwand in der Nacht vom 7. auf den 8. April 1915 nach einem Gefecht bei Marchville (Meuse) spurlos. Die näheren Umstände seines Todes wurden nie bekannt. Louis Pergaud zählt in Frankreich zu den namhaften Vertretern des Naturalismus; abgesehen von dem hier vorliegenden Roman verdankt er seinen Ruf als Autor vor allem seinen poetischen, auf exakter Beobachtung beruhenden Tiergeschichten, die 1910 mit dem Prix Goncourt ausgezeichnet wurden.

Louis Pergaud

Der Krieg der Knöpfe

Der Roman meines zwölften Lebensjahres

Deutsch von
Gerda v. Uslar

rororo
Rowohlt

rororo rotfuchs
Herausgegeben von Renate Boldt und Gisela Krahl

95.–101. Tausend Juli 1991

Veröffentlicht im Rowohlt Taschenbuch Verlag GmbH, Reinbek bei Hamburg, August 1981 / Copyright © 1964 by Rowohlt Taschenbuch Verlag GmbH, Reinbek bei Hamburg / Die französische Originalausgabe erschien 1912 bei Mercure de France, Paris, unter dem Titel «La Guerre des boutons» / Die deutsche Erstausgabe erschien 1964 im Rowohlt Taschenbuch Verlag GmbH, Reinbek bei Hamburg / Umschlagfoto aus der gleichnamigen Verfilmung von Yves Robert, Archiv atlas film + av / rotfuchs-comic Jan P. Schniebel / Satz Garamond (Linotron 404) / Gesamtherstellung Clausen & Bosse, Leck / Printed in Germany / 780-ISBN 3 499 20279 4

Bleibt draußen nur, bigotte Heuchler, Gäuche,
Pedanten, Krittler, aufgeblähte leere Bäuche . . .

François Rabelais

Für meinen Freund
Edmond Rocher

Vorwort

Jeder, der Freude daran hat, Rabelais, dieses große und echte französische Genie, zu lesen, wird, so glaube ich, mit Vergnügen auch dieses Buch zur Hand nehmen, das sich ungeachtet seines Titels weder an kleine Kinder noch an junge Mädchen wendet.

Pfui über die (nur vorgebliche) Schamhaftigkeit eines entkräfteten Zeitalters, das unter dem Mantel seiner Heuchelei nur zu oft Neurose und Gift züchtet! Und ein Pfui auch über die Puristen der Sprache: ich bin ein Kelte.

Deshalb habe ich mir vorgenommen, ein gesundes Buch im Geiste Rabelais' zu schreiben, ein Buch, das gallisch und episch zugleich ist, ein Buch voller Saft, Schwung und Begeisterung, voll von dem großen, fröhlichen Lachen, das die Bäuche unserer Väter, der hochberühmten Trinker und gichtgeplagten Herren, erschüttert hat.

Ich bin vor keinem Kraftausdruck zurückgeschreckt, vorausgesetzt, er war saftig und bildhaft, vor keiner derben Geste, vorausgesetzt, sie war deutlich und treffend.

Ich wollte einen Abschnitt meiner Kindheit wieder heraufbeschwören, ein Stück wildes, leidenschaftliches Leben, wie wir kleinen Kerle es geführt haben, offen und heroisch, frei von allem heuchlerischen Zwang, den Familie und Schule uns auferlegen wollten.

Man wird begreifen, daß es mir bei einem solchen Thema unmöglich war, mich mit dem Wortschatz unserer Klassiker zu begnügen.

Wenn ich mich für die kräftige und gewagte Ausdrucksweise meiner Helden entschuldigen wollte, so würde ich mein Bemühen um Echtheit als Grund anführen. Aber niemand ist gezwungen, mein Buch zu lesen. Und nach diesem Vorwort und dem Motto von Rabelais, das ich ihm vorausgeschickt habe, erkenne ich keinem weltlichen oder geistlichen Schnüffler das Recht zu, sich im Namen einer mehr oder weniger abstoßenden Moral zu beschweren.

Im übrigen, und das ist meine beste Entschuldigung, habe ich dieses Buch mit Freude und Genuß geschrieben. Es hat ein paar Freunden Spaß gemacht und meinen Verleger zum Lachen gebracht.* Darum habe ich das Recht zu hoffen, daß es den «Menschen, die guten Willens sind», wie das Evangelium sie nennt, gefallen wird. Was die anderen betrifft, so sage ich mit den Worten Lebracs, eines meiner Helden: Sie können mich ...

L. P.

* Das setze ich voraus!

I
Der Krieg

Die Kriegserklärung

> Was den Krieg betrifft ... es ist amüsant, zu beobachten, aus was für nichtigen Anlässen er zuweilen entsteht und durch was für geringfügige Zufälle er beendet wird: Ganz Asien verzehrte und erschöpfte sich im Kriege, weil Paris ein Weiberknecht war.
>
> *Montaigne: Les Essais. 2. Buch, Kap. XII*

«Grangibus, warte auf mich!» rief Boulot, seine Bücher und Hefte unter dem Arm.

«Nun mach schon; ich kann nicht so lange rumtrödeln!»

«Was Neues?»

«Vielleicht.»

«Was denn?»

«Komm doch endlich!»

Nachdem Boulot die Brüder Gibus, seine Klassenkameraden, eingeholt hatte, marschierten die drei Seite an Seite weiter in Richtung auf das Gemeindehaus.

Es war ein Oktobermorgen. Ein Himmel, über den dicke graue Wolken zogen, gab den Blick nur bis zu den Hügeln frei und verlieh der Landschaft ein melancholisches Aussehen. Die Pflaumenbäume waren kahl, das Laub der Apfelbäume gelb, und von den Nußbäumen segelten die Blätter wie im Gleitflug herab, weit ausholend und langsam zuerst, dann, wenn der Fallwinkel weniger schräg wurde, mit einemmal herunterschießend wie Sperber. Die Luft war feucht und lau. Von Zeit zu Zeit kam ein Windstoß. Das eintönige Dröhnen der Dreschmaschinen steuerte seine dumpfe Note bei, die gelegentlich, wenn die Garbe verarbeitet war, zu einem langgezogenen Klagelaut wurde, düster wie ein verzweifelter Todesseufzer oder ein schluchzender Schmerzensschrei.

Der Sommer war zu Ende. Der Herbst begann.

Es mochte acht Uhr morgens sein. Die Sonne schlich trübselig hinter den Wolken dahin, und eine Beklemmung, eine undefinierbare Beklemmung, lastete auf dem Dorf und dem umliegenden Land.

Die Feldarbeiten waren beendet, und seit zwei oder drei Wochen schon waren die kleinen Hirten einzeln oder gruppenweise zur Schule zurückgekehrt, sonnengebräunt, die Borstenschädel mit der Schermaschine (derselben, die man auch für die Ochsen gebrauchte) fast kahl geschoren, in Drillich- oder Leinenhosen, die hinten und auf den Knien mit Flicken übersät, aber pieksauber waren, in neuen grauen Wollkitteln, die so abfärbten, daß ihre Träger in den ersten Tagen ständig schwarze Hände hatten, richtige ‹Krötenpfoten›, wie sie sich ausdrückten.

An diesem Tage schlurften sie die Straße entlang, und ihre Schritte waren so schwer, als hätten sie die ganze Melancholie des Wetters, der Jahreszeit und der Landschaft in sich aufgesogen.

Einige der Jungen jedoch, die Großen, befanden sich bereits im Schulhof und waren in eine lebhafte Diskussion vertieft. Vater Simon, der Lehrer, stand vor der Tür zur Straße, das Käppchen auf den Hinterkopf und die Brille auf die Stirn gerückt, und beobachtete alles. Er überwachte das Eintreffen seiner Schüler und putzte die Nachzügler herunter. Einer nach dem anderen lüfteten die Buben ihre Mütze, gingen an ihm vorbei und begaben sich in den Hof.

Die beiden Brüder Gibus und Boulot, der sie unterwegs eingeholt hatte, sahen nicht so aus, als ließen sie sich von dieser sanften Melancholie anstecken, die die Schritte ihrer Kameraden so schleppend machte.

Sie waren mindestens fünf Minuten früher da als sonst, und Vater Simon zog bei ihrem Anblick rasch seine Uhr und hielt sie gleich darauf ans Ohr, um sich zu vergewissern, daß sie tatsächlich ging und er nicht den vorgeschriebenen Zeitpunkt des Unterrichtsbeginns hatte verstreichen lassen.

Die drei Freunde traten ein und eilten mit besorgten Mienen sofort zu dem viereckigen Platz hinter den Aborten, der durch das Haus von Vater Gugu, dem Nachbar, vor unberufenen Blicken geschützt war. Hier hatte sich bereits die Mehrzahl der Großen versammelt.

Lebrac war da, der Chef und Anführer, den man auch den großen Braque nannte, und ebenso sein Erster Offizier Camus, der unnachahmliche Kletterer, der wie kein anderer die Gimpelnester aufzuspüren wußte. Gambetta vom Hügel war da, dessen Vater, ein Republikaner von altem Schrot und Korn, selbst Sohn eines Kämpfers vom Jahre achtundvierzig, in schweren Stunden seinen Helden Gambetta verteidigt hatte. La Crique, der immer alles wußte, war da, Tintin und Guignard, der Schieler, der den Kopf zur Seite wenden mußte, um einem ins Gesicht zu sehen, Tétard mit dem breiten Schädel, kurz, alle wichtigen Persönlichkeiten. Es galt, eine ernste Sache zu besprechen.

Man ließ sich durch das Eintreffen der beiden Gibus und Boulots nicht stören. Die Neuankömmlinge ihrerseits waren über das Thema der Diskussion – ein altes, viel erörtertes Thema – offenbar im Bilde. Sie griffen unverzüglich in die Diskussion ein, denn sie hatten wichtige neue Tatsachen zu berichten.

Die anderen verstummten.

Der ältere Gibus, der zum Unterschied von P'tit Gibus oder Tigibus, seinem jüngeren Bruder, Grangibus genannt wurde, ergriff das Wort: «Also stellt euch das vor! Als mein Bruder und ich drüben bei den Menelots vorbeikommen, stehen da doch plötzlich die Velraner neben der Mergelgrube von Jean-Baptiste. Sie haben gebrüllt wie die Kälber, mit Steinen nach uns geschmissen und ihre Knüttel geschwungen. Idioten haben sie uns genannt, Schlappschwänze, Diebe, Schweine, stinkende, verreckte Hunde, Scheißkerle, Weicheier, besch ...»

«Weicheier?» fiel Lebrac mit gerunzelter Stirn ein. «Und was hast du ihnen darauf geantwortet?»

«Daraufhin sind wir beide abgehauen, denn wir waren nur zwei und die anderen mindestens fünfzehn. Sie hätten uns bestimmt vertrimmt.»

«Weicheier haben sie euch genannt!» wiederholte der große Camus, sichtlich empört, verletzt und wütend über diese Bezeichnung, die sie alle traf. Denn eins war sicher: Die Velraner hatten die beiden Gibus nur angegriffen und beschimpft, weil sie zur Gemeinde und zur Schule von Longeverne gehörten.

«Aber das will ich euch sagen», erklärte Grangibus. «Wenn wir keine Schlappschwänze, Hosenscheißer und Feiglinge sind, dann zeigen wir's denen mal, ob wir Weicheier sind!»

«Aber was sind eigentlich Weicheier?» erkundigte sich Tintin.

La Crique überlegte.

«Weicheier ... Eier ... na ja, das weiß man doch, die hat jeder, sogar der blöde Miraut ... die sehen aus wie Kastanien ohne Schale. Aber Weicheier ... Weicheier! ...»

«Das soll sicher heißen, daß einer nicht viel taugt», fiel Tigibus ein. «Gestern abend hab ich mit Narcisse, unserem Mühlknecht, rumgealbert und ihn dabei nur so, bloß zum Spaß, ein Weichei genannt. In dem Augenblick kam mein Alter vorbei – den ich gar nicht gesehen hatte – und hat mir vielleicht ein paar gescheuert. Also ...»

Das Argument war überzeugend, das sah jeder ein.

«Na, zum Donnerwetter, da brauchen wir nicht mehr lange zu überlegen», erklärte Lebrac. «Wir müssen uns rächen. Was sagt ihr dazu?»

«Los, schert euch weg, ihr Bettnässer», befahl Boulot den Kleineren, die mit gespitzten Ohren herangeschlichen kamen.

Der Beschluß des großen Lebrac wurde mit ‹Einigstimmigkeit›, wie sie es nannten, angenommen. Jetzt erschien Vater Simon in der Türöffnung, klatschte in die Hände und gab so das Zeichen für den Beginn des Unterrichts. Sobald die Jungen ihn erblickten, stürzten sich alle auf die Aborte, denn man verschob die Befriedigung der regelmäßigen und natürlichen hygienischen Bedürfnisse immer auf den letzten Moment.

Die Verschwörer stellten sich hintereinander auf, schweigend, mit gleichgültiger Miene, so als sei nichts geschehen und als hätten sie nicht eben erst eine große, schwerwiegende Entscheidung getroffen.

Der Unterricht kam an diesem Vormittag nicht recht in Schwung, und der Lehrer mußte laut schreien, um seine Schüler zur Aufmerksamkeit zu zwingen. Wenn sie auch nicht schwatzten, so schienen sie doch alle in einer Wolke zu schweben und waren durchaus nicht geneigt, für die Geschichte des metrischen Systems das Interesse aufzubringen, das man von jungen französischen Republikanern eigentlich erwarten sollte.

Vor allem die Definition des Meters erschien ihnen entsetzlich kompliziert. Der zehnmillionste Teil des Viertels ... der Hälfte ... des ... ach, Scheiße! dachte der große Lebrac.

Und er beugte sich zu Tintin, seinem Freund und Nachbarn, und flüsterte vertraulich: «Heuerkarte!»

«Heureka!» hatte er zweifellos sagen wollen. Er hatte mal irgendwas von Archimedes gehört, der in früheren Zeiten mit Linsen gekämpft hatte.

La Crique hatte ihm ausführlich erklärt, daß es sich dabei nicht um Gemüselinsen gehandelt habe, denn Lebrac verstand bestenfalls noch, daß man mit Erbsen kämpfen konnte, die man aus einem hohlen Federhalter schoß, aber Linsen?

«Und außerdem», hatte er gesagt, «sind die lange nicht so gut wie Apfelgriebse oder Brotkrusten.»

La Crique hatte ihm erzählt, daß Archimedes ein berühmter Gelehrter gewesen sei, der mathematische Aufgaben auf Wagendächern gelöst habe, und diese letztere Tatsache hatte Lebrac, der für die Schönheiten der Mathematik ebensowenig Sinn hatte wie für die Regeln der Orthographie, mit großer Bewunderung für einen so tollen Kerl erfüllt.

Daß er, Lebrac, seit einem Jahr unbestrittener Anführer der Longeverner war, hatte er anderen Vorzügen zu verdanken.

Er war starrköpfig wie ein Maulesel, schlau wie ein Affe und flink wie ein Hase. Keiner konnte mit so unfehlbarer Sicherheit auf zwanzig Schritt eine Fensterscheibe einwerfen, wobei es ganz gleichgültig war, wie er den Stein warf: mit der Hand, mit einer Bindfadenschleuder, einer Gummischleuder oder mit einem gespaltenen Stock. Im Nahkampf war er ein gefürchteter Gegner. Er hatte dem Pfarrer, dem Lehrer und dem Flurwächter schon die unglaublichsten Streiche gespielt. Er fabrizierte aus schenkeldicken Holunderzweigen großartige Spritzen, aus denen das Wasser fünfzehn Schritt weit hervorschoß – jawohl, mein Junge, fünfzehn Schritt! –, und Pistolen, die so laut knallten wie richtige und deren Kugeln aus Werg man nie mehr wiederfand. Beim Murmelspiel hatte er das beste Fingerspitzengefühl; keiner konnte die Murmeln so dirigieren wie er; sie rollten wie von selbst, und er gewann den anderen im Handumdrehen ihre Schätze ab. Zuweilen gab er dann ohne Stolz und Prahlerei seinen Partnern ein paar von den Murmeln zurück, die er ihnen abgenommen hatte, und das hatte ihm den Ruf unerhörter Großzügigkeit eingebracht.

Auf das Wort hin, das sein Freund und Anführer ihm zugeflüstert hatte, legte Tintin die Ohren an oder bewegte sie vielmehr wie eine Katze, die einen üblen Streich ausheckt. Dabei wurde er ganz rot vor Aufregung.

Aha! dachte er. Da haben wir's! Ich wußte doch, daß Lebrac, diesem Teufelskerl, was Passendes einfallen würde!

Und er versank in einen Traum, verlor sich in einer Welt der Vermutungen: alle Forschungsergebnisse Delambres, Méchains, Machinchouettes und anderer, alle Messungen, die diese Herren in verschiedenen Längen, Breiten oder Höhen vorgenommen hatten, waren ihm gleichgültig ... Ach was, Scheiße! Die konnten ihn!

Aber die Velraner, die sollten was erleben!

Was die Fleißaufgabe betraf, die auf diese erste Lektion folgte – das Zeug würde man später lernen. Immerhin hatten die Jungen alle ihre eigene Methode, das auf höheren Befehl geschlossene Buch heimlich wieder aufzuklappen und sich so gegen Gedächtnislücken zu sichern. Trotzdem sollte Vater Simon am folgenden Montag in wilde Wut geraten. Aber wir wollen nicht vorgreifen.

Als es vom Turm der alten Pfarrkirche elf Uhr schlug, warteten alle ungeduldig auf das Schlußzeichen; denn auf geheimnisvolle Weise, durch Strahlung, Gedankenübertragung oder sonstwie, war bereits durchgesickert, daß Lebrac etwas eingefallen war.

Wie üblich wurden im Gang ein paar Ellbogenstöße und Püffe ausgeteilt, Mützen verwechselt und Holzschuhe verloren, aber Vater Simon griff ein und stellte die Ordnung wieder her, so daß schließlich alles einigermaßen normal verlief.

Kaum war der Lehrer wieder in seinem Zimmer verschwunden, als alle Jungen sich auf Lebrac stürzten wie ein Schwarm Spatzen auf einen frischen Pferdeapfel.

Unter den gewöhnlichen Soldaten und dem Kroppzeug standen da auch die zehn gewaltigsten Krieger von Longeverne und warteten begierig auf die Enthüllungen ihres Generals.

Lebrac setzte ihnen seinen Plan auseinander, der einfach und kühn war. Dann fragte er, wer ihn am Abend begleiten wolle.

Alle bewarben sich um diese Ehre; aber vier Jungen genügten, und so wurde denn bestimmt, daß Camus, La Crique, Tintin und Grangibus an der Expedition teilnehmen sollten. Gambetta, der am Hügel wohnte, konnte nicht so lange von zu Hause wegbleiben, Guignard war ein bißchen nachtblind und Boulot nicht ganz so flink wie die vier anderen.

Daraufhin trennte man sich.

Am Abend, beim Angelusläuten, kamen die fünf Krieger wieder zusammen.

«Hast du die Kreide?» wandte sich Lebrac an La Crique. Dieser, der dicht bei der großen Tafel saß, hatte es übernommen, zwei oder drei Stück aus Vater Simons Schachtel zu stibitzen.

La Crique hatte seine Sache gut gemacht: Er hatte fünf Stücke geschnappt, große Stücke. Eins behielt er für sich, die anderen vier verteilte er an seine Waffenbrüder. Falls einer unterwegs sein Stück verlieren sollte, konnten die anderen ihm leicht aushelfen.

«Also dann, los!» rief Camus.

Ein dumpfes Holzschuhklappern tönte zuerst auf der breiten Dorfstraße und dann im Fußweg, der bei der großen Linde in die Straße nach Velrans mündete. Die fünf marschierten geradewegs auf den Feind los.

«Es ist ein Spaziergang von einer kleinen halben Stunde», hatte Lebrac gesagt. «Wir können also in einer Viertelstunde dort und dann rechtzeitig wieder zurück sein.»

Die Galoppade verlor sich in Finsternis und Schweigen. Auf der ersten Hälfte der Strecke blieb der kleine Trupp auf der gepflasterten Straße, wo er gut vorwärts kam; sobald die fünf Verschwörer jedoch das Feindgebiet erreichten, gingen sie seitlich auf den Banketten weiter, die ihr alter Freund Bréda, der Chausseewärter, wie böse Zungen behaupteten, nur ausbesserte, wenn ihm gerade ein Auge ausgefallen war. Als sie dicht vor Velrans angelangt waren, als die Lichter hinter den Fenstern immer deutlicher zu sehen waren und das Bellen der Hunde immer drohender wurde, machten sie halt.

«Besser, wir ziehen unsere Schuhe aus und verstecken sie hinter der Mauer hier», riet Lebrac.

Die vier Krieger und ihr Anführer streiften die Schuhe ab, steckten ihre Strümpfe hinein und vergewisserten sich, ob sie auch ihre Kreide nicht verloren hatten. Dann begaben sie sich, Lebrac an der Spitze, im Gänsemarsch, mit erweiterter Pupille, gespitztem Ohr und witternder Nase, auf den Kriegspfad, um so rasch wie möglich die Kirche des feindlichen Ortes zu erreichen, die das Ziel dieser nächtlichen Unternehmung war.

Sie achteten auf jedes Geräusch, krochen bäuchlings in Gräben voran, schlichen eng an Mauern gepreßt dahin oder tauchten im Dunkel der Hecken unter. So glitten sie vorwärts wie Schatten und fürchteten ständig das plötzliche Auftauchen der Laterne eines Dorfbewohners, der sich zum abendlichen Schwatz begab oder zu dieser späten Stunde noch seinen Klepper zur Tränke führt. Aber nichts störte sie außer dem Hund von Jean des Gués, einem elenden Mistköter, der ununterbrochen bellte.

Endlich gelangten sie auf den Kirchplatz und rückten bis zum Glockenturm vor.

Ringsum war alles still und menschenleer.

Der Chef blieb allein, während die anderen vier zurückschlichen und Spähposten bezogen.

Jetzt holte Lebrac sein Stück Kreide aus den Tiefen seiner Hosentasche, reckte sich so hoch wie möglich auf die Zehen und schrieb auf die schwere, rauchgeschwärzte Eichentür, die diesen heiligen Ort abschloß, den lapidaren Satz, der am nächsten Morgen zur Messestunde ungeheure Empörung erregen sollte – und zwar viel mehr seiner heroischen und herausfordernden Derbheit als seiner phantastischen Orthographie wegen:

Ale Vellranner sin Arschlöcher!

Vor dem Weggehen nahm er sein Werk noch einmal genau in Augenschein, um zu sehen, ob es ‹richtig saß›. Dann ging er zu seinen vier Komplicen, die auf der Lauer gelegen hatten, und befahl leise und mit frohlockender Stimme: «Los!»

Diesmal gingen sie dreist mitten auf der Straße und kehrten, ohne unnötigen Lärm zu machen, an die Stelle zurück, an der sie ihre Schuhe und Strümpfe gelassen hatten.

Doch sobald sie ihre Schuhe wieder angezogen hatten, verschmähten sie alle sinnlosen Vorsichtsmaßregeln und trabten, laut mit ihren Holzsohlen klappernd, nach Longeverne, wo jeder den heimischen Penaten zustrebte, um nun vertrauensvoll die Wirkung der Kriegserklärung abzuwarten.

Diplomatische Spannungen

Die Gesandten der beiden Mächte haben ihre Ansichten hinsichtlich der Marokkofrage ausgetauscht.

Die Zeitungen (Sommer 1911)

Das zweite Läuten verkündete, daß in einer halben Stunde die Sonntagsmesse beginnen würde. Der große Lebrac lehnte, angetan mit einer Tuchjacke, die aus dem Bratenrock seines Großvaters geschneidert war, einer neuen Hose, Halbstiefeln, denen eine dicke Fettschicht jeden Glanz nahm, und einer spitzen Mütze, der große Lebrac lehnte, so sage ich, an der Mauer des Waschhauses und erwartete seine Truppen, um ihnen einen Lagebericht zu erstatten und sie über den vollen Erfolg der Unternehmung zu informieren.

Unten, vor der Tür des Gastwirts Fricot, standen einige Männer, die Stummelpfeife zwischen den Zähnen, um vor dem Kirchgang noch einen zu heben.

Bald darauf erschien Camus mit seiner an den Knien glattgewetzten Hose und einer Krawatte, die so rot war wie die Brust eines Dompfaffs. Die beiden Freunde lächelten sich zu. Dann kamen die beiden Gibus, witternd wie Spürhunde, darauf Gambetta, der noch nichts von der Sache wußte, und schließlich Guignard und Boulot, La Crique, Guerillas, Bombé, Tétas und die gesamte Kampfmannschaft von Longeverne, etwa vierzig an der Zahl.

Mindestens zehnmal mußten die fünf Helden vom Vorabend mit dem Bericht über ihre Expedition von neuem beginnen. Mit feuchten Lippen und blitzenden Augen sogen die Kameraden jedes ihrer Worte gierig ein, fuchtelten aufgeregt herum und spendeten immer wieder stürmischen Beifall.

Zum Schluß beschrieb Lebrac die Lage mit den folgenden Worten: «Jetzt werden sie schon sehen, ob wir Weicheier sind! Heute nachmittag werden sie sich bestimmt durch die Büsche auf der Saute heranschleichen und Streit suchen. Und wir werden alle da sein und ihnen einen kleinen Empfang bereiten. Also: alle Steinschleudern und Wurfgeräte mitbringen! Mit den Knütteln brauchen wir uns nicht zu belasten, wir wollen uns nicht hauen. In diesem Sonntagszeug muß man ja immer aufpassen und darf sich nicht zu dreckig machen, sonst setzt's zu Hause wieder Ohrfeigen. Wir werden uns also nur so 'n bißchen mit ihnen unterhalten.»

Das dritte Läuten (das letzte) dröhnte vom Turm, störte sie auf und brachte sie langsam zu ihrem gewohnten Platz auf den kleinen Bänken der Josephskapelle, die der Marienkapelle, in der die Mädchen sich versammelten, gegenüberlag.

«Verdammt noch mal!» schimpfte Camus, als er an der Kirchentür anlangte. «Ausgerechnet heute muß ich Meßdienst haben und mich von dem Schwarzen anschreien lassen!»

Und ohne erst seine Hand in das große steinerne Becken mit dem Weihwasser zu tauchen, in dem seine Kameraden im Vorbeigehen herumrührten, sauste er wie der Blitz durch das Kirchenschiff, um sich noch rasch das Chorhemd überzuziehen.

Als er beim *Asperges me* mit seiner Weihwasserschale, in der der Pfarrer mit dem Weihwedel herumfuhr, zwischen den Bänken durchging, konnte er es sich nicht verkneifen, einen Seitenblick auf seine Waffenbrüder zu werfen.

Er bemerkte, wie Lebrac Boulot ein Bild zeigte, das Tintins Schwester ihm geschenkt hatte: eine Tulpen- oder Geranienblüte, vielleicht war es auch ein Stiefmütterchen, und darunter die Worte ‹Zum Andenken›. Mit der Miene eines Don Juan blinzelte Camus zu Lebrac hinüber.

Dabei mußte auch er an seine Freundin, die Tavie, denken, der er kürzlich ein Lebkuchenherz – eins für zwei Sou! – verehrt hatte, das er auf dem Jahrmarkt in Vercel gekauft hatte, ein wunderschönes Lebkuchenherz, übersät mit roten, blauen und gelben Zuckerkügelchen und geschmückt mit einem Spruch, der ihm besonders passend erschien:

Ich leg mein Herz auf Ihre Knie,
Nehmen Sie's an, es ist für Sie!

Er spähte hinüber zu den Bänken der Mädchen und stellte fest, daß sie ihn ansah. Die Würde seines Amtes verbot ihm, ihr zuzulächeln; aber er fühlte, wie sein Herz plötzlich schneller klopfte. Er errötete und reckte sich empor, die Weihwasserschale fest in der Hand. La Crique entging diese Bewegung nicht. Er flüsterte Tintin zu:

«Guck nur, wie Camus sich aufbläht! Da merkt man doch gleich, daß die Tavie ihn anblinzelt.»

Und Camus selbst dachte: Jetzt, wo die Schule wieder angefangen hat, werden wir uns öfter sehen!

Ja ... aber nun war der Krieg erklärt!

Nach dem Vespergottesdienst versammelte der große Lebrac seine Truppe um sich und befahl: «Geht jetzt, zieht eure Kittel an und holt euch ein Stück Brot. Und dann kommt ihr zur Saute, zu Pepiots Steinbruch.»

Sie schwärmten auseinander wie eine Schar Spatzen. Fünf Minuten später kamen sie, einer nach dem anderen, ihr Brot zwischen den Zähnen, wieder angelaufen, um sich an der von ihrem General bezeichneten Stelle zu versammeln.

«Ihr dürft euch nicht über die Wegbiegung hinauswagen», erklärte Lebrac, der sich seiner Rolle und der Verantwortung für seine Truppe voll bewußt war.

«Du glaubst also wirklich, daß sie kommen?»

«Wenn sie nicht kämen, wären sie rechte Hosenscheißer!» Und um seinen Befehl zu erklären, fügte Lebrac hinzu: «Ein paar von denen drüben sind mächtig schnell; denkt daran, ihr Lahmärsche! Verstanden, Boulot? Daß keiner von euch sich fangen läßt! Steckt euch Kieselsteine in die Taschen. Und die besten Steine gebt ihr denen, die Gummischleudern haben. Aufpassen, daß ihr sie nicht verliert! Wir gehen bis zum Dicken Busch hinauf.»

Das Gemeindeterrain der Saute, das sich nordöstlich bis zum Wald von Teuré und nordwestlich bis zum Wald von Velrans erstreckt, ist ein großes aufgeschüttetes Rechteck, etwa fünfzehn Meter lang und hundert Meter breit. Die Schmalseiten dieses Rechtecks werden von zwei Wäldern begrenzt; am unteren Rand, bei den Feldern, befindet sich eine Steinmauer und parallel zu ihr eine Hekke, die ihrerseits wieder durch einen breiten Streifen Gebüsch geschützt wird; die obere, etwas ungenaue Grenze wird durch einige verlassene Steinbrüche markiert, die in einem Gehölz liegen, wo kräftige Haselnußsträucher ein Dickicht bilden, das nie gerodet wird. Aber auch das Gemeindeland selbst ist mit Büschen, Sträuchern, Baumgruppen und einzelnen Bäumen bestanden, die dieses Terrain zu einem idealen Schlachtfeld machen.

Eine gepflasterte Straße, die aus Longeverne kommt, steigt langsam, fast diagonal, das Rechteck hinan und biegt dann fünfzig Meter vor dem Waldrand von Velrans scharf um, so daß die Wagen ohne allzu große Mühe den Gipfel der Anhöhe erreichen können.

Die Straßenbiegung ist von einem Gewirr aus Eichen, Dornbüschen, Schlehen und Haselnußsträuchern umstanden: Das ist der ‹Dicke Busch›.

Offene Steinbrüche, von Pépiot, dem Krummbeinigen, und Laugu von der Mühle ausgebeutet – wenn sie getrunken haben, bezeichnen sie sich als Unternehmer –, manchmal auch von Abel, der Ratte, liegen nach unten hin am Rande des Weges.

Die Kinder sehen in ihnen nur ausgezeichnete und unerschöpfliche Waffenmagazine.

Auf diesem schicksalhaften Boden, der von beiden Ortschaften gleich weit entfernt liegt, hatten sich seit unzähligen Jahren Generationen aus Longeverne und Velrans nach Leibeskräften verdroschen und mit Steinen beworfen. In jedem Herbst und jedem Winter begann das Spiel von neuem.

Die Longeverner rückten gewöhnlich bis zur Straßenbiegung vor, obgleich das Land dahinter noch zu ihrem Gemeindebesitz gehörte, ebenso wie der Wald von Velrans; doch da dieser Wald ganz in der Nähe des feindlichen Dorfes lag, diente er den Gegnern als Schanzlager, Rückzugsgelände und sichere Deckung im Falle einer Verfolgung. Lebrac äußerte deshalb zuweilen vor Wut: «Verfluchter Dreck! Man hat dauernd das Gefühl, als hätte man eine Invasion im Lande!»

Kaum fünf Minuten nachdem die Krieger ihr Brot verzehrt hatten, signalisierte Camus der Kletterer, der auf den Zweigen einer großen Eiche seinen Wachtposten bezogen hatte, verdächtige Bewegungen am feindlichen Waldrand.

«Hab ich's euch nicht gesagt!» triumphierte Lebrac. «Nun los, versteckt euch, damit sie glauben, ich wäre ganz allein. Jetzt gehe ich vor und reize sie: Kss, kss, Hektor, faß! Und wenn sie sich dann auf mich stürzen, kommt ihr raus!»

Damit trat Lebrac aus der Deckung des Dorngebüsches hervor, und die diplomatischen Gespräche begannen in den gewohnten Formen:

(Der Leser oder die Leserin möge mir gestatten, an dieser Stelle einen wohlgemeinten Rat einzuschalten. Die Bemühung um die historische Echtheit zwingt mich, eine Sprache zu gebrauchen, die keineswegs bei Hofe oder in den Salons üblich ist. Ich schäme mich ihrer nicht und habe auch keine Bedenken, sie anzuwenden, da das Beispiel meines Meisters Rabelais mich dazu ermächtigt. Jedoch die

Zeiten haben sich geändert: Die Herren Fallières und Bérenger lassen sich ebensowenig mit Franz I. vergleichen wie ich mich mit meinem erhabenen Vorbild. Darum rate ich Lesern mit empfindlichen Ohren und zarten Seelen, die folgenden fünf oder sechs Seiten zu überspringen. Um nun aber wieder auf Lebrac zurückzukommen, so begann er folgendermaßen:)

«He, du Dreckskerl, Mistbolzen, Faulpelz, verrottetes Schwein, komm doch und zeig dich! Wenn du kein Feigling bist, komm und zeig deine dreckige Arschlochschnauze!»

«Und du, altes Hundeaas, komm du doch auch näher, laß dich ansehen!» erwiderte der Feind.

«Das ist der ‹Azteke›», rief Camus. «Aber ich sehe auch noch das ‹Schiefmaul›, den ‹Krummbeinigen›, Tatti und den ‹Vollmond›. Ein ganzer Haufen steht da drüben.»

Nachdem er diese Auskunft erhalten hatte, fuhr der große Lebrac fort:

«Ach, du bist das, du Scheißkerl! Du hast die Longeverner Weicheier genannt. Aber ich hab dir gezeigt, ob wir das sind! Ihr habt wohl alle eure Hemdenzipfel gebraucht, um das wieder wegzuwischen, was ich an eure Kirchentür geschrieben habe! Solche Hosenscheißer wie ihr hätten so was nie gewagt!»

«Dann komm doch 'n bißchen näher, wenn du so tapfer bist, du Großschnauze ... Aber mehr als 'ne Schnauze hast du eben nicht ... höchstens noch Beine, um auszureißen!»

«Und du? Willst du mir nicht entgegenkommen, du Lumpenhändler? Davon, daß dein Vater auf den Jahrmärkten die Hodensäcke der Kühe befühlt hat, bist du bestimmt nicht reich geworden!»

«Na, und du? Das Loch, in dem ihr wohnt, ist bis obenhin voller Hypotheken!»

«Selbst Hypotheke, du Hungerleider! Wann willst du dir eigentlich den Bettelsack von deinem Großvater umhängen und damit beim Gebetsläuten die Kirchentür belagern?»

«Quatsch! Bei uns ist es nicht wie in Longeverne, wo die Hühner mitten in der Erntezeit vor Hunger krepieren.»

«Und in Velrans krepieren die Läuse auf euren Köpfen; man weiß bloß nicht, ob sie verhungert sind oder sich an eurem Blut vergiftet haben:

Velrans,
Schlappschwanz,
Greift langsam an,
Kneift aus, wo er kann!»

«Uhe! Uhe! Uhe!» brüllten hinter ihrem Anführer die Krieger von Longeverne los. Sie konnten ihre Wut und Begeisterung nicht mehr länger zügeln. Aber jetzt begann der ‹Azteke› wieder:

«Longeverner,
Dreckfresser,
Scheißanfasser,
Läufst auf allen vieren,
Der Teufel tut dich führen!»

Und der Chor der Velraner zollte seinem General mit langgezogenem, wohltönendem «Ööööh! Ööööh!» leidenschaftlich Beifall.

Die beiden Parteien wechselten ganze Hagelschauer, Windstöße und Orkane von Beleidigungen. Daraufhin bedachten sich die beiden Anführer noch mit einer Serie klassischer und moderner Beschimpfungen, wie «Ihr rennt offene Türen ein!» oder «Ihr packt die Katze beim Schwanz, um sie zu erwürgen!» usw. usw. Und nun, da sie beide in Hochstimmung waren, schleuderten sie sich mit der ganzen althergebrachten Gehässigkeit die ausgefallensten und schwersten Beschuldigungen ihres Repertoires ins Gesicht: «He, du! Weißt du noch, wie deine Mutter ins Essen gepißt hat, weil du 'ne Sauce haben wolltest?»

«Und du, weißt du noch, wie deine sich vom Stierverschneider die Hodensäcke hat geben lassen, um dir einen Salat zu machen?»

«Denkst du noch an den Tag, an dem dein Vater gesagt hat, er wollte lieber ein Kalb aufziehen als so einen Mistkerl wie dich?»

«Und du? Weißt du noch, wie deine Mutter mal gesagt hat, sie wollte lieber eine Kuh säugen als deine Schwester, dann bekäme sie wenigstens keine Hure ins Haus!»

«Meine Schwester», gab der andere zurück, der gar keine hatte, «meine Schwester rührt die Butter. Wenn sie mal Sch ... rührt, kommst du, um den Löffel abzulecken. Außerdem ist sie mit Schieferplatten belegt, damit so kleine Kröten wie du nicht an ihr hochklettern können!»

«Vorsicht!» warnte Camus. «Jetzt fängt ‹Schiefmaul› mit seiner Schleuder an!»

Und tatsächlich pfiff im selben Augenblick ein Kieselstein über ihre Köpfe hinweg. Ein Hohngelächter war die Antwort. Bald strichen von beiden Seiten ganze Ladungen von Wurfgeschossen über den Himmel, während die schäumende, immer höher anschwellende Flut von wüsten Schimpfwörtern weiterhin zwischen dem Dikken Busch und dem Waldrand hin und her wogte, wobei das Repertoire der einen Seite dem der anderen an Reichhaltigkeit und Gewähltheit nichts nachgab.

Aber es war ein Sonntag. Beide Parteien trugen ihren besten Staat, und keiner, mochte er Anführer oder gemeiner Soldat sein, dachte daran, sein Aussehen durch ein Handgemenge zu gefährden.

Somit blieb der Kampf diesmal auf den Meinungsaustausch und das Artillerieduell beschränkt, das übrigens auf keiner Seite ernsthaftere Opfer forderte.

Als vom Kirchturm in Velrans der erste Glockenton zum Gebet rief, gab der ‹Azteke› seiner Armee das Zeichen zum Rückzug, nicht ohne zuvor seinen Feinden mit einem letzten Schmähwort und einem letzten Stein diese äußerste Herausforderung zugeschleudert zu haben:

«Morgen kriegt ihr's wieder mit uns zu tun, ihr Weicheier von Longeverne!»

«Ja, hau du nur ab, du Feigling!» spottete Lebrac. «Warte nur, warte nur bis morgen! Dann werdet ihr sehen, was wir mit euch Arschlöchern machen!»

Und ein letzter Steinhagel prasselte hinter den Velranern her in den Graben, durch den sie ihren Heimweg antraten. Die Longeverner, deren Kirchturmuhr wohl nachging – vielleicht war heute auch die Gebetsstunde verschoben worden –, machten sich das Verschwinden ihrer Feinde zunutze, um die Kampfesvorbereitungen für den folgenden Tag zu treffen.

Tintin hatte eine geniale Idee: «Bevor sie kommen, müssen fünf oder sechs von uns sich in dem Gebüsch dort verstecken. Sie dürfen sich nicht rühren und keinen Mucks tun. Und dann stürzen sie sich auf den ersten, der sich zu weit vorwagt, und schnappen ihn.»

Der Plan wurde sofort angenommen, und Tintin als der Anführer dieses Unternehmens wählte sich fünf der schnellsten Krieger aus, die sich mit ihm in den Hinterhalt legen sollten, während die anderen zum Frontalangriff antreten würden. Glühend in kriegerischem Feuer, voller Rachedurst, kehrten alle ins Dorf zurück.

Ein großer Tag

Vae Victis!
Ein alter gallischer Heerführer zu den Römern

Am Montagmorgen in der Schule erging es ihnen schlimm, schlimmer noch als am Samstag.

Camus, den Vater Simon aufforderte zu wiederholen, was er der Klasse zwei Tage zuvor über den Begriff des ‹Staatsbürgers› eingetrichtert hatte, zog sich einige Anpfiffe zu, die jeder freundlichen Rücksichtnahme entbehrten.

Kein Wort wollte von seinen Lippen kommen, und sein ganzes Gesicht spiegelte grauenvoll schmerzhafte geistige Geburtswehen wider. Ihm war, als sei sein Gehirn zugemauert.

Staatsbürger! Staatsbürger! grübelten die anderen, die nicht ganz so verschreckt waren. Was für 'n Dreckszeug mochte das bloß sein?

«Bitte, Herr Lehrer!» meldete sich La Crique und schnalzte mit den Fingern.

«Nein, du nicht!» Und Vater Simon wandte sich wieder Camus zu, der mit hängendem Kopf und angstvoll aufgerissenen Augen vor ihm stand.

«Du weißt also nicht, was ein Staatsbürger ist?»

«. . .»

«Dann wirst du eben heute nachmittag eine Stunde nachsitzen.»

Diese Drohung ließ die anderen erschauern.

«Also, was ist nun? Bist du ein Staatsbürger?» fragte Vater Simon, der um jeden Preis eine Antwort aus Camus herausquetschen wollte.

«Ja, Herr Lehrer», antwortete dieser, dem jetzt einfiel, daß er einmal mit seinem Vater auf einer Wahlversammlung gewesen war, wo der Herr Marquis, der Abgeordnete, seinen Wählern ein Gläschen spendiert und die Hand geschüttelt hatte. Damals hatte der Herr Marquis zu Vater Camus gesagt: «Ist dieser junge Staatsbürger da Ihr Sohn? Er sieht sehr intelligent aus!»

«Du willst ein Staatsbürger sein? Du?» donnerte der Lehrer mit zornrotem Gesicht los. «Ein schöner Staatsbürger! Ein großartiger Staatsbürger!»

«Nein, Herr Lehrer», sagte Camus jetzt, dem an diesem Titel wirklich nicht soviel gelegen war.

«Und warum bist du kein Staatsbürger?»

«...»

«Sag ihm, weil du noch keine Haare am A... hast!» flüsterte ihm La Crique gereizt zu.

«Was sagst du da, La Crique?»

«Ich ... ich sage ... weil ... weil ...»

«Na, was denn?»

«Weil er noch zu jung ist.»

«Na also! Da hätten wir's endlich!»

Und jetzt war es soweit. La Criques Antwort fiel wie erquickender Tau auf das ausgedörrte Feld ihres Gedächtnisses. Satzfetzen, Eigenschaftswörter, Einzelteile eines Staatsbürgers tauchten auf, die sich nach und nach zu einem Bild fügten.

Sogar Camus, der jetzt nicht mehr so vernagelt und seinem Retter La Crique aus tiefster Seele dankbar war, trug dazu bei, den ‹Staatsbürger› aufzubauen.

Gott sei Dank, das war noch einmal gutgegangen.

Als es jedoch in der nächsten Stunde an die Durchsicht der Aufsätze über das Dezimalsystem ging, war ihnen gar nicht mehr zum Lachen zumute. Sie hatten am Samstag, als einer vom anderen abschrieb, den Kopf so voll gehabt, daß sie ganz vergessen hatten, einzelne Wörter abzuändern und die Anzahl orthographischer Fehler zu machen, die ungefähr dem Können der einzelnen Schüler entsprach – eine Zahl, die sich mit mathematischer Genauigkeit aus den Ergebnissen der regelmäßigen Diktate errechnen ließ. Dafür hatten sie Wörter ausgelassen, große Anfangsbuchstaben dort gesetzt, wo sie nicht hingehörten und wahl- und sinnlos Satzzeichen verteilt. Vor allem Lebracs Arbeit war jämmerlich ausgefallen. Man merkte ihr deutlich die schweren Sorgen des Heerführers an.

Puterrot vor Wut, mit Augen, die hinter den Brillengläsern funkelten wie Katzenpupillen bei Nacht, rief Vater Simon ihn an die Tafel. Natürlich war er überzeugt, daß Lebrac, ebenso wie alle seine

Kameraden, abgeschrieben hatte. Da gab es keinen Zweifel, jede Widerrede war überflüssig. Aber er wollte doch wissen, ob sein Schüler aus dieser Tätigkeit, die den Prinzipien der modernen Pädagogik zuwiderlief, wenigstens einigen Nutzen gezogen hatte.

«Was ist ein Meter, Lebrac?»

«...»

«Was ist das Dezimalsystem?»

«...»

«Wie hat man die Länge eines Meters errechnet?»

«Mmmman ...»

Lebrac stand zu weit von La Crique entfernt. Er spitzte verzweifelt die Ohren, runzelte die Stirn und schwitzte Blut und Wasser bei dem Bemühen, sich an irgendwelche Tatsachen zu erinnern, die im Zusammenhang mit dem Thema standen. Endlich fielen ihm, dunkel, ganz dunkel, zwei Namen ein: die der berühmten Wissenschaftler Delambre und La Condamine, die gemeinsam die einzelnen Stücke eines Meridians gemessen hatten. Aber unglücklicherweise konnte er sich nicht genau besinnen, und vielleicht spukte auch der Name des großen Archimedes immer noch in seinem Hirn. So stotterte er denn, zögernd und unsicher, wie es dem Ernst der Lage entsprach:

«Das war ... Dela ... Delam ... am ... arsch ...»

«Was! Was sagst du da?» fiel Vater Simon ein, der sich vor Wut nicht mehr zu fassen wußte. «Jetzt beschimpfst du auch noch die Gelehrten! So eine Unverschämtheit! Und einen feinen Wortschatz hast du ja, mein Lieber. Ich gratuliere! Und weißt du auch», fuhr er fort, um den Unglücklichen vollends zu vernichten, «weißt du auch, daß dein Vater mich eigens gebeten hat, dich gehörig vorzunehmen? Wie ich höre, scherst du dich den Teufel um die Ohrfeigen, die du zu Hause bekommst. Immer unterwegs und auf den Straßen, um alles aufzuschnappen, was dir vor Augen und Ohren kommt, anstatt dein Gehirn mal von allem Dreck zu säubern. Aber jetzt paß auf, mein Freund! Wenn du mir um elf nicht alles wiederholen kannst, was wir jetzt für dich und deine Kameraden, die auch nicht mehr taugen als du, noch einmal durchnehmen werden, dann wirst du mir zunächst mal jeden Nachmittag von vier bis sechs nachsitzen, bis du's gelöffelt hast. Merk dir das gefälligst!»

Wenn Zeus seinen Donnerkeil auf die Versammlung herabgeschleudert hätte, das Entsetzen hätte nicht größer sein können. Alle waren von dieser furchtbaren Drohung wie zerschmettert.

Lebrac und seine Kameraden, vom größten bis zum kleinsten, lauschten an diesem Morgen mit angespannter Aufmerksamkeit den Worten des Lehrers, der ihnen mit dröhnender Stimme die Irrtümer der alten Gewichts- und Maßsysteme und die Notwendigkeit eines einheitlichen Systems auseinandersetzte. Und wenn sie auch in ihrem innersten Herzen mit der Messung des Meridians zwischen Dünkirchen und Barcelona nicht einverstanden waren, wenn sie sich auch heimlich an den Schwierigkeiten und Ärgernissen ergötzten, mit denen Delambre und Méchain zu kämpfen hatten, so prägten sie sich doch zu ihrem persönlichen Gebrauch und im Hinblick auf das drohende Verhängnis alle Umstände und Einzelheiten sorgfältig ein. Camus, Lebrac, Tintin und sogar La Crique, der Parteigänger des Fortschritts, kurz, alle gelobten sich hoch und heilig, daß sie es eingedenk dieser grausamen Angst, die sie jetzt ausstanden, zeitlebens vorziehen würden, nach Fuß und Zoll zu rechnen, so wie ihre Väter und Großväter es getan hatten, die sich damit doch weiß Gott auch nicht schlecht gestanden hatten. Nein, dieses verdammte Eselssystem, das sie in den Augen ihrer Feinde fast als Weicheier hingestellt hätte, würden sie nie anwenden!

Der Nachmittag verlief ruhiger. Die Geschichte der Gallier, dieser von ihnen hochverehrten großen Krieger, hatten sie gut behalten. Und weder Lebrac noch Camus, noch sonst jemand mußte um vier Uhr nachsitzen, denn alle hatten merkliche Anstrengungen gemacht, Vater Simon, diesen alten Dreckskerl, zufriedenzustellen.

Diesmal wollten sie's wissen.

Tintin und seine fünf Krieger, die in weiser Voraussicht schon mittags ihr Vesperbrot in die Tasche gesteckt hatten, gingen voraus, während die anderen ihr Brot holten. Als dann angesichts der auftauchenden Feinde der Kriegsruf der Longeverner «Zum Arsch mit den Velranern!» erscholl, saßen sie bereits gut getarnt und bequem in ihrem Versteck, auf alle Zufälle des Nahkampfs gefaßt.

Jeder hatte sich die Taschen mit Steinen vollgestopft, einige hatten sogar ihre Mütze oder ihr Sacktuch damit angefüllt. Die Schleuderer überprüften sorgfältig die Schlingen ihrer Waffen. Die Großen waren zumeist mit Knütteln aus Dornsträucherzweigen oder Lanzen aus Haselnußholz ausgerüstet, deren Knoten und Spitzen im Feuer gehärtet waren. Einzelne dieser Waffen wiesen primitive Muster auf, da ihre Besitzer die Rinde abgeschält hatten, so daß grüne und weiße Ringe aufeinander folgten wie Zebrastreifen oder Negertätowierungen. «So was ist dauerhaft und schön», pflegte Boulot zu sagen, dessen Geschmack vielleicht nicht ganz so fein war wie die Spitze seiner Lanze.

Sobald die Vorhuten durch ein gegenseitiges Bombardement von Beschimpfungen und einem angemessenen Steinhagel Fühlung genommen hatten, rückte das Gros der beiden Heere massiert aufeinander zu.

In einem Abstand von kaum fünfzig Metern schwärmten die Schützenlinien aus. Die Kämpfer verbargen sich hinter den Büschen und sprangen nach rechts und links, um den Wurfgeschossen auszuweichen. Die Gegner, die sich gegenüberstanden, pöbelten sich an, forderten einander auf, doch näher zu kommen, betitelten sich gegenseitig als Angsthasen und Feiglinge und bewarfen sich schließlich mit Steinen, um gleich darauf das Spiel von neuem zu beginnen.

Aber es war kein einheitlicher Zug in dem Ganzen. Einmal hatten die Velraner die Oberhand, dann wieder drangen plötzlich die Longeverner mit erhobenen Knütteln vor, erkämpften sich in kühnem Angriff einen Vorteil, um dann wieder vor einem Steinregen zurückzuweichen.

Immerhin war ein Velraner von einem Stein am Knöchel getroffen worden und hatte in den Wald zurückhinken müssen. Camus hingegen, der auf seiner Eiche hockte und mit affenartiger Geschicklichkeit seine Schleuder handhabte, hatte dem Wurfgeschoß eines Velraners – wie er glaubte, war es ‹Schiefmaul› gewesen – nicht ausweichen können und eine blutende Kopfwunde davongetragen. Er hatte sogar hinunterklettern und sich ein Taschentuch erbitten müssen, um sich einen Verband anzulegen. Trotzdem zeichnete sich noch keine entscheidende Wendung ab. Doch Grangibus wollte unbedingt Tintins List ausnutzen, um einem der Velraner «die Hölle heißzumachen», wie er sich ausdrückte. Nachdem er sich kurz mit Lebrac besprochen hatte, tat er, als wolle er sich allein zu dem Busch hinüberschleichen, hinter dem Tintin saß, und von dort aus die Flanke des feindlichen Heeres angreifen. Dabei bewegte er sich so auffallend, daß einige der Gegner ihn unbedingt bemerken mußten, gab sich jedoch den Anschein, als sei ihm diese Unvorsichtigkeit nicht bewußt. Er kroch auf dem Bauch, schlich auf allen vieren und amüsierte sich insgeheim königlich, als er sah, wie ‹Vollmond› und zwei andere Velraner sich zusammentaten, um ihn zu überfallen, fest überzeugt, daß sie einen einzelnen schon unterkriegen würden. So rückte er scheinbar sorglos immer weiter vor, während die drei Gegner sich seitlich duckten.

In diesem Augenblick unternahm Lebrac einen kräftigen Vorstoß, um das Gros der feindlichen Truppen auf sich abzulenken, und Tintin, der hinter seinem Strauch alles beobachtete, instruierte seine Leute:

«Aufgepaßt, Kinder! Gleich geht's los!»

Grangibus befand sich jetzt auf Velraner Gebiet, etwa sechs Schritt von ihrem Hinterhalt entfernt, als die drei feindlichen Krieger plötzlich hinter ihren Büschen hervorschossen und auf ihn zurasten.

Er tat, als sei er von diesem Angriff völlig überrascht, machte kehrt und begann zurückzulaufen. Dabei lief er jedoch so langsam, daß die anderen an Boden gewannen und überzeugt sein mußten, sie würden ihn fangen.

Als er an Tintins Busch vorbeikam, waren ihm der ‹Vollmond› und seine beiden Gefährten unmittelbar auf den Fersen.

Jetzt gab Tintin das Zeichen zum Angriff, fuhr blitzschnell mit seinen fünf Kriegern hoch und verlegte den Velranern unter mörderischem Geschrei den Rückzug.

«Alle auf den ‹Vollmond›!» brüllte er.

Es klappte wie am Schnürchen. Gelähmt vor Schreck über diese unvorhergesehene Überraschung, blieben die drei Feinde einen Augenblick stehen und wandten sich dann mit einer raschen Bewegung zurück, um wieder in ihr Lager zu laufen. Zwei von ihnen entkamen tatsächlich, genau wie Tintin es vorausgesehen hatte. Aber der ‹Vollmond› wurde von sechs Paar Händen gepackt, hochgehoben und wie ein Paket unter dem tosenden Beifallsgeschrei der Sieger ins Lager der Longeverner geschleppt.

Bestürzt und verwirrt wich die Armee von Velrans in den Wald zurück, während die Longeverner ihren Gefangenen umringten und mit lauten Rufen ihren Sieg verkündeten. Eine vierfache Reihe von Wächtern umgab den ‹Vollmond›, der, von diesem Ereignis völlig erschüttert, kaum daran dachte, sich zu wehren.

«So, mein Lieber, da hast du dich also schnappen lassen», sagte der große Lebrac mit finsterer Miene. «Na gut, dann sollst du auch was erleben.»

«Oh, oh, oh! Ihr dürft mir nichts tun!» jammerte der ‹Vollmond›.

«Aber sicher, mein Junge. Wir wollen doch verhindern, daß du uns noch mal verreckte Hunde und Weicheier nennst.»

«Das war ich nicht! O mein Gott! Was wollt ihr mit mir machen?»

«Bringt das Messer her!» befahl Lebrac.

«Oh, Mama! Mama! Was wollt ihr mir abschneiden?»

«Die Ohren!» brüllte Tintin.

«Und die Nase», fügte Camus hinzu.

«Und das Pimmelchen», fuhr La Crique fort.

«Nicht zu vergessen die Eier», ergänzte Lebrac. «Wir wollen doch sehen, ob sie weich sind.»

«Man sollte wohl den Sack vorher lieber abbinden, so wie sie es bei den jungen Stieren machen», bemerkte Gambetta, der derartigen Operationen sichtlich schon beigewohnt hatte.

«Na klar! Wer hat ein Stück Bindfaden?»

«Hier ist eins», erwiderte Tigibus.

«Ihr dürft mir nichts tun! Sonst sag ich's meiner Mama!» beschwerte sich der Gefangene.

«Deine Mama kann mich mal und der Papst dazu!» versetzte Lebrac höhnisch.

«Und dem Herrn Pfarrer sag ich's auch!» fügte der ‹Vollmond› verzweifelt hinzu.

«Ich hab's dir doch gesagt: Der kann mich mal!»

«Und dem Herrn Lehrer!» Empört blinzelte der Kleine seine Peiniger an.

«Der kann mich auch mal!»

«Jetzt willst du uns also drohen! Das hat uns gerade noch gefehlt! Na, warte nur, du Schweinehund! Her mit dem Messer!»

Das Messer in der Hand, trat Lebrac an sein Opfer heran.

Zuerst strich er einfach mit dem Messerrücken über die Ohren des ‹Vollmonds›. Als dieser die Kälte des Metalls spürte, glaubte er, nun werde es wirklich Ernst und begann zu schreien und zu schluchzen. Höchst zufrieden mit diesem Ergebnis, hielt Lebrac einen Augenblick inne und machte sich dann daran, dem anderen die Kleider ordentlich «herzurichten», wie er sich ausdrückte.

Beim Kittel fing er an. Er riß die Metallhaken vom Kragen ab, trennte vorn und an den Ärmeln die Knöpfe ab, schlitzte dann sämtliche Knopflöcher auf und gab Camus das nun nutzlos gewordene Kleidungsstück, der es beiseite warf. Nachdem den Knöpfen und Knopflöchern des Strickleibchens das gleiche Schicksal widerfahren war, flog es ebenfalls zu Boden. Nun nahmen sie dem ‹Vollmond› die Hosenträger ab, und dann kam das Hemd an die Reihe. Am Kragen, am Vorderteil und an den Ärmeln entging kein Knopf und kein Knopfloch dem Messer der Sieger, die sich anschließend die Hose ihres Gefangenen vornahmen: Patten, Schnallen, Knöpfe und Knopflöcher mußten daran glauben. Die Gummibänder, die die Strümpfe hielten, wurden konfisziert, die Schnürsenkel der Schuhe in sechsunddreißig Stücke zerschnitten.

«Nanu! Hast du gar keine Unterhose?» fragte Lebrac, indem er in die Hose des ‹Vollmonds› spähte, die diesem in die Kniekehlen gerutscht war.

«Na gut. Und jetzt hau ab!»

Wie ein ehrenhafter Geschworener eines republikanischen Staatswesens, der ohne Haß und Furcht handelt und nur den Regungen seines Gewissens folgt, versetzte er seinem Gefangenen zum Abschied nur noch einen einzigen Tritt auf die Stelle, an der der Rücken seinen anständigen Namen verliert.

Von den Kleidungsstücken des ‹Vollmonds› hielt keines mehr zusammen. Klein und jämmerlich stand der weinende Junge inmitten seiner Feinde, die ihn auslachten und verspotteten.

«Jetzt komm doch und halt mich fest!» höhnte Grangibus. Der andere hatte sein Leibchen, das nicht mehr zuzuknöpfen ging, wieder angezogen und darüber den Kittel, der lose herabhing wie bei einem Ziegenhändler. Nun bemühte er sich vergebens, die Zipfel seines zerrissenen Hemdes in die Hose zu stopfen.

«Na, und jetzt paß nur auf, was du von deiner ‹Mama› zu hören bekommst!» Mit diesen Worten, die wie Dolche in der offenen Wunde wühlten, entließ Camus den Gefangenen.

Unter Jammern, Schluchzen und Stöhnen schlurfte der ‹Vollmond› langsam in seinen Schuhen, die ihm immer wieder von den Füßen glitten, durch das Dämmerlicht des Abends zum Wald hinüber, in dem seine Kameraden ihn angstvoll erwarteten. Sie scharten sich um ihn und liehen ihm Hilfe und Beistand, soweit es in ihren schwachen Kräften stand.

Die Gruppe ihrer Feinde unten im Osten konnten sie im Halbdunkel kaum noch erkennen, doch dafür tönten das Triumphgeschrei und die höhnischen Herausforderungen der siegreichen Longeverner deutlich zu ihnen herüber.

Zum Schluß faßte Lebrac die Situation mit den Worten zusammen: «So, denen haben wir's mal gezeigt. Das werden diese Arschlöcher sich merken!»

Als drüben am Waldrand keine Bewegung mehr zu sehen war und sie das Ergebnis dieses Tages endgültig für sich buchen konnten, wanderten sie über das Gemeindeland hinunter bis zu Pépiots Steinbruch.

Hier formierten sie sich zu Sechserreihen. Camus, der sein blutiges Taschentuch wie ein Banner an das Ende seines Knüttels gebunden hatte, stellte sich an die Spitze; Lebrac nahm mit geschwungener Lanze seitlich Aufstellung; die anderen faßten sich gegenseitig unter, und dann marschierte die Armee auf das Kommando ihres Anführers hin los. Im Gleichschritt, mit klappernden Absätzen, zogen sie nach Longeverne und sangen dabei aus vollen Kehlen:

«So marschieren wir singend zum Siege,
Die Schranken, sie wanken vor unserem Zorn,
Die Freiheit ist unser Geleit!
Und in Nord und in Süd tönt das Kriegeshorn,
Es ruft uns zu Kampf und Streit!»

Erste Rückschläge

Sie haben mich umzingelt wie ein Wild und glauben, sie könnten mich mit ihren Netzen fangen. Aber ich will ihnen mitten durch den Leib oder zwischen den Beinen hindurch entschlüpfen.

Heinrich IV. Brief an M. de Batz, Gouverneur der Stadt Euse in Armagnac, 11. März 1586

Die Tage, die diesem denkwürdigen Sieg folgten, waren etwas ruhiger. Der große Lebrac und seine Truppe waren durch den Erfolg sicher geworden, und so nahmen sie ihren Vorteil wahr. Mit ihren

Haselnußlanzen, deren Spitzen sie mit dem Messer geschärft und mit Glasscherben nachgeschliffen hatten und ihren hölzernen Säbeln, die an einem mit feinen Bindfäden umwickelten Draht an ihrer Seite hingen, führten sie furchtbare Angriffe durch, die die Velraner erzittern ließen. Der Steinhagel trieb die Feinde regelmäßig zur Waldgrenze zurück.

Der ‹Vollmond› war vorsichtig geworden und hielt sich in den hinteren Schlachtreihen. Man machte keine Gefangenen und hatte auch keine Verwundeten zu verzeichnen.

So hätte es noch lange weitergehen können, aber unglücklicherweise wurde der Unterricht am Samstagmorgen für die Longeverner zu einer Katastrophe. Der große Lebrac hatte es zwar geschafft, sich die einzelnen Bezeichnungen und Größen des metrischen Systems einzutrichtern, aber er hatte dabei Vater Simons Wort vertraut, der einmal gesagt hatte, wenn man sich erst einmal auf einem dieser Gebiete auskenne, so wisse man auch auf den anderen Bescheid. Jetzt wollte er nicht einsehen, daß es keinen Kiloliter und keinen Myrialiter gab.

Er warf den Hektoliter, den Doppelliter, den Scheffel und den Schoppen, sein Bücherwissen und seine persönlichen Erfahrungen so heillos durcheinander, daß Vater Simon ihn unerbittlich dazu verdonnerte, von vier bis fünf Uhr nachzusitzen. Der Lehrer drohte sogar, daß diese Strafstunde sich noch länger ausdehnen werde, wenn Lebrac um fünf Uhr die Aufgaben nicht zu seiner Zufriedenheit würde hersagen können.

«Nein, dieser Vater Simon! Wenn der's mal drauf anlegt, kann er wirklich ein ausgekochtes Schwein sein!»

Das Unglück wollte es, daß auch Tintin, Grangibus und Boulot ein gleiches Schicksal ereilte. Nur Camus, der sich irgendwie durchgemogelt hatte, und La Crique, der ohnehin immer alles wußte, blieben übrig, um an diesem Abend die Truppe von Longeverne anzuführen. Dabei war diese Truppe sowieso geschwächt, da Gambetta nicht gekommen war, weil er heute die Ziege zum Bock hatte führen müssen, und einige andere Jungen den strengen elterlichen Befehl hatten, unverzüglich nach Hause zu kommen, um sich der samstäglichen Generalreinigung zu unterziehen.

«Vielleicht sollten wir heute abend lieber gar nicht hingehen», meinte Lebrac nachdenklich.

Camus fuhr hoch. Nicht hingehen? Sollte das ein Scherz sein?

Was dachte der General eigentlich von ihm, Camus? Dann könnten die von drüben die Longeverner mit Recht als Weicheier bezeichnen!

Lebrac beugte sich diesen Gründen, und man kam überein, daß er sich mit Tintin, Boulot und Grangibus, sobald der Lehrer sie freiließ (und sie würden sich mächtig auf die Hosen setzen!), unverzüglich zum Kampfplatz begeben würde.

Aber er war doch etwas beunruhigt. Ausgerechnet an einem so ernsten Tag sollte er, der General, seine Truppe nicht befehligen können. Zu dumm!

Camus beschwichtigte ihn, und nach einigen kurzen Abschiedsworten zog er um vier Uhr in Begleitung seiner Krieger zum Kampfgelände.

Trotzdem stimmte diese neue Verantwortung ihn nachdenklich. Er war so in seine Überlegungen versunken und vielleicht auch von dunklen Vorahnungen bedrängt, daß er gar nicht daran dachte, seinen Leuten Anweisungen zu geben, daß sie sich vor ihrer Ankunft im Schanzlager am Dicken Busch möglichst im Schutz des Gestrüpps vorwärts bewegen sollten.

Die Truppe von Velrans war schon vor ihnen eingetroffen und stellte überrascht fest, daß weit und breit nichts zu sehen war. Daraufhin hatte der Anführer einem seiner Leute, dem ‹Schiefmaul›, befohlen, einen Baum zu erklettern, um die Lage zu peilen.

Von seiner Buche aus erspähte das ‹Schiefmaul› den kleinen Trupp, der sorglos des Weges daherkam. Eine überschäumende Freude bemächtigte sich seiner, und obgleich er zunächst keinen Mucks tat, begann er zu zappeln wie ein Gründling an der Angelschnur.

Gleich darauf machte er seinen Kameraden von der geringen Kampfstärke der feindlichen Armee und der Abwesenheit des großen Lebrac Mitteilung.

Der ‹Azteke›, der nichts sehnlicher wünschte, als die Schmach des ‹Vollmonds› zu rächen, dachte sich augenblicklich einen Feldzugsplan aus und setzte ihn seinen Leuten auseinander.

Man würde sich zunächst nichts anmerken lassen und den Kampf nach gewohnter Weise beginnen. Man würde etwas vorrücken, sich wieder zurückziehen und dann von neuem bis zur Hälfte des Weges vorstoßen. Dann würde man nach einem Scheinrückzug mit der gesamten Mannschaft angreifen, wie der Sturmwind über das feindliche Lager hereinbrechen, jeden, der Widerstand leistete, unbarmherzig verprügeln, so viele Gefangene machen, wie man irgend erwischen konnte, und sie zum Waldrand schleppen, wo sie dann das Schicksal der Besiegten erleiden würden.

Soweit war also alles klar. Als der ‹Azteke› seinen Kriegsruf: «Der Bauch soll euch platzen!» ausstieß, stürzten alle seine Mannen, den Knüttel in der Faust, hinter ihm her.

Kaum war ‹Schiefmaul› von seiner Buche herabgestiegen, als vom Dicken Busch her die durchdringende Stimme von Camus den Schlachtruf der Longeverner ertönen ließ: «Zum Arsch mit den Velranern!», woraufhin der Kampf in den hergebrachten Formen seinen Anfang nahm.

In seiner Eigenschaft als General hätte Camus vom Boden aus seine Truppen befehligen müssen; aber die Gewohnheit, die verdammte Gewohnheit, auf seinen Baum zu klettern, trug den Sieg über alle Bedenken davon. Er stieg auf seine Eiche, um von dort aus seine Wurfgeschosse in die Reihen der Gegner zu schleudern.

In einer sorgfältig ausgesuchten Gabelung, die seinen Erfordernissen entsprach, setzte er sich bequem zurecht, spannte zielend seine Gummischleuder und schob das Leder genau in die Mitte der Gabel, so daß die Gummibänder gleich lang waren. Zischend sausten seine Geschosse zu den Velranern hinüber, zerfetzten Blätter und prallten mit dumpfem Aufschlag gegen die Baumstämme.

Camus war der Meinung, daß dieser Tag genau wie alle vorhergehenden verlaufen würde. Er ahnte nicht, daß die anderen einen entscheidenden Angriff und einen vernichtenden Überfall planten, denn seit der Eröffnung der Feindseligkeiten hatte bisher noch jeder Tag mit einer Niederlage oder doch dem Rückzug der Armee von Velrans geendet.

Eine halbe Stunde lang ging alles gut, und schon empfand Camus das beruhigende Gefühl, daß er seine Pflicht gut erfüllt hatte und dachte nur noch daran, seinen Vorrat an Steinen möglichst vorteilhaft zu verwenden. Plötzlich jedoch erscholl noch einmal der Kriegsruf des ‹Azteken›, und nun mußte er mit ansehen, wie die Horde der Velraner sich in solch rasender Schnelle, voller Kampfeswut, Ungestüm und Siegesgewißheit auf seine Armee stürzte, daß er wie betäubt auf seinem Ast sitzen blieb und kein Wort hervorbrachte.

Als die Krieger aus Longeverne diesen Sturm auf sich zukommen sahen und all die geschwungenen Spieße und Knüttel erblickten, sank der entsetzten kleinen Schar der Mut. Sie wandten sich um, nahmen die Beine unter den Arm und jagten in langen Sprüngen, so schnell sie konnten, auf Laugus Steinbruch zu. Keiner wagte sich umzublicken, jeder glaubte, die gesamte feindliche Armee sei gerade ihm auf den Fersen.

Trotz ihrer zahlenmäßigen Überlegenheit verminderte die Kolonne der Velraner, als sie beim Dicken Busch ankam, ihr Tempo ein wenig, da sie ein verzweifeltes Bombardement befürchtete. Als jedoch nichts dergleichen geschah, wagten die Krieger sich mutig in das Dickicht und begannen das Gelände durchzukämmen.

Ach, es war kein Feind zu sehen, und der ‹Azteke› verfluchte bereits sein Pech, als er plötzlich Camus entdeckte, der wie ein erschrockenes Eichhörnchen auf seinem Baum hockte.

Er stieß einen lauten Triumphruf aus und beglückwünschte sich im stillen, daß dieser Angriff doch nicht ganz erfolglos war. Dann forderte er seinen Gefangenen auf, vom Baum herabzusteigen.

Camus, der genau wußte, welches Schicksal ihn erwartete, wenn er seinen Zufluchtsort verließ, und der noch ein paar Steine in der Tasche hatte, beantwortete die schmähliche Aufforderung mit einem donnernden: «Scheiße!» Schon suchte er in seinen Hosentaschen nach einem geeigneten Geschoß, als der ‹Azteke›, ohne seine unhöfliche Einladung zu wiederholen, seinen Leuten befahl, «diesen Vogel da» mit Steinwürfen herunterzuholen.

Bevor Camus noch seine Schleuder spannen konnte, prasselte ein so furchtbarer Steinhagel auf ihn ein, daß er gezwungen war, zum Schutz die Arme vor der Brust zu kreuzen und das Gesicht mit den Händen zu bedecken.

Glücklicherweise waren viele der Velraner so übereifrig, daß die meisten Würfe ihr Ziel verfehlten, aber einige, allzu viele, trafen doch. Bums, auf den Rücken! Bums, auf den Mund! Bums, auf die Schulter! Bums, auf das Gesäß! Bums, gegen das Schienbein! Und noch ein Stein und noch einer!

«Na, du Mistkerl, jetzt wirst du wohl runterkommen!» rief der ‹Azteke›.

Und wirklich, der arme Camus hatte nicht genug Hände, um sich zu schützen und die getroffenen Stellen zu reiben. Eben wollte er sich auf Gnade und Ungnade ergeben, als der Kriegsruf und das laute Gebrüll seines Generals, der seine Truppen wieder in die Schlacht zurückführte, ihn wie durch ein Wunder aus dieser schrecklichen Lage erlöste.

Langsam nahm er einen Arm herunter, dann den anderen. Er betastete sich, hob den Blick und ... was sah er!

Entsetzen! Dreifaches Entsetzen! Von Tintin und Grangibus geführt, erreichte die Armee von Longeverne, schreiend und außer Atem, den Dicken Busch, während der Haufen der Velraner zum Waldrand zurückströmte und Lebrac als Gefangenen mit sich schleppte.

«Lebrac! Lebrac! Um Gottes willen, Lebrac!» stöhnte Camus. «Wie konnte das passieren? Oh, verdammt, verdammt, verdammt, verfluchte Scheiße!»

Seine verzweifelten Rufe tönten hinunter zu den Longevernern, die zu seiner Befreiung heranrückten.

«Lebrac!» wiederholte Tintin. «Ist er denn nicht hier?» Und er erklärte die Lage: «Als wir unten auf der Saute ankamen, sahen wir, daß unsere Leute wie die Hasen davonliefen. Lebrac lief ihnen entgegen und brüllte sie an:

‹Halt! Wo kommt ihr her? Wo ist Camus?›

‹Camus sitzt auf seiner Eiche›, antwortete einer.

‹Und La Crique?›

‹La Crique? ... Das wissen wir nicht!›

‹Und ihr laßt sie einfach im Stich? Verdammt! Ihr überlaßt sie den Velranern? Eine feige Bande seid ihr! Vorwärts! Los! Vorwärts!›

Und dann ist er losgerannt, und wir brüllend hinter ihm her. Aber er war uns mindestens um zwanzig Schritt voraus, und da sind sie wohl alle auf ihn los und haben ihn geschnappt.»

«Ja, natürlich, sie haben ihn. Oh, verflucht, verflucht!» stöhnte Camus und kletterte, außer sich vor Verzweiflung, von seiner Eiche.

«Ach was, jetzt macht euch nicht in die Hosen! Wir müssen ihn wieder raushauen!»

«Sie sind doppelt wo so viele wie wir», wandte einer der Flüchtlinge vorsichtig ein. «Gegen die können wir nichts ausrichten, die schnappen höchstens noch ein paar von uns. Heute bleibt uns nichts übrig, als abzuwarten; die werden ihn schon nicht umbringen.»

«Das nicht», räumte Camus ein. «Aber seine Knöpfe! Und alles nur, weil er mich befreien wollte! So ein verdammtes Pech! Er hatte ganz recht, als er sagte, daß wir heute abend lieber nicht ausrücken sollten. Man sollte eben immer auf seinen General hören!»

«Aber wo ist La Crique? Hat niemand La Crique gesehen? Weißt du nicht, ob sie ihn auch gefangen haben?»

«Nein, das glaube ich nicht», erwiderte Camus. «Ich habe nicht gesehen, daß sie ihn auch weggeführt hätten. Wahrscheinlich hat er sich oben durch die Büsche davongeschlängelt.»

Während die Longeverner noch ihr Unglück bejammerten und Camus in seiner Verzweiflung über diese Katastrophe die Vorteile und die Notwendigkeit einer straffen Disziplin erkannte, ertönte plötzlich ein Rebhuhnruf, der sie zusammenzucken ließ.

«Das ist La Crique», sagte Grangibus.

Und tatsächlich, er war es. Im Augenblick des Angriffs hatte er sich wie ein Fuchs zwischen den Büschen weggeschlichen und war so den Velranern entwischt. Jetzt kam er vom oberen Teil des Gemeindelandes her, und offenbar hatte er etwas gesehen, denn er begann sofort: «Oh, Kinder, wenn ihr wüßtet, was die mit Lebrac machen! Ich konnte es nicht deutlich sehen, aber es klang fürchterlich!»

Und er begann, sämtliche Bindfäden und Sicherheitsnadeln einzusammeln, um die Kleidung des Generals, die sicherlich arg zugerichtet sein würde, wieder einigermaßen in Ordnung bringen zu können.

Die Szene, die sich am Waldrand abspielte, war in der Tat furchtbar.

Der Schwarm der Gegner hatte den großen Lebrac überfallen, umdrängt und weggeschleppt. Das alles war so schnell gegangen, daß er im ersten Augenblick gar nicht begriff, wie ihm geschah. Dann jedoch, als er wieder zu sich gekommen war und die Lage überblickte, als der ‹Azteke› mit dem Messer in der Hand auf ihn zutrat und mit dem Rachewerk beginnen wollte, da zeigte er diesen Arschlöchern erst einmal, was ein echter Longeverner ist!

Mit dem Kopf, den Füßen, den Händen, den Ellbogen, den Hüften, den Knien und den Zähnen stieß, boxte, schlug und biß er um sich, sprang in die Höhe, teilte Ohrfeigen und Hiebe aus und wehrte sich aus Leibeskräften. Er warf seine Gegner zu Boden, zerriß ihnen die Kittel, versetzte dem ersten einen Schlag auf die Nase, dem zweiten einen auf die Augen und dem dritten einen aufs Ohr, daß es nur so krachte und knallte. Und nachdem sie ihm einen halben Ärmel zerfetzt hatten, gelang es ihm endlich, die feindliche Meute von sich abzuschütteln. Schon setzte er mit unwiderstehlichem Schwung an, um nach Longeverne zurückzulaufen, als er über das Bein des ‹Vollmonds› stolperte, das dieser ihm tückisch gestellt hatte, und der Länge nach hinstürzte. Da lag er, mit offenem

Mund, die Arme nach vorn und die Nase in einem Maulwurfshügel.

Sie ließen ihm noch nicht einmal Zeit, Luft zu schnappen. Kaum versuchte er, sich auf die Knie zu erheben, als ein Dutzend Feinde sich erneut auf ihn warfen, ihn pufften und schlugen, an ihm herumzerrten und ihn an Armen und Beinen festhielten, während einer ihn durchsuchte, ihm sein Messer abnahm und ihm sein eigenes Taschentuch als Knebel in den Mund stopfte.

Der ‹Azteke›, der das Unternehmen leitete, reichte dem ‹Vollmond› als Anerkennung dafür, daß er die Lage gerettet hatte, einen Haselnußstock und gebot ihm – eine Aufforderung, die eigentlich überflüssig war! –, dem Gefangenen, sobald er sich rühren würde, sechs Schläge überzuziehen.

Und Lebrac war keiner, der so ohne weiteres stillhielt. Seine Hinterbacken waren blau von Rutenschlägen, bis er sich endlich gezwungenermaßen in sein Schicksal ergab.

«Da, nimm, du Schwein!» schrie der ‹Vollmond› ihn an. «Du wolltest mir das Pimmelchen und die Eier abschneiden! Na warte, jetzt schneiden wir sie dir ab!»

Sie schnitten sie ihm nicht ab, aber kein Knopf, kein Knopfloch, keine Spange, kein Schuhband entging ihrer rächenden Wachsamkeit, und als Lebrac endlich besiegt, ausgeplündert und blau geschlagen in Freiheit gesetzt wurde, befand er sich in dem gleichen bejammernswerten Zustand wie fünf Tage zuvor der ‹Vollmond›.

Aber ein Longeverner heulte nicht wie ein Velraner. Lebrac hatte eine stolze Seele; er schäumte vor Wut und schien die körperlichen Schmerzen nicht zu spüren. Sobald man ihm den Knebel aus dem Mund gezogen hatte, zögerte er nicht, seine Peiniger mit den kräftigsten Ausdrücken zu beschimpfen und ihnen seine unbezähmbare Verachtung und seinen glühenden Haß ins Gesicht zu schleudern.

Das war ein wenig zu früh! Die siegreiche Horde, die ihn sicher in ihrer Gewalt wußte, fiel noch einmal über ihn her und traktierte ihn mit Stockschlägen und Fußtritten.

Bis zum Bersten angefüllt mit Wut und Verzweiflung, trunken von Haß und Rachedurst, mit verzerrtem Gesicht, tat Lebrac einige Schritte und ließ sich dann hinter einen kleinen Busch fallen, als wolle er sich hier ausschluchzen oder ein paar Dornen suchen, um damit seine Hose notdürftig zusammenzuflicken.

Er schäumte vor Wut. Er stieß mit den Füßen um sich, ballte die Fäuste, knirschte mit den Zähnen und biß in die Erde. Dann hielt er plötzlich inne, als habe dieser bittere Geschmack ihn auf eine Idee gebracht.

Das Kupferrot des Sonnenuntergangs senkte sich auf die halb entlaubten Zweige des Waldes, machte den Horizont weit und die Konturen weich und gab der von einem kräftigen Wind belebten Landschaft ein edles Gepräge. In der Ferne bellten die Wachhunde an ihren Ketten; ein Rabe rief vor dem Schlafengehen noch einmal seine Gefährten zusammen, die Velraner waren verstummt, von den Longevernern war kein Laut zu hören.

Lebrac, der versteckt hinter seinem Busch saß, zog die Schuhe aus (das war nicht schwierig!), steckte die zerfetzten Strümpfe in die ihrer Schnürsenkel beraubten Schuhe, entledigte sich seines Strickleibchens und seiner Hose, umwickelte damit seine Schuhe, stopfte diese Rolle in seinen Kittel, den er an den vier Enden zu einem kleinen Bündel zusammenknotete, und behielt nur sein kurzes Hemd an, dessen Zipfel im Winde flatterten.

Dann nahm er das Bündel in die eine Hand, hob mit zwei Fingern der anderen sein Hemd, stellte sich plötzlich in voller Größe vor der feindlichen Armee auf, und indem er seine Sieger mit Namen wie Rindviecher, Schweine, Dreckskerle und Schlappschwänze belegte, wies er ihnen mit ausgestrecktem Zeigefinger seinen Hintern. Daraufhin raste er in großen Sprüngen durch die Abenddämmerung davon, verfolgt von den Schmährufen der Velraner und einem Steinhagel, der an seinen Ohren vorüberpfiff.

Die Folgen einer Katastrophe

Schlag auf Schlag! Schmerz auf
Schmerz!
Ah, die Prüfung wird schwerer!
Victor Hugo: L'Année terrible

«Ein Unglück kommt eben nie allein!» Es war La Crique, der später diesen Ausspruch – der allerdings nicht von ihm stammte – tun sollte.

Als Lebrac unter lautem Fluchen und Schimpfen auf diese Arschlöcher von Velranern, Hemd und Haare im Winde flatternd, an der Straßenbiegung der Saute anlangte, fand er dort nicht seine Kameraden vor, wohl aber Vater Zéphirin, den alten Afrikakämpfer, der überall der ‹Beduine› genannt wurde und in der Gemeinde das bescheidene Amt eines Flurwächters ausübte – was man übrigens an der blank geputzten gelben Plakette sehen konnte, die zwischen den Falten seiner stets sauberen blauen Bluse glänzte.

Zum Glück für den großen Lebrac war der ‹Beduine›, der in Longeverne die öffentliche Gewalt vertrat, etwas schwerhörig und konnte auch nicht mehr gut sehen.

Er hatte seinen täglichen Rundgang fast beendet, als ihn plötzlich das wilde Geschrei Lebracs, der sich unter den Händen der Velraner wand, zum Stehenbleiben veranlaßte. Nun war er schon öfter die Zielscheibe der Streiche und Foppereien gewisser ‹Rotzbengel› der Gemeinde gewesen, und so zweifelte er nicht daran, daß die kräftigen Schimpfworte des kleinen Flüchtlings, der da gewissermaßen im Adamskostüm angestürmt kam, an seine Adresse gerichtet waren. Und er zweifelte noch weniger daran, als er unter anderem die Worte ‹Schwein› und ‹Mistkerl› vernahm, die, seinem klaren und logischen Denken zufolge zweifelsohne nur auf einen Vertreter des Gesetzes gemünzt sein konnten. Entschlossen (in erster Linie die Pflicht!), diesen unverschämten Burschen zu bestrafen, der gleichzeitig gegen die guten Sitten und die Würde des Magistrats verstieß, machte er sich an die Verfolgung, um ihn zu erwischen oder doch wenigstens zu erkennen und ihm früher oder später die Tracht Prügel zu verabreichen, die ihm ‹von Gesetzes wegen› zukam.

Aber auch Lebrac erblickte den ‹Beduinen› und folgerte aus dem Wort «Lausebengel!», das er ausstieß, auf seine feindlichen Absichten. Rasch bog er nach rechts zum höher gelegenen Teil des Gemeindelandes ab und verschwand in den Büschen, während sein Verfolger mit dem Stock herumfuchtelte und aus Leibeskräften brüllte: «Du Dreckfink, du! Na, warte nur, ich kriege dich schon!»

Die Longeverner, die im Dicken Busch saßen, waren entsetzt über diesen unerwarteten Zwischenfall und beobachteten mit großen runden Eulenaugen die Bemühungen des ‹Beduinen›.

«Das ist er. Ja, bestimmt, das ist er!» tuschelte La Crique. Er sprach von seinem Anführer.

«Da hat er's denen doch tatsächlich noch mal gegeben!» bemerkte Tintin. «Das ist schon ein Kerl!» Aus dem Ton seiner Stimme sprach die ganze Bewunderung, die er für seinen General empfand.

«Wie lange will dieses alte Arschloch uns eigentlich noch stören?» fragte Camus, der sich mit seinen trockenen schwieligen Handflächen die schmerzenden Stellen rieb. Er dachte bereits daran, Tintin oder La Crique vorzuschicken, damit sie den ‹Beduinen› von dem Ort fortlockten, an dem Lebrac sich vermutlich versteckt hielt. Sie sollten dem Wächter eine Reihe besonders kräftiger und gesalzener Schimpfworte zurufen, wie: «Alter Ölkopf, Tunte, Sodomist, afrikanischer Lustseuchenstrolch» und andere Ausdrücke, die sie gelegentlich aus Gesprächen zwischen den Alten des Ortes aufgeschnappt hatten.

Doch er konnte auf diese Maßnahme verzichten, denn bald darauf sah er den Alten den Weg herunterkommen. Der ‹Beduine› schimpfte laut über diese Lümmel, denen er die Ohren langziehen würde und die er ganz bestimmt eines schönen Tages ins Gemeindekittchen stecken würde, wo sie dann ein paar Stunden lang den Ratten von der Käserei Gesellschaft leisten könnten.

Unmittelbar darauf ahmte Camus das «Tiruiii» des grauen Rebhuhns nach, das das Sammelsignal der Longeverner war, und nachdem von oben die Antwort gekommen war, gab er durch drei weitere kurze Rufe seinem Waffenbruder, der sich in so verzweifelter Lage befand, zu verstehen, daß die Gefahr für diesmal gebannt war.

Bald darauf entdeckten sie hinter den Büschen, zuerst noch undeutlich, die weiße Gestalt Lebracs, der mit seinem Bündel ankam, und nun erkannten sie auch sein vor Wut verzerrtes Gesicht.

«Na, warte! Na, wartet nur!»

Mehr konnte Lebrac fürs erste nicht herausbringen. Mit Tränen in den Augen und zusammengepreßten Zähnen hob er die geballte Faust und schwenkte sie drohend nach Velrans hinüber.

Die anderen scharten sich um ihn. Sämtliche Schnüre, Bänder und Nadeln wurden eingesammelt, um ihm für die Rückkehr ins Dorf zu einem halbwegs manierlichen Aussehen zu verhelfen. In die Ösen des einen Schuhs zog man eine Peitschenschnur, in die des anderen ein Stück feinen Bindfaden von einem Säbelgurt. Zwei geflochtene Schnüre hielten die Strümpfe an den Kniekehlen. Es fand sich auch eine Sicherheitsnadel, mit der man ihm die Hose zusteckte. Camus wollte in übertriebenem Opferwillen sogar seine Gummischleuder abmontieren, um einen Gürtel für seinen Chef anzufertigen, aber dieser lehnte mit edler Geste dieses Angebot ab. Einige Dornen hielten die ärgsten Löcher zusammen. Der Kittel war allerdings ein wenig nach hinten gerutscht, das Hemd klaffte am

Hals auseinander, und der Ärmel, von dem ein ganzes Stück fehlte, legte ein beredtes Zeugnis für den schrecklichen Kampf ab, den der Krieger bestanden hatte.

Als Lebrac mehr schlecht als recht wieder zusammengeflickt war, betrachtete er sich mit melancholischen Blicken von oben bis unten und überlegte, wie viele Fußtritte in den Hintern diese Aufmachung ihm wohl einbringen würde. Er faßte das Ergebnis seiner Überlegungen in einem lapidaren Satz zusammen, der seine Soldaten bis ins tiefste Herz erschauern ließ: «Lieber Gott, wird das zu Hause eine Abreibung setzen!»

Ein düsteres Schweigen folgte dieser Prophezeiung. Offenbar fiel niemandem eine passende Entgegnung ein, und so klapperten sie denn auf ihren Holzschuhen recht jämmerlich und still durch den sinkenden Abend dem Dorf zu.

Welch ein Unterschied zwischen dieser Heimkehr und der vom Montag! Das trübe, drückende Dunkel vertiefte ihren Kummer. Kein Stern flimmerte durch die Wolken, die sich plötzlich über den ganzen Himmel gezogen hatten. Die grauen Mauern am Wegrand sahen aus, als stünden sie schweigend Spalier für diesen Unglückszug; die Zweige der Sträucher hingen herab wie Trauerweiden, und die Krieger von Longeverne schleppten sich mühsam dahin, als hinge an ihren Sohlen alle Not der Menschen und die ganze Melancholie des Herbstes.

Keiner sprach ein Wort; alle fürchteten sich davor, die schweren Sorgen ihres Anführers noch zu verschlimmern. Und als wolle es ihre Verzweiflung noch erhöhen, drang mit dem Südwestwind das Siegeslied der Velraner, die stolz nach Hause zogen, zu ihnen herüber:

«Ich bin ein Christ, dies ist mein Ruhm,
Dies meine Hoffnung und mein Halt ...»

Denn in Velrans herrschten die Schwarzen und in Longeverne die Roten.

Bei der großen Linde, an der man nach alter Gewohnheit haltmachte, brach Lebrac das Schweigen: «Morgen beim zweiten Messeläuten treffen wir uns am Waschhaus», sagte er mit einer Stimme, die fest klingen sollte und in der doch durch ein leichtes Zittern die Angst vor einer trüben, sehr unsicheren oder vielmehr nur allzu sicheren Zukunft spürbar wurde.

«Ja», erwiderten sie nur, und Camus, der Gesteinigte, trat zu ihm und drückte ihm schweigend die Hand. Dann löste sich der kleine Trupp ziemlich rasch auf und verteilte sich auf die einzelnen Wege und Pfade, die jeden seinen heimischen Penaten zuführte.

Als Lebrac bei seinem Elternhaus am oberen Brunnen anlangte, sah er, daß im Wohnzimmer bereits die Petroleumlampe brannte. Er spähte durch den Spalt der Gardinen und stellte fest, daß die Familie beim Abendessen saß.

Er zuckte zusammen. Diese Tatsache machte seine letzte Hoffnung zunichte, daß er in dieser fragwürdigen Aufmachung, in die er durch das schwärzeste aller Schicksale geraten war, unbemerkt würde ins Haus schlüpfen können.

Aber dann überlegte er sich, daß er früher oder später doch dieses Fegefeuer passieren mußte. So betrat er denn in stoischer Haltung, auf alles gefaßt, die Küche, ging hindurch und stieß die Tür zum Wohnzimmer auf.

Vater Lebrac hielt um so mehr von der ‹Büldung›, als er selbst in dieser Hinsicht ein absoluter Versager war. Darum verlangte er von seinem Sprößling vom ersten Tag jedes neuen Schuljahres an einen Lerneifer, der zu den geistigen Fähigkeiten des Schülers Lebrac in keinem annehmbaren Verhältnis stand. Von Zeit zu Zeit ging er zu Vater Simon, um dieses Thema mit ihm zu besprechen und ihm nachdrücklich einzuschärfen, er möge den Jungen nur recht ernsthaft vornehmen und ihm das Fell gerben, wenn er es für nötig erachtete. Er würde den Bengel gewiß nicht in Schutz nehmen wie gewisse idiotische Eltern, «die nicht wissen, was ihren Kindern guttut», sondern seinem Sohn, wenn er in der Schule Prügel bekommen hatte, zu Hause noch eine zweite Tracht verabreichen.

Wie man sieht, hatte Vater Lebrac, was die Pädagogik betraf, recht rückständige Ansichten und sehr klare Prinzipien, die er, wenn auch nicht mit Erfolg, so doch mit Überzeugung anwandte.

Gerade an diesem Abend war er, nachdem er seine Kühe getränkt hatte, zum Schulmeister gegangen, der beim mittleren Brunnen unter den Arkaden des Gemeindehauses saß und seine Pfeife rauchte, und hatte sich nach dem Betragen seines Sohnes erkundigt.

Natürlich hatte er erfahren, daß Lebrac der Jüngere bis halb fünf

Uhr hatte nachsitzen müssen und dann ohne Stocken die Lektion hatte hersagen können, die er am Morgen nicht gewußt hatte, was schließlich bewies, daß er, wenn er nur wollte ... nicht wahr?

«Dieser Rotzbengel!» hatte der Vater gerufen. «Wissen Sie auch, daß er nie ein Buch mit nach Hause nimmt? Packen Sie ihm einen Haufen Aufgaben auf, Rechnen, Schreiben, Zeichnen, Auswendiglernen, was Sie nur wollen! Aber keine Angst, heute Abend werde ich mir den Burschen mal vorknöpfen!»

In dieser Stimmung befand sich Vater Lebrac, als sein Sohn ins Zimmer trat.

Alle saßen auf ihren Plätzen und hatten bereits ihre Suppe gelöffelt. Sein Käppchen auf dem Schädel, das Messer in der Hand, machte der Vater sich daran, geräucherten Speck auf einer Kohlunterlage entsprechend dem Magenumfang des Empfängers in mehr oder weniger dicke Scheiben zu schneiden, als die Tür knarrte und sein Sohn erschien.

«Ach, du läßt dich also wirklich noch mal sehen», bemerkte er mit einer halb verbitterten, halb spöttischen Miene, die nichts Gutes verhieß.

Lebrac hielt es für klüger, nicht zu antworten, und setzte sich schweigend auf seinen Stuhl am Fußende des Tisches. Er hatte keine Ahnung, was der Vater vorhatte.

«Iß deine Suppe», befahl die Mutter mürrisch. «Sie ist schon ganz kalt.»

«Und knöpf deinen Kittel zu», ergänzte der Vater. «Du siehst ja aus wie ein Ziegenhändler.»

Mit einer ebenso energischen wie sinnlosen Bewegung zog Lebrac seinen Kittel zurecht, der hinten heruntergerutscht war; aber er schloß keinen Knopf und keine Schnalle – aus gutem Grund!

«Ich habe gesagt, du sollst deinen Kittel zuknöpfen», wiederholte der Vater. «Und überhaupt, wo kommst du eigentlich her? Doch nicht etwa aus der Schule um diese Zeit?»

Lebrac vermied eine direkte Antwort. «Ich habe meine Kittelspange verloren», murmelte er.

«Du lieber Herr Jesus, wie ist so was nur möglich!» rief die Mutter. «Diese Nichtsnutze! Diese Rotzlöffel! Alles müssen sie zerreißen und verderben! Was soll bloß aus so einem Jungen werden!»

«Und was ist mit deinen Ärmeln?» fiel der Vater ein. «Hast du etwa auch die Ärmelknöpfe verloren?»

«Ja», gab Lebrac zu.

Auf diese neue Eröffnung, die in Verbindung mit der verspäteten Rückkehr auf eine ganz besondere und ungewöhnliche Situation hinwies, folgte eine eingehende Untersuchung.

«Stell dich mal hier in die Mitte und laß dich ansehen!»

Lebrac fühlte, wie er bis in die Haarwurzeln errötete. Verflucht, die Sache wurde gefährlich!

Der Vater hob den Lampenschirm, und nun bot sich den vier forschenden Augenpaaren der Familie das ganze Ausmaß der Katastrophe. Die von den gewiß begeisterten und wohlmeinenden, aber allzu ungeschickten Händen der Freunde hastig vorgenommenen Reparaturen hatten nichts besser, sondern alles nur noch schlimmer gemacht.

«Verdammt noch mal! Du Schwein! Du Mistkerl! Du Taugenichts! Du Lump!» donnerte der Vater nach jeder neuen Entdekkung. Kein einziger Knopf an Strickleibchen und Hemd, Dornen, um den Hosenschlitz zusammenzuhalten, eine Sicherheitsnadel am Hosengurt, Bindfäden in den Schuhen!

«Also von wem stammst du eigentlich ab, Mistfink, verdammter?» Vater Lebrac konnte er nicht fassen, daß er als braver Staatsbürger einen solchen Lümmel hatte erzeugen können, während die Mutter über die endlose Arbeit jammerte, die dieser Dreckspatz, dieses elende Ferkel von einem Kind, ihr Tag um Tag bereitete.

«Und du bildest dir wohl ein, daß das noch lange so weitergeht?» begann der Vater wieder. «Du glaubst wohl, ich gebe weiter mein gutes Geld aus, um einen Rotzbengel wie dich aufzuziehen und zu ernähren, einen Kerl, der weder zu Hause noch in der Schule, noch sonstwo was taugt? Erst heute habe ich's wieder von deinem Lehrer hören müssen!»

«. . .»

«Aber dir werd ich's schon zeigen! Du sollst erfahren, daß die Besserungsanstalten nicht für die Hunde gebaut sind. Warte nur!»

«. . .»

«Zunächst mal bekommst du kein Abendbrot! Aber, verdammt noch mal, willst du nicht endlich den Mund auftun? Wo hast du dich so zugerichtet?»

«. . .»

«Ach, du willst also nicht, Lausebengel du! Nein? Na schön, ich werde dich schon zum Reden bringen!»

Damit zog Vater Lebrac aus dem Reisighaufen neben dem Kamin eine harte, geschmeidige Haselnußgerte, riß seinem Sprößling das Hemd hoch und die Hosen herunter und verabreichte dem Jungen, der sich wand und drehte und dabei brüllte, daß die Fensterscheiben zitterten, die denkwürdigste Tracht Prügel seines Lebens.

Dann, nachdem so der Gerechtigkeit Genüge getan war, fügte er in einem Ton hinzu, der keinen Widerspruch duldete: «Du gehst jetzt zu Bett. Ab mit dir. Und daß ich keinen Mucks mehr von dir höre!»

Todmüde streckte Lebrac sich auf seinen mit Mais- und Haferstroh gefüllten Matratzen aus. Er fühlte sich im wahrsten Sinne des Wortes wie zerschlagen, sein Hintern brannte wie Feuer und der Kopf schwirrte ihm. Lange wälzte er sich hin und her, lange, sehr lange dachte er über sein Unglück nach, bis er endlich einschlief.

Ein Schlachtplan

> ... so leicht und einfach angetan, die Schönheit, die man grad dem Schlummer hat entrissen.
>
> *Racine: Britannicus. II. Akt, 2. Szene.*

Als Lebrac am folgenden Morgen aus einem Schlaf, der so bleischwer wie ein Rausch gewesen war, erwachte, streckte er sich langsam und spürte dabei den Schmerz in seinen Gliedern und die Leere in seinem Magen. Wie eine aufsteigende Hitzewelle, die ihm zu Kopf stieg und ihn erröten ließ, kam ihm jetzt die Erinnerung an das, was gestern geschehen war.

Seine Kleidungsstücke, die unordentlich im ganzen Zimmer verstreut waren, legten durch ihren Zustand Zeugnis von den schlimmen Erfahrungen ab, die ihrem Besitzer, bevor er sich ihrer entledigte, zuteil geworden waren.

Lebrac überlegte, daß der väterliche Zorn nach einer gut durchschlafenen Nacht wohl etwas besänftigt sein dürfte. Aus den Geräuschen im Haus und auf der Straße schloß er auf die Uhrzeit: Die Tiere kamen von der Tränke zurück, seine Mutter füllte den Kühen die Raufen. Es war Zeit, daß er aufstand und die Arbeiten verrichtete, die ihm an jedem Sonntagmorgen zukamen, wenn er sich nicht schon wieder eine harte Maßregelung zuziehen wollte; es galt, die fünf Paar Schuhe der Familie zu säubern und blank zu putzen, den Holzkorb mit Scheiten und die Gießkannen mit Wasser zu füllen.

Lebrac sprang aus dem Bett und stülpte seine Mütze auf. Dann fuhr er sich mit den Händen über sein heißes, schmerzendes Hinterteil, und da er keinen Spiegel hatte, in dem er sich betrachten konnte, drehte er den Kopf so weit wie möglich über die Schultern und spähte hinab:

Er sah eine rote Fläche mit violetten Streifen.

Waren das nun die Rutenhiebe des ‹Vollmonds›? Oder die Keile des Vaters? Wahrscheinlich beides.

Wieder errötete er vor Scham und Wut bis an den Haaransatz.

Diese Mistkerle von Velranern! Das sollten sie ihm bezahlen!

Jetzt zog er die Strümpfe an und machte sich auf die Suche nach seiner alten Hose, derjenigen, die er zu allen Verrichtungen tragen mußte, bei denen er Gefahr lief, seine ‹guten Sachen› zu beschmutzen und zu verderben. Ausgerechnet heute! Aber er stellte über die Ironie seiner Lage keine Überlegungen an, sondern stieg in die Küche hinunter.

Dort machte er sich zunächst die Abwesenheit seiner Mutter zunutze und stibitzte aus der Anrichte einen dicken Runken Brot, den er in seiner Tasche verbarg und von dem er hin und wieder ein mächtiges Stück abbiß, so daß er sich beim Kauen fast die Kiefer ausrenkte. Dann nahm er sich die Schuhe vor und begann sie mit einem solchen Feuereifer zu bürsten, als sei am Vorabend nicht das geringste geschehen.

Sein Vater, der seine Peitsche an den eisernen Haken der Steinsäule inmitten der Küche hängte, warf im Vorbeigehen einen raschen und strengen Blick auf ihn, sagte jedoch kein Wort.

Nachdem er seine Arbeit getan und zum Frühstück einen Teller Suppe gelöffelt hatte, bequemte er sich unter Aufsicht seiner Mutter zu der sonntäglichen Reinigung.

Es muß gesagt werden, daß Lebrac, ebenso wie die Mehrzahl seiner Kameraden – mit Ausnahme von La Crique –, zum Wasser eine sehr entfernte und sozusagen unfamiliäre Beziehung hatte und es ebenso fürchtete wie Mitis, der Hauskater. Er schätzte es lediglich in den Wassergräben, in denen er gern herumpanschte, und als Kraft, die seine kleinen selbstgefertigten Mühlen trieb, an deren

Schaufelrädern die Achsen aus Holunderholz und die Schaufelbrettchen aus Haselnußholz waren.

Während der Woche wusch er sich denn auch trotz aller Zornesausbrüche von Vater Simon lediglich die Hände, die er bei der Sauberkeitsinspektion vorzeigen mußte, und dabei benutzte er auch meistens Sand an Stelle von Seife. Sonntags jedoch mußte er zähneknirschend die ganze Prozedur über sich ergehen lassen. Dann rubbelte seine Mutter ihm mit einem derben Lappen aus ungebleichtem Leinen, den sie zuvor befeuchtet und eingeseift hatte, Gesicht, Hals und Ohren ab. Was das Innere seiner Ohren betraf, so fuhr sie darin nicht weniger energisch mit einem befeuchteten, wie zu einer Schraube zusammengedrehten Leinenzipfel herum. An diesem Morgen versagte Lebrac sich jeden Protestschrei, und nachdem er sein Sonntagszeug angezogen hatte, gestattete man ihm beim zweiten Messeläuten, das Haus zu verlassen, erklärte ihm jedoch mit einer Ironie, die jeder Eleganz entbehrte, er brauche nur noch einmal anzufangen wie gestern abend, dann ...

Die ganze Armee von Longeverne war bereits versammelt. Die Krieger redeten aufgeregt durcheinander, besprachen noch einmal ihre Niederlage und warteten ängstlich auf ihren General.

Obgleich ihn der Anblick all dieser glänzenden Augen, die ihn stumm befragten, fast rührte, trat er doch wie selbstverständlich unter seine Leute.

«Na ja», sage er, «es hat natürlich was gesetzt. Aber davon stirbt man nicht – sonst wäre ich jetzt nicht hier. Trotzdem sind wir denen da drüben was schuldig, und das werden sie uns bezahlen.»

Diese Ausdrucksweise, die einem nicht Eingeweihten zunächst unlogisch erscheinen würde, wurde sofort und von allen akzeptiert, denn es folgte eine allgemeine Beifallskundgebung.

«So geht das nicht weiter!» fuhr Lebrac fort. «Nein, wir müssen uns unbedingt was ausdenken. Ich will nicht noch mal zu Hause so 'n Spektakel erleben, denn erstens würden sie mich dann nicht mehr weglassen und außerdem müssen wir denen das von gestern heimzahlen. Wir müssen uns die Sache während der Messe überlegen, und dann unterhalten wir uns heute abend noch mal darüber.»

In diesem Augenblick kamen die Mädchen vorüber, die sich ebenfalls geschlossen zur Messe begaben. Während sie über den Kirchplatz gingen, warfen sie neugierige Blicke auf Lebrac; denn sie waren über die Kriegslage im Bilde und wußten bereits durch ihre

Brüder oder Vettern, daß der General gestern trotz allem heroischen Widerstand das Schicksal der Besiegten erlitten hatte und ausgeplündert und in einem jammervollen Zustand nach Hause zurückgekehrt war.

Lebrac war zwar keine schüchterne Natur, aber unter dem Feuer all dieser Blicke errötete er doch bis über beide Ohren. Sein männlicher Führerstolz litt entsetzlich unter seiner Niederlage und der vorübergehenden Demütigung, und er fühlte sich noch elender, als seine spezielle Freundin, die Schwester von Tintin, ihm im Vorbeigehen einen zärtlichen Blick zuwarf, einen unglücklichen, beunruhigten, feuchten und weichen Blick, der ihm beredt verkündete, welch tiefen Anteil sie an seinem Mißgeschick nahm und welch heiße Liebe sie trotz alledem für den Auserwählten ihres Herzens empfand.

Aber diese unzweideutigen Zeichen der Zuneigung konnten Lebrac nicht beruhigen. Er wollte um jeden Preis in den Augen seiner Freundin im rechten Licht erscheinen. Darum nahm er Tintin beim Arm, zog ihn aus dem Kreis der Kameraden und fragte ihn: «Hast du deiner Schwester wenigstens alles richtig erzählt?»

«Na klar!» versicherte der andere. «Sie hat geheult vor Wut und gesagt, wenn sie den ‹Vollmond› unter die Finger bekäme, würde sie ihm die Augen auskratzen.»

«Hast du ihr auch gesagt, daß das nur passiert ist, weil ich Camus befreien wollte und daß sie mich nie gekriegt hätten, wenn ihr 'n bißchen schneller gewesen wärt?»

«Aber ja! Alles hab ich ihr erzählt! Ich hab ihr sogar erzählt, daß du die ganze Zeit, während sie dich so zurichteten, nicht eine Träne geweint hast und daß du ihnen zum Schluß sogar deinen Hintern gezeigt hast. Na, die hat vielleicht gestaunt! Ja, unsere Marie ist ganz weg von dir, da kannst du Gift drauf nehmen. Sie hat mir gesagt, ich sollte dich dafür küssen, aber – na ja, unter Männern – das geht doch nicht, wie würde das aussehen! Aber Hauptsache, du weißt, wie sie's meint! Ja, alter Freund, die Weiber ... wenn die mal lieben ... Sie hat mir auch gesagt, wenn sie Zeit hätte, würde sie das nächste Mal versuchen, uns nachzukommen, damit sie dir die Knöpfe annähen kann, falls sie dich noch mal schnappen.»

«Die schnappen mich nicht wieder, verflucht noch mal!» schwor Lebrac. Aber er war doch gerührt.

«Sag ihr, wenn ich wieder auf den Jahrmarkt von Vercel gehe, bringe ich ihr einen Pfefferkuchen mit, aber nicht so 'n kleines Dings, sondern einen ganz großen. Du weißt schon, so einen zu sechs Sou mit einem Spruch auf jeder Seite.»

«Oh, da wird die Marie sich freuen, wenn ich ihr das erzähle!» versicherte Tintin. Er dachte sofort daran, daß seine Schwester alle Leckereien, die sie bekam, mit ihm teilte. Gleich darauf verriet er sich, denn er fügte in einem Anfall von Großzügigkeit hinzu: «Vielleicht können wir den Pfefferkuchen dann zu dritt essen.»

«Aber ich will ihn ja nicht für dich kaufen und auch nicht für mich, sondern für sie!»

«Ja, das weiß ich, aber ... mit fiel nur eben ein, daß sie uns ja vielleicht was davon abgeben könnte.»

«Trotzdem», meinte Lebrac nachdenklich. Dann traten sie unter den hallenden Glocken in die Kirche.

Jeder der Jungen begab sich an den Platz, auf den er sich durch Absprachen, persönliches Ansehen oder die Kraft seiner Fäuste im Laufe mehr oder weniger langer Debatten und Kämpfe ein Anrecht erworben hatte (als die besten Plätze galten diejenigen, die den Bänken der Mädchen am nächsten lagen). Dann zog jeder etwas aus der Tasche, um sich ein ‹entsprechendes Aussehen› zu geben: der einen Rosenkranz, jener ein Meßbuch und der dritte ein frommes Bild.

Lebrac holte aus den Tiefen seiner Jackentasche ein altes, abgegriffenes, in Leder gebundenes Gebetbuch mit riesigen Lettern, das Erbstück einer kurzsichtigen Großtante, und schlug es irgendwo auf, nur um sich seiner Umgebung anzupassen. Er war so wenig neugierig auf den Inhalt des Buches, daß er es verkehrt herum hielt, und während er auf die mächtigen Buchstaben einer lateinischen Hochzeitsmesse starrte, überlegte er, welchen Vorschlag er heute abend seinen Soldaten unterbreiten sollte; denn, das ahnte er jetzt schon, diesen verdammten Schwachköpfen würde wie gewöhnlich nicht das geringste eingefallen sein. Sie würden wieder einmal ihm allein die Entscheidung überlassen, was zu tun sei, um diese schreckliche Gefahr, von der sie alle mehr oder weniger bedroht waren, abzuwenden.

Tintin mußte ihn jedesmal anstoßen, damit er in den vom Ritual vorgeschriebenen Augenblicken niederkniete, aufstand oder sich setzte, und er schloß auf die ungeheure Geistesanspannung seines Anführers aus der Tatsache, daß dieser nicht ein einziges Mal zu den Mädchen hinschaute, die ihrerseits von Zeit zu Zeit herüberschielten, um festzustellen, was für ein Gesicht einer machte, der eine so gehörige Abreibung hinter sich hatte.

Von den verschiedenen Möglichkeiten, die sich seinem Geiste anboten, wählte Lebrac, der stets für radikale Lösungen war, eine aus, und als sich nach dem Vespergottesdienst die Krieger von Longeverne bei Pépiots Steinbruch versammelten, schlug er sie ihnen klar, kühl und unumwunden vor.

«Es gibt nur ein einziges Mittel, unsere Sachen zu schützen: nämlich keine zu tragen. Ich schlage also vor, daß wir nackt kämpfen!»

«Ganz nackt?» rief eine Anzahl der Kameraden überrascht, erstaunt und sogar ein wenig entsetzt über dies gewaltsame Verfahren, das möglicherweise sogar ihr Schamgefühl verletzte.

«Sehr richtig», versetzte Lebrac. «Wenn ihr gestern erlebt hättet, was ich erlebt habe, würdet ihr bestimmt dasselbe sagen.»

Lebrac hatte nicht die Absicht, sich in Szene zu setzen, aber um seine Zuhörer zu überzeugen, berichtete er in allen Einzelheiten von den physischen und moralischen Leiden seiner Gefangenschaft am Waldrand und dem warmen Empfang, der ihm zu Hause zuteil geworden war.

«Aber wenn nun jemand vorbeikommt», wandte Boulot ein. «Wenn nun ein Bettler zufällig herkommt und unsere Sachen klaut, oder wenn der ‹Beduine› uns so erwischt!»

«Erstens werden wir unsere Sachen verstecken», entgegnete Lebrac, «und zweitens werden wir, wenn's nötig ist, jemanden hinstellen, der sie bewacht. Und wenn uns irgendwelche Leute sehen und sich genieren, brauchen sie ja nur wegzugucken. Und der ‹Beduine› ... der kann uns mal! Ihr habt ja gesehen, was ich gestern abend mit dem gemacht habe!»

«Ja, aber ...» begann Boulot wieder, der offensichtlich gar keine Lust hatte, sich ohne jede Aufmachung zu zeigen.

«Aha!» fiel Camus ein, und nun nagelte er den Kleinen mit einem entwaffnenden Argument fest: «Ich weiß schon, warum du nicht wagst, dich nackt auszuziehen. Du hast Angst, daß wir den Weinfleck sehen, den du auf dem Hintern hast, und daß wir dich auslachen. So 'n Quatsch, Boulot! Was ist das schon, ein Fleck auf dem Hintern! Deshalb bist du doch noch kein Krüppel und brauchst dich nicht zu schämen! Der Fleck kommt nur davon, daß deine Mutter, als sie mit dir schwanger ging, plötzlich Lust hatte, Wein zu trinken und sich genau in dem Augenblick am Hintern gekratzt hat.

Ja, so kommt so was zustande! Und so ein Gelüst auf Wein ist auch nichts Schlimmes. Wenn die Frauen schwanger sind, dann haben sie noch ganz andere Einfälle und manchmal ganz widerliche, mein Lieber. Ich hab das von der Hebamme von Rocfontaine gehört. Die hat mal zu meiner Mutter gesagt, es gäbe welche, die wollten in dem Zustand am liebsten Scheiße essen!»

«Scheiße?»

«Ja!»

«Pfui Deubel!»

«Ja, meine Lieben, bestimmt, sogar Soldatenscheiße und alle möglichen Schweinereien, die noch nicht mal ein Hund riechen mag.»

«Ja, sind sie denn verrückt während der Zeit?» rief Tétard entsetzt.

«Offenbar. Während der Zeit, vorher und nachher. Jedenfalls sagt das mein Vater immer, und dem glaube ich. Man kann doch nichts machen, ohne daß sie jammern wie Hühner, die lebendig gerupft werden! Und bei jeder Kleinigkeit setzt's gleich 'ne Ohrfeige.»

«Ja, das stimmt, die Weiber sind schon ein übles Pack!»

«Also was ist nun, wollen wir nackt kämpfen? Ja oder nein?» fragte Lebrac.

«Wir müssen abstimmen!» verlangte Boulot. Es war ihm sichtlich unangenehm, seinen Hintern zeigen zu müssen, den das mütterliche Gelüst mit einem Weinfleck geziert hatte.

«Herrgott, bist du blöd!» ereiferte sich Tintin. «Ich hab dir doch gesagt, uns ist das egal!»

«Ja, euch vielleicht, aber ... die Velraner ... wenn die den Fleck sehen ... also das, das ... nein, das möchte ich nicht!»

Jetzt machte La Crique einen Versuch, die Streitfrage zu lösen: «Wie wär's denn, wenn Boulot sein Zeug anbehielte, und wir anderen kämpfen nackt?»

«Nein, nein!» widersetzten sich einige der Krieger. Camus' Enthüllungen hatte sie auf die Anatomie ihres Kameraden neugierig gemacht, und nun wollten sie sich *de visu* davon überzeugen, was ein ‹Gelüst› ist. Sie verlangten mit aller Entschiedenheit, daß Boulot sich ebenso ausziehen müsse wie die anderen.

«Los, Boulot, zeig diesen Idioten schon deinen Fleck!» ermunterte ihn La Crique. «Die sind ja dämlicher, als die Polizei erlaubt!

Die haben offenbar noch nie was gesehen, nicht mal 'ne kalbende Kuh oder 'ne Ziege, die zum Bock geführt wird.»

Boulot sah ein, daß nichts zu machen war, und fügte sich heldenhaft in sein Schicksal. Er knöpfte seine Hosenträger ab, ließ die Hose fallen, hob sein Hemd und zeigte allen mehr oder weniger interessierten Kriegern von Longeverne das ‹Gelüst›, das die Hinterseite seines Körpers zierte. Nachdem dies geschehen war, wurde Lebracs Vorschlag, den Camus, Tintin, La Crique und Grangibus unterstützten, mit der üblichen ‹Einstimmigkeit› angenommen.

«Aber das ist noch nicht alles», begann Lebrac wieder. «Wir müssen auch wissen, wo wir uns ausziehen und wo wir unsere Sachen verstecken. Wenn nämlich so jemand wie Vater Simon oder der Pfarrer in unsere Nähe kommen sollte, dann wär's schon besser, sie würden uns nicht nackt sehen, sonst erleben wir womöglich zu Hause alle noch 'ne Überraschung.»

«Ich weiß, wohin wir gehen», erklärte Camus. Und nun führte der freiwillige Aufklärer die kleine Armee zu einem tief im Gebüsch liegenden verlassenen Steinbruch, der von allen Seiten geschützt war und von dem aus man durch eine Art Unterholz leicht hinter das Schanzlager im Dicken Busch und somit aufs Schlachtfeld gelangen konnte.

Die Jungen brachen in begeisterte Rufe aus:

«Großartig!»

«Fabelhaft!»

«Donnerwetter! Prima ist das!»

Der Platz war wirklich glänzend geeignet. Und jetzt wurde auf der Stelle beschlossen, daß am folgenden Tag Camus mit zwei anderen tüchtigen Kriegern als Aufklärer vorausgehen und das Gros der Armee beschützen sollte, während die anderen sich hierher begeben und sozusagen ‹die Kampfuniform anlegen› würden.

Auf dem Rückweg nahm Lebrac Camus beiseite und fragte ihn vertraulich: «Wie hast du das eigentlich angestellt, einen so prima Platz zum Ausziehen auszubaldowern?»

«Tja», meinte Camus nur und blinzelte seinen Kameraden und General schalkhaft an. Dann fuhr er sich mit der Zunge über die Lippen, kniff ein Auge zu, und als Lebrac ihn nur stumm und fragend ansah, sagte er: «Weißt du, mein Lieber, das sind so Weibergeschichten. Ich erzähle es dir später mal, wenn wir allein sind.»

Neue Kämpfe

Panurge fuhr plötzlich mit der rechten Hand in die Luft, bohrte den Daumen ins rechte Nasenloch, streckte die anderen vier Finger geschlossen und parallel zum Nasenrücken aus, schloß das linke Auge und schielte mit dem rechten unter dem tief gesenkten Lid hervor ...
Rabelais, Gargantua und Pantagruel

Am Montagmorgen um acht Uhr kam Lebrac mit seiner geflickten Hose und einer Bluse zur Schule, deren Ärmel von verschiedener Farbe waren, so daß sein Aufzug fast einem Karnevalskostüm glich.

Seine Mutter hatte ihm, bevor er wegging, strengstens eingeschärft, ja auf seine Sachen zu achten und ihm eine erneute Abreibung prophezeit, falls sie am Abend auch nur den kleinsten Schmutzfleck oder den winzigsten Riß daran entdecken würde. Außerdem saß der neu eingesetzte Ärmel etwas stramm und behinderte Lebrac in seinen Bewegungen; doch das dauerte nicht lange.

Sobald er den Schulhof betreten hatte, übermittelte Tintin ihm im Vertrauen die Liebesschwüre seiner Schwester und ihr etwas profaneres, aber nicht weniger wichtiges Angebot, zerrissene oder beschädigte Kleidungsstücke notfalls sofort auszubessern.

Die Mitteilung nahm kaum eine halbe Minute in Anspruch. Gleich darauf traten die beiden zu der Hauptgruppe, wo Grangibus soeben aufgeregt und zungenfertig zum siebtenmal erzählte, wie sein Bruder und er gestern Abend beinahe wieder in einen Hinterhalt der Velraner geraten wären, die sich diesmal nicht auf Beschimpfungen und Steinwürfe beschränkt, sondern alle Anstalten getroffen hatten, sich ihrer wertvollen Personen zu bemächtigen und sie ihrem unersättlichen Rachedurst zu opfern.

Glücklicherweise war der elterliche Hof nicht weit. Sie hatten Turc, ihrer großen dänischen Dogge, gepfiffen, die ausgerechnet an diesem Tag (ein Glück!) nicht angekettet war, und das Auftauchen des Köters, den sie unverzüglich auf ihre Feinde hetzten, sein

Knurren, seine drohende Haltung und die scharfen Fangzähne mit den roten Lefzen hatten die Velraner zur Flucht veranlaßt.

Und nun, so erzählte Grangibus, hatten sie Narcisse gebeten, den Hund jeden Tag gegen halb sechs loszubinden und ihnen entgegenzuschicken, damit er sie im Notfall auf dem Heimweg schützen konnte.

«Diese Schweine!» murmelte Lebrac. «Diese Schweine! Das sollen sie uns bezahlen! Teuer bezahlen!»

Es war ein schöner Herbsttag. Die niedrigen Wolken, die die Erde vor Frost geschützt hatten, waren bei Sonnenaufgang davongezogen. Die Luft war lau, die Nebel über dem Bach von Vernois schienen sich in den ersten Sonnenstrahlen aufzulösen, und ganz unten, hinter dem Buschwerk der Saute, stachen am feindlichen Waldrand die gelben und teilweise kahlen Stämme der jungen und alten Bäume ins Licht.

Ein herrlicher Tag, wie geschaffen für eine Schlacht!

«Wartet nur, heute abend!» sagte Lebrac lächelnd. Ein Freudentaumel erfaßte die Armee von Longeverne. Auf den Reisighaufen und den Pflaumenbäumen in den Obstgärten tschilpten die Spatzen und Finken, und so wie die Vögel sangen auch die Kinder. Die Sonne machte sie froh und zuversichtlich, erfüllte sie mit sorgloser Heiterkeit. Die Niederlage vom Vorabend und das Strafgericht, das über ihren General ergangen war, lagen bereits in weiter Ferne, und man vergnügte sich bis zum Unterrichtsbeginn mit einer aufregenden Partie Bockspringen.

Als dann Vater Simons Trillerpfeife ertönte, war die Fröhlichkeit wie weggewischt. Die Stirnen legten sich in sorgenvolle Falten, die Lippen preßten sich voller Bitterkeit zusammen, und in die Augen trat ein Ausdruck des Bedauerns. Ja, ja, das Leben! ...

«Kannst du deine Aufgaben, Lebrac?» erkundigte sich La Crique teilnahmsvoll.

«Na ja, nicht so besonders. Versuch, mir vorzusagen, wenn's geht, ja? Heute muß ich aufpassen, daß ich nicht wieder nachsitzen muß wie am Samstag. Das metrische System habe ich gut gelernt, die Gewichte kann ich alle auswendig hersagen: die aus Gußeisen, die aus Kupfer, die Näpfchen und auch die kleinen Blättchen. Aber ich weiß nicht, was einer alles braucht, um wahlberechtigt zu sein. Mein Alter hat mit Vater Simon gesprochen, da nimmt er mich bestimmt in einer Stunde vor. Hoffentlich beim metrischen System!»

Lebracs Wunsch wurde erhört, aber das Glück, das ihm so günstig war, wurde zum Unglück seines Freundes Camus. Wenn La Crique, der seine Lippen und Hände spielen ließ wie der pathetischste aller Pantomimen, sich nicht so geschickt und vorsichtig eingeschaltet hätte, wäre es um Camus geschehen gewesen, und er hätte am Nachmittag bestimmt nachsitzen müssen.

Der arme Junge, der, wie wir uns erinnern, vor ein paar Tagen schon beinahe über die Definition des ‹Staatsbürgers› gestolpert wäre, hatte keine blasse Ahnung von den Eigenschaften, die ein Mensch aufweisen muß, um wahlberechtigt zu sein.

Dank der Mimik La Criques, der mit seiner Rechten wie mit einer Gabel in der Luft herumfuchtelte, vier Finger hochreckte und den Daumen verbarg, wußte er wenigstens, daß es sich um vier Eigenschaften handelte.

Die Aufzählung dieser Eigenschaften fiel ihm jedoch wesentlich schwerer.

Er simulierte einen momentanen und partiellen Gedächtnisschwund, runzelte die Stirn, spielte nervös mit seinen Fingern herum, tat, als denke er tief nach und verlor dabei nicht einen Moment La Crique, den Retter, aus den Augen. Der tat sein möglichstes. Mit einem ausdrucksvollen Blick wies er seinen Kameraden auf die Karte von Frankreich hin, die an der Wand hing; aber Camus mißdeutete in seiner Ratlosigkeit diese beredte Geste, und anstatt zu sagen, man müsse Franzose sein, erklärte er zum allgemeinen Entsetzen, man müsse ‹seine Giographie› können.

Vater Simon erkundigte sich, ob er verrückt geworden sei oder sich über ihn lustig machen wolle, während La Crique, tief bekümmert über dieses Mißverständnis, unmerklich die Achseln zuckte und den Kopf abwandte.

Aber jetzt ging Camus ein Licht auf, und er sagte: «Man muß aus dem Land sein.»

«Aus welchem Land?» brüllte ihn der Lehrer an. Eine so ungenaue Antwort machte ihn wütend. «Etwa aus Preußen oder aus China?»

«Aus Frankreich», antwortete der Befragte. «Man muß Franzose sein!»

«Na also, da hätten wir's endlich! Und was sonst noch?»

«Sonst?» Ein flehender Blick ging zu La Crique.

Dieser zog sein Messer aus der Tasche, klappte es auf, tat, als wolle er Boulot, seinen Banknachbar, erstechen und berauben und schüttelte dann den Kopf.

Camus begriff, daß man weder gemordet noch gestohlen haben durfte. Er verkündete es, während die anderen unter Anführung von La Crique ihre Stimmen erhoben und die Antwort etwas allgemeiner faßten, indem sie erklärten, man müsse im Besitz der bürgerlichen Ehrenrechte sein.

Donnerwetter, das ging ja gar nicht so schlecht! Camus atmete auf. Zur Erläuterung der dritten erforderlichen Eigenschaft führte La Crique eine ganze Pantomime auf: Er fuhr mit der Hand an sein Kinn, um einen nicht vorhandenen Bart zu streicheln, zog an unsichtbaren langen Schnurrbarthaaren und fuhr mit den Händen sogar noch an eine andere diskrete Stelle, um auch dort das Vorhandensein eines Haarwuchses anzudeuten. Dann machte er es ähnlich wie Rabelais' Held Panurge bei seiner in Zeichensprache geführten Unterhaltung mit dem Engländer: Er hob zweimal nacheinander beide Hände mit gespreizten Fingern in die Luft und darauf noch einmal den Daumen der Rechten. Das konnte nur ‹einundzwanzig› bedeuten. Triumphierend beantwortete Camus auch die dritte Frage: «Man muß einundzwanzig Jahre alt sein.»

«Und nun die vierte!» forderte Vater Simon wie der Besitzer des Drehkreuz-Glücksspiels am Abend des Dorffestes.

Camus richtete seine Augen auf La Crique, dann auf die Zimmerdecke, dann auf die Wandtafel und schließlich wieder auf La Crique. Seine Augenbrauen zogen sich zusammen, als rühre sein Wille in machtloser Verzweiflung die Wasser seines Erinnerungsvermögens auf.

La Crique nahm ein Heft zur Hand und malte mit dem Zeigefinger unsichtbare Buchstaben auf den Deckel.

Was mochte das zu bedeuten haben? Nein, damit konnte Camus nichts anfangen! Jetzt krauste der Vorsager die Nase, öffnete den Mund ein wenig, steckte die Zunge zwischen die Zähne, und zwei Silben drangen an das Ohr des Geplagten: «Liste!»

Mehr konnte er nicht herausbekommen. Er drehte seinen Hals immer weiter und weiter nach der Seite, wo La Crique saß, und tat dies so auffällig, daß Vater Simon schließlich, gereizt über diese idiotische Art, mit der sein Schüler so hartnäckig auf dieselbe Stelle im Klassenzimmer starrte, den abgeschmackten, verrückten und törichten Einfall hatte, sich plötzlich umzudrehen.

Und damit war wieder mal ein kleines Malheur geschehen, denn er überraschte La Crique bei seiner Grimasse und deutete sie völlig falsch. Er folgerte daraus, daß dieser Bengel hinter seinem Rücken Fratzen schnitt, um seine Kameraden auf Kosten des Lehrers zum Lachen zu bringen.

Sofort bekam der Sünder seinen rächenden Zorn zu spüren:

«La Crique, du wirst mir bis morgen früh das Verbum ‹den Affen spielen› in allen Formen aufschreiben. Und beim Futurum und Konditional schreibst du gefälligst ‹ich werde nicht mehr› und ‹ich würde nicht mehr den Affen spielen› anstatt ‹ich werde› und ‹ich würde›! Verstanden?»

Im ganzen Klassenzimmer saß nur ein einziger Schwachkopf, der über diese Strafe lachte: der krummbeinige Bacaillé. Diese alberne und unkameradschaftliche Haltung hatte zur Folge, daß der Lehrer jetzt erst recht in Wut geriet und sich Camus wieder so scharf vornahm, daß ein Nachsitzen unvermeidlich schien: «Also, was ist nun? Wirst du mir jetzt endlich die vierte Eigenschaft nennen?»

Die vierte Eigenschaft kam nicht! Nur La Crique wußte sie.

Verflucht! dachte er. Bevor alles verloren ist, wollen wir wenigstens einen retten. Und mit der unschuldsvollen Miene eines strebsamen Schülers, der sein schlechtes Benehmen von vorhin wiedergutmachen möchte, antwortete er an Stelle seines getreuen Kameraden, und zwar so schnell, daß der Lehrer nicht mehr dazu kam, ihm das Wort zu verbieten:

«Man muß in der Wählerliste seiner Gemeinde eingeschrieben sein.»

«Ja, wer hat dich denn gefragt? Hast du vielleicht gehört, daß ich dich gefragt hätte?» donnerte Vater Simon immer aufgebrachter, während sein bester Schüler eine zerknirschte und betroffene Miene aufsetzte, die zu seiner inneren Empörung in krassem Gegensatz stand.

Die Stunde ging ohne weitere Zwischenfälle zu Ende; aber Tintin flüsterte Lebrac ins Ohr: «Hast du Bacaillé, diesen Mistkerl, gesehen? Auf den müssen wir ein Auge haben. Dem ist nicht zu trauen, das ist eine Petze!»

«Glaubst du wirklich?» fragte Lebrac erschrocken. «Na, das wäre ja heiter!»

«Ich habe keine Beweise», sagte Tintin, «aber wundern würde

es mich nicht. Das ist so ein Heimlicher, so ein Duckmäuser. Ich kann solche Kerle nicht leiden!»

Die Ferdern kratzten über das Papier und malten das Datum hin: «Montag ... 189 ... Gedenktage. Ausbruch des Krieges gegen die Preußen. Schlacht bei Forbach.»

«He, Tintin», flüsterte Guignard, «ich kann das nicht erkennen: Heißt es nun Forbach oder Morbach?»

«Forbach! Morbach heißt der Kanonier vom Hof von Camus, der letzten Sonntag den Chantelots erzählt hat, daß er jetzt Urlaub hat. Forbach! Das wird wohl irgend 'n Land sein.»

Die schriftlichen Aufgaben wurden schweigend hingekritzelt. Dann kündigte ein dumpfes Gemurmel, das allmählich an Lebhaftigkeit und Lautstärke zunahm, an, daß die Schüler fertig waren und die Pause zwischen den beiden Stunden dazu benutzten, die folgende Lektion noch einmal durchzugehen oder ihre persönlichen Ansichten über die Lage der beiden kriegführenden Armeen auszutauschen.

Als das metrische System an die Reihe kam, schnitt Lebrac glänzend ab. Er wußte genau, daß die Gewichtsmaße den Längenmaßen entsprechen und daß es auf diesem Gebiet sogar noch zwei weitere Größen gibt. Und er jonglierte so gewandt mit Myriagrammen und Zentnern wie ein Jahrmarktsathlet mit Zwanzig-Kilo-Hanteln. Er setzte sogar Vater Simon in Erstaunen, indem er ihm vom größten bis zum kleinsten sämtliche gebräuchlichen Gewichte herschnurrte und bis in alle Einzelheiten beschrieb.

«Wenn du deine Lektionen immer so wüßtest wie die, dann würde ich dich nächstes Jahr für die Abschlußprüfung vorschlagen», erklärte er.

Aber Lebrac legte gar keinen Wert auf die Abschlußprüfung. Sich mit Diktaten, Rechenaufgaben und französischen Aufsätzen herumzuquälen, ganz zu schweigen von der ‹Giographie› und der Geschichte – nein, das war nichts für ihn! Die Komplimente und Versprechungen des Lehrers konnten ihn auch nicht rühren, und wenn er lächelte, so ganz einfach darum, weil er jetzt sicher war, daß Vater Simon ihn auf Grund des guten Eindrucks, den er am Vormittag gemacht hatte, am Nachmittag laufenlassen würde, selbst wenn er in Geschichte und Grammatik ein bißchen hereinfallen sollte.

Als es vier Uhr schlug, liefen alle schnell nach Hause, um ihr Vesperbrot zu holen, und versammelten sich gleich darauf in Pépiots

Steinbruch. Camus, der die Vorhut übernehmen sollte, brach mit Grangibus und Gambetta auf, um den Waldrand zu überwachen, während der Rest der Armee davonstürmte, um sich ‹in die Kampfuniform zu werfen›.

Sobald Camus bei seinem Baum angekommen war, kletterte er hinauf und hielt Ausschau. Noch war nichts zu entdecken. Er nutzte die Zeit aus, um die Schnüre festzuziehen, die die Gummibänder mit der Gabel und dem Leder seiner Schleuder verknüpften, und um seine Steine zu sortieren. Die besten kamen in die linke Tasche, die anderen in die rechte. Unterdessen zogen die Soldaten Lebracs und ihr General sich aus. Boulot überwachte die Zeremonie, wies jedem seinen Platz an und legte große Steine zurecht, damit sie ihre Sachen darauf deponieren konnten, ohne daß diese schmutzig wurden.

«Nimm meine Trillerpfeife und steig auf die Eiche da drüben», sagte Tintin zu Boulot. «Wenn du den Schwarzen oder den Steißtrommler oder irgendeinen, den du nicht kennst, sehen solltest, mußt du zweimal pfeifen, damit wir uns in Sicherheit bringen können.»

In diesem Augenblick stieß Lebrac, der sich bereits ausgezogen hatte, einen wütenden Schrei aus und schlug sich vor die Stirn.

«Verdammte Scheiße! Daran habe ich nicht gedacht! Jetzt haben wir keine Taschen für unsere Steine.»

«Verflucht, das stimmt», bestätigte Tintin.

«So was Dämliches!» rief La Crique. «Die Knüttel allein genügen nicht.»

Und er überlegte kurz ...

«Wir nehmen unsere Taschentücher und tun die Steine da rein. Und wer dann alle Steine aufgebraucht hat, bindet sich das Tuch ums Handgelenk.»

Obgleich die Taschentücher meistens nur Stücke aus alten, abgelegten Hemden oder Fetzen von Wischlappen waren, stellte sich doch heraus, daß ein gutes halbes Dutzend der Kämpfer überhaupt keins hatte, aus dem einfachen Grund, weil sie sich die Nase nach Bedarf mit dem Kittelärmel abwischten und es in ihrer Weisheit als unnötig erachteten, sich mit solchen sinnlosen Gegenständen zu belasten.

Lebrac kam den Einwänden dieser jungen Philosophen zuvor, indem er sie anwies, ihre Mütze oder die ihres Nachbarn als ‹Steinbeutel› zu benutzen. So war denn alles zum Besten der Truppe geregelt.

«Können wir?» fragte er daraufhin ... «Also dann, looos!»

Er übernahm die Führung, hinter ihm kam Tintin, dann La Crique und danach die anderen, wie es sich gerade ergab. Den Knüttel in der rechten Hand, das an den vier Zipfeln zusammengeknotete Taschentuch voller Steine in der linken, rückten sie langsam vor, und ihre schmächtigen oder rundlichen, leicht fröstelnden Gestalten hoben sich weiß gegen den dunklen Hintergrund ab. Binnen fünf Minuten langten sie beim Dicken Busch an.

Camus hatte eben in diesem Augenblick die Feindseligkeiten eröffnet. Er nahm den ‹Vollmond› aufs Korn, dem er, wie er sagte, unbedingt die Schnauze einschlagen wollte.

Übrigens war es höchste Zeit, daß das Gros der Longeverner anrückte. ‹Schiefmaul›, der Nacheiferer und Rivale von Camus, hatte gemeldet, daß nur wenige Feinde in Sicht seien, und die Velraner, die noch der Gedanke an ihren Sieg vom vorgestrigen Abend beflügelte, bereiteten sich darauf vor, mit den paar Leuten, die ihnen gegenüberstanden, kurzen Prozeß zu machen. Aber als sie aus dem Wald hervorschwärmten, um sich als Angriffskolonne zu formieren, prasselte eine vernichtende Garbe von Wurfgeschossen auf sie ein, die sie zur Umkehr zwang und ihr Ungestüm dämpfte.

‹Schiefmaul›, der von seinem Baum gestiegen war, um am Angriff teilzunehmen, stieg schnell wieder hinauf und spähte hinüber zum Dicken Busch. Aber von einer etwa eingetroffenen Verstärkung war dort nichts zu entdecken; nur Camus, der von seiner Eiche herabgekommen war, stand mit gespannter Schleuder da. In seiner Nähe sah ‹Schiefmaul› Grangibus und Gambetta, die ebenfalls Verteidigungsstellung einnahmen. Nichts Neues also. Die Krieger von Longeverne hatten sich nämlich, schlotternd und halb erstarrt vor Kälte, hinter den Baumstämmen und dem dichten Gestrüpp versteckt, wo sie nun reglos hockten.

«Jetzt werden sie wieder angreifen wollen», prophezeite Lebrac halblaut. «Vielleicht war es doch falsch, daß wir eben so viele Steine geworfen haben; wenn die nur jetzt nicht ahnen, daß wir sie erwarten. Aufgepaßt! Legt euch die Steine zurecht. Wir lassen sie ganz nahe herankommen, und wenn ich das Kommando ‹Feuer!› gebe, bombardieren wir sie.»

«Der ‹Azteke› war von ‹Schiefmauls› Kundschafterbericht sehr befriedigt. Wenn die Feinde sich nicht zeigten und sich so verhielten wie am Samstag, dann war wohl auch heute, so folgerte er, ihr General nicht anwesend, und sie befanden sich erheblich in der Minderzahl. Darum faßte er einen Entschluß, dem seine Berater, die in der Erinnerung an die Gefangennahme von Lebrac noch immer freudig erregt waren, begeistert zustimmten: Man würde sich Camus schnappen, der gerade wieder auf seine Eiche kletterte. Bestimmt würde ihm keine Zeit zur Flucht bleiben; diesmal würden sie ihn erwischen und ihm die Hölle heiß machen. Genau wie Lebrac sollte es ihm ergehen. Schon seit langem hatten seine Kugeln und Steine allzuviel Unheil in ihren Reihen angerichtet. Es war dringend nötig, ihm eine Lektion zu erteilen und seine Schleuder zu konfiszieren.

Die Velraner warteten ab, bis Camus es sich auf seinem Baum bequem gemacht hatte.

Bei derartigen Scharmützeln, bei denen zumeist der persönliche Mut und der Angriffsgeist des Generals über Sieg oder Niederlage entschieden, bedurfte es keiner langen Vorbereitungen. Kaum saß Camus auf seinem Ast, als die Velraner schon mit geschwungenen Knütteln und unter dem kehligen, wilden Kriegsruf «Ah! Aaah!», im Vertrauen auf ihre Stärke, ins Feindgebiet einbrachen.

Im Dicken Busch von Longeverne hätte man das Schwirren einer Fliege hören können. Nur aus Camus' Schleuder kamen knallend die Wurfgeschosse.

Die nackten Jungen, die da hinter dem Gestrüpp knieten oder hockten, schlotterten vor Kälte, wagten es jedoch nicht zuzugeben. Jeder hielt einen Stein in der Rechten und den Knüttel in der Linken.

Lebrac stand aufrecht in der Mitte unter Camus' Eiche. Sein Körper war hinter dem dicken Stamm völlig verborgen, sein Kopf mit den wirren Haaren nach vorn gereckt. Unter den gerunzelten Brauen blickten die Augen starr und flammend. Die rechte Faust preßte nervös den Generalssäbel am Koppel aus Peitschenschnur. Bereit, das Angriffssignal zu geben, mit zitternden Lippen, verfolgte er die Bewegung der Feinde.

Und plötzlich, wie ein Teufel, der aus einer Kiste hochschießt, fuhr er mit einem Satz in die Höhe, und heulend fast, wie in einem Wahnsinnsanfall, entrang sich seiner Kehle das herrische Kommando:

«Feuer!»

Der Steinhagel traf die Truppen aus Velrans mit voller Wucht und brachte ihren Angriff zum Stocken. Gleichzeitig ertönte die Stimme Lebracs, der rasend, aus vollen Lungen brüllte:

«Vorwärts! Vorwärts! Vorwärts! Looоos!»

Wie eine höllische, phantastische Legion von Gnomen, die plötzlich aus dem Erdboden auftauchen, schossen alle Soldaten Lebracs, nackt wie die Würmer, aus ihren geheimnisvollen Verstecken empor, schwangen ihre Speere und Säbel und stürzten sich unter wildem Geschrei mit unwiderstehlichem Schwung auf die Truppe der Velraner.

Wie gelähmt hielt das Heer des ‹Azteken› inne, zuerst überrascht, dann bestürzt, erschrocken und schließlich von panischer Angst ergriffen.

Als die Gefahr von Sekunde zu Sekunde wuchs, machten alle wie mit einer einzigen Bewegung kehrt, und schneller noch, als sie gekommen waren, jagten sie in riesigen Sprüngen buchstäblich wie von Dämonen gehetzt, dem schützenden Waldrand zu, ohne daß einer der Flüchtlinge auch nur ein einziges Mal den Kopf zu wenden wagte.

Lebrac stürmte mit geschwungenem Säbel seinen Leuten voraus. Seine langen, nackten Arme vollführten wilde Gesten, die nervigen Beine griffen bei jedem Sprung zwei Meter weit aus, und hinter ihm brauste in rasendem Lauf seine gesamte Armee heran, frei von allen Fesseln, glücklich, sich warm rennen zu können. Die Spitzen ihrer Speere und Lanzen stachen den Feinden schon fast in die Flanken, als diese endlich den Graben erreichten. Gleich würden sie sie haben!

Aber die Flucht der Velraner war durch so ein geringes Hindernis nicht aufzuhalten. Vor ihnen lag der Wall mit dem Gestrüpp, das am Waldrand gelichtet war und dann immer dichter wurde. Die geschlagene Armee des ‹Azteken› konnte ihre Zeit nicht damit verlieren, einer nach dem anderen den Weg durch den Großen Graben zu nehmen. Die ersten taten es, aber die letzten zögerten nicht, mitten ins Gestrüpp zu springen und sich mit Händen und Füßen den Rückzug zu erzwingen, koste es, was es wolle.

Ihre spärliche Aufmachung hinderte die Longeverner leider daran, die Verfolgung durch die Dornen und Stacheln fortzusetzen. Vom Rande des Waldes sahen sie zu, wie die flüchtenden Feinde ihre Stöcke fallen ließen, ihre Mützen verloren, ihre Steine umhersäten, wie sie sich gequetscht, gepeitscht, zerkratzt und zerfetzt durch die dornigen Büsche und stacheligen Brombeersträucher vorwärts kämpften, gleich gehetzten Ebern oder Hirschen, die die Hunde verbellt haben.

Lebrac war mit Tintin und Grangibus in den Großen Graben gesprungen. Eben wollte er die Schulter des vor Angst zitternden ‹Vollmonds› packen, dessen Seiten er schon mit seinem Säbel bearbeitet hatte, als zwei durchdringende Pfiffe aus seinem Lager herüberdrangen, die die Verfolgung des Feindes für diesmal beendeten und Lebrac und seine Soldaten anhalten ließen.

Der ‹Vollmond› konnte wie die anderen entwischen und verschwand im Unterholz. Er ließ eine charakteristische Duftspur hinter sich, die von seiner entsetzlichen Angst Zeugnis ablegte.

Was war geschehen?

Lebrac und seine Krieger hatten sich auf Boulots Signal hin etwas beunruhigt umgewandt. Schließlich wollten sie sich nicht gern von einem der weltlichen oder geistlichen Hüter der öffentlichen Moral aus Longeverne oder von anderswo in dieser zweifelhaften Aufmachung überraschen lassen.

Lebrac warf noch einen bedauernden Blick auf den entschwindenden ‹Vollmond› und lief im Graben zurück zum Waldrand, wo seine Soldaten ihn erwarteten und sich mit weit aufgerissenen Augen bemühten, die Ursache von Boulots Alarmsignal zu entdecken.

Camus, der im Augenblick des Angriffs wieder von seinem Baum herabgeklettert war und der, wie wir uns erinnern, seine Sachen anbehalten hatte, wagte sich vorsichtig bis zum Straßenrand, um die Gegend auszukundschaften.

Er brauchte nicht lange dazu! Denn wen erblickten seine Augen?

Ausgerechnet den ‹Beduinen›, diesen widerlichen alten Saufbruder, der beim Ertönen der zwei Pfiffe ebenfalls zusammengefahren war und jetzt mit seinen kurzsichtigen Augen nach allen Seiten lugte, um die geheimnisvolle Ursache dieses ungewöhnlichen und einigermaßen unheimlichen Signals zu ergründen!

Gerechte Vergeltung

Donec ponam inimicos tuos, scabellum pedum tuorom.
Sonntags-Vespermesse
Psalmo ... nescio quo.
*Janotus de Bragmardo**

Der ‹Beduine› sah Camus im selben Moment, da dieser ihn erblickte; der Junge jedoch hatte den Flurwächter sofort erkannt, während dies umgekehrt glücklicherweise nicht der Fall war.

Immerhin spürte der Alte mit dem Instinkt des früheren Afrikakämpfers, daß dieser Bursche dort etwas mit dem sonderbaren Vorkommnis zu tun haben mußte oder ihm wenigstens einige Hinweise oder Erläuterungen geben konnte. Darum machte er ihm ein Zeichen stehenzubleiben und ging geradewegs auf ihn zu.

Das kam wiederum Boulot zustatten, der schon befürchtete, dieser alte Dreckskerl könnte die Kleiderkammer der Longeverner entdecken. Um dies zu verhindern, war Boulot zu allem entschlossen. Das beste Mittel war stets, dem Alten auf kurze Entfernung ein Schimpfwort zuzurufen, vorausgesetzt, es standen, wie in diesem Fall, ein paar Bäume und Sträucher in der Nähe, hinter denen man sich verstecken konnte. Stellte man sich geschickt an und huschte von Deckung zu Deckung, so konnte man den Alten weit vom Kampfplatz weglocken.

«Sieht das Rebhuhn
seine Küchlein
in Gefahr ...»

Boulot kannte die Fabel auswendig. Diese List des kleinen Vogels hatte ihm gefallen, und da er auch nicht dümmer war als ein Rebhuhn, dessen ‹Tiruiii› er so täuschend nachahmen konnte, verstand er sich nötigenfalls darauf, den ‹Beduinen› von jeder Stelle, wo er unerwünscht war, fortzulocken.

Dieses kleine Spiel ließ sich jedoch nicht ohne gewisse Risiken

* Bei Gott, mein Herr Freund! Magis magnos clericos non sunt magis magnos sapientes (Rabelais, I. Buch, Kap. XXXIX).

und Komplikationen durchführen. Die größte Gefahr war die Anwesenheit oder das Auftauchen eines Dorfbewohners, der schnelle Beine und scharfe Augen hatte und ihn beim Flurwächter verpfeifen konnte. Wenn es sich gar um einen Verwandten oder einen Freund der Eltern handelte, war sogar zu befürchten, daß dieser kraft seiner Autorität den Delinquenten beim Ohr packte und ihn so dem Vertreter der öffentlichen Gewalt auslieferte. Solche Fälle waren schon vorgekommen und hatten, wie sich denken läßt, zu äußerst unangenehmen Situationen geführt.

Da Boulot von Natur vorsichtig war, wollte er in diesem Fall so ein Risiko lieber nicht eingehen. Andererseits wußte er nichts Genaues über den Ausgang des Kampfes und die Richtung, in die Lebrac seine Truppen dirigiert hatte. Das laute Geschrei vorhin hatte ihm lediglich verkündet, daß ein ernster Angriff stattgefunden hatte. Aber wo mochten seine Kameraden jetzt stecken?

Schwerwiegende Fragen!

Camus seinerseits dachte natürlich nicht daran zu warten, bis der ‹Beduine› ihn erreicht haben würde. Sobald er bemerkt hatte, daß dieser auf ihn zuging, schlug er rasch einen Haken, sprang in den Hohlweg hinab und lief seinen Kameraden entgegen. Dabei rief er ihnen mit gedämpfter Stimme zu, sie sollten nach oben flüchten, da das alte Aas, wie er den Störenfried bezeichnete, von unten her anrücke.

Als der ‹Beduine› sah, wie Camus davonrannte, zweifelte er keinen Augenblick daran, daß diese dreckigen Rotznasen ihm wieder mal einen Streich spielen wollten. Er dachte an diesen verfluchten Bengel, der ihm vor zwei Tagen seinen nackten Hintern gezeigt hatte, und da er an diesem Abend in Angriffsstimmung war, begann er hinter dem Lümmel herzulaufen.

Er schwitzte und schnaufte und kam eben noch zurecht, um zu sehen, wie die ganze Bande splitternackt davonstürmte und am oberen Rand der Saute in den Büschen verschwand. Dabei brüllten sie ihm aus voller Kehle Schimpfwörter zu, über deren Sinn es kein Mißverständnis geben konnte: «Alter Schweinehund! Hurenkerl! Lustseuchenstrolch! Alter Bock! Du kannst uns mal ...»

«Ihr kleinen Dreckschweine! Mistfinken! Unverschämte Bengel, ihr!» rief der Alte zurück und begann wieder zu laufen. «Na, wartet nur, wenn ich einen von euch kriege! Dem schneide ich die Ohren ab! Dem schneide ich die Nase ab! Dem schneide ich die Zunge ab! Dem schneide ich ...»

Alles wollte der ‹Beduine› ihnen abschneiden.

Aber um einen der Ausreißer zu erwischen, hätte er flinkere Beine haben müssen. Obwohl er mit seinem Stock auf alle Büsche schlug, fand er niemanden. Von fern ertönte eine Stimme, und er folgte hoffnungsvoll dieser Spur, die sich jedoch bald als trügerisch erweisen sollte.

Camus, Grangibus und La Crique, die angezogen bereitstanden, um die Rückkehr ihrer Kameraden zur ‹Kleiderkammer› zu decken, hatten das ausgeführt, was Boulot einen Augenblick erwogen hatte und den ‹Beduinen› über die Weiden von Chasalans weit, weit nach Velrans hinübergelockt, um ihn so zu täuschen und ihn, der ohnehin mit seinen schwachen Augen niemanden erkannt hatte, zu der Überzeugung zu bringen, daß nur die Jungen aus dem feindlichen Dorf schuld seien an diesem Attentat auf seine Würde als alter Verteidiger des Vaterlandes und Hüter des Gesetzes.

Da alle Warn- und Sammelsignale im voraus vereinbart waren und der feindliche Wald leer war, hörten Camus und seine beiden Helfer zu dem ihnen geeignet erscheinenden Zeitpunkt auf, dem ‹Beduinen› Schimpfwörter zuzurufen, bogen plötzlich in die Felder ab, krochen an der Mauer von Fricots Weide entlang, verschwanden wieder im Wald und begaben sich von hier durch den oberen Graben zum Buschwerk des Gemeindelandes, wo sie etwa hundert Meter oberhalb der Straßenbiegung, also auf dem Schlachtfeld, wieder auftauchten.

Das Schlachtfeld lag jetzt recht einsam da. Nichts erinnerte an den denkwürdigen Kampf, der erst vor kurzem hier stattgefunden hatte. Aus den Büschen unten jedoch erklang in regelmäßigen Abständen das ‹Tiruii› der Longeverner, die ihre drei Gefährten zurückriefen.

Dank diesem geschickten Ablenkungsmanöver hatte die überraschte Kämpferschar das von Boulot bewachte Lager wieder erreichen können und war dort mit großer Eile daran gegangen, die Hemden, Hosen, Kittel und Schuhe wieder anzuziehen. Boulot ging geschäftig hin und her, griff überall zu und hatte alle Hände voll zu tun, um hier ein Hemd in die Hose zu stopfen, dort einen Hosenträger zu befestigen oder eine Hose zuzuknöpfen, die Mützen einzusammeln, die Schuhbänder zuzuknoten und aufzupassen, daß keiner etwas verlor oder vergaß.

Beim Anziehen schimpften und fluchten die Soldaten der Armee auf diesen verdammten alten Mistkerl, der immer da auftauchte, wo man ihn am wenigsten brauchen konnte. In weniger als fünf Minuten waren sie fix und fertig. Nicht ganz befriedigt von dem halben Sieg, bei dem sie leider keine Gefangenen gemacht hatten, schwärmten sie von oben nach unten in mehreren Gruppen aus, um die drei Aufklärer, die sich den ‹Beduinen› vorgenommen hatten, zurückzurufen.

«Das zahle ich diesem Kerl heim», erklärte Lebrac. «Jawohl, das zahle ich ihm heim! Schließlich ist das nicht das erste Mal, daß er mir so in die Quere kommt! So kann das nicht weitergehen, oder es gibt keinen Gott und keine Gerechtigkeit und nichts mehr auf der Welt! Nein, verdammt noch mal, das kann man sich nicht bieten lassen!»

Und Lebrac zermarterte sein Hirn auf der Suche nach einem möglichst furchtbaren und ausgefallenen Racheakt. Auch seine Kameraden versanken in tiefes Nachdenken.

«Was meinst du, Lebrac», begann Tintin. «Der Alte hat doch Äpfel. Wie wär's denn, wenn wir seine Bäume mit ein paar Obststangen bearbeiteten, während er in Chasalans nach uns sucht? Na?»

«Und dann könnten wir ihm sein Krautbeet ein bißchen durcheinanderbringen», ergänzte Tigibus.

«Und ihm die Fensterscheiben einwerfen!» fiel Guerillas ein.

«Ja, das wären schon Vorschläge», gab Lebrac zu, der sich ebenfalls etwas ausgedacht hatte. «Aber warten wir erst mal auf die anderen. Außerdem kann man so was kaum bei Tage machen. Wenn uns einer dabei sieht, sind Zeugen da, und dann bringt er uns womöglich ins Gefängnis ... so einem alten Schwein, das kein Herz und keinen Verstand hat, ist alles zuzutrauen. Aber wir werden schon was finden.»

«Tiruiii!» ertönte es aus den Büschen im Westen.

«Da sind sie!» rief Lebrac, und nun ahmte auch er dreimal hintereinander den Ruf des grauen Rebhuhns nach.

Ein kräftiges Holzschuhklappern kündigte ihm an, daß die drei Aufklärer und die verschiedenen über den Hang verstreuten Gruppen dem Lager zustrebten. Als alle versammelt waren, erstatteten die Läufer Bericht: «Der ‹Beduine› hat wie 'n Irrer gewettert auf diese dreckigen Lausebengel aus Velrans, die anständige Leute auf ihrem eigenen Gebiet belästigen, und dabei hat er Blut und

Wasser geschwitzt und geschnauft wie 'ne alte Schindmähre, die einen mordsschweren Wagen einen Scheunenaufgang, der steil ist wie 'n Dach, raufzieht.»

«Na, ausgezeichnet», erklärte Lebrac. «Wahrscheinlich wird er wieder hierherkommen; deshalb muß jemand dableiben und aufpassen.»

La Crique, der bereits ein gewitzter Logiker und Psychologe war, vertrat eine andere Meinung: «Er hat geschwitzt, infolgedessen hat er Durst. Also wird er direkt ins Dorf zurückgehen, um bei Fricot in der Kneipe einen zu heben. Vielleicht wäre es ganz gut, wenn einer von uns auch runterginge.»

«Ja, sehr richtig», stimmte der General zu. «Drei bleiben hier, drei gehen runter. Die anderen kommen mit mir in den Wald von Teuré. Ich weiß jetzt, was wir machen. Für den Posten bei Fricot brauchen wir einen besonders Schlauen», fuhr er fort. «La Crique, du gehst hin und nimmst Chanchet und Pirouli mit. Ihr müßt dort Murmeln spielen und ganz harmlos tun. Boulot bleibt hier und versteckt sich mit zwei anderen im Steinbruch. Ihr paßt scharf auf und hört genau hin, was er sagt. Wenn der Alte dann weg ist und ihr wißt, was er tun will, kommt ihr alle zu uns ans Ende der Straße nach Donzé, gleich beim Jubiläumskreuz. Dann sage ich euch, wie's weitergeht.»

La Crique gab zu bedenken, daß weder er noch seine beiden Kameraden Murmeln bei sich hätten, und Lebrac gab ihm großzügig ein ganzes Dutzend (im Werte von einem Sou!), damit die drei ihre Rolle vor den Augen des Flurwächters gut spielen konnten.

Auf eine letzte Ermahnung des Generals hin erklärte La Crique mit spöttischer Zuversicht: «Mach dir nur keine Sorgen! Das übernehme ich! Diesem alten Arschloch werd ich's schon geben!»

Dann trennten sie sich unverzüglich.

Lebrac marschierte mit dem Gros der Truppe zum Wald von Teuré. Kaum waren sie dort angelangt, als er seinen Leuten befahl, die längsten Waldreben-Ranken, die sie finden konnten, von den Bäumen zu reißen.

«Wozu denn?» fragten sie. «Zum Rauchen? Oh, prima, wir machen uns Zigarren!»

«Vor allem paßt auf, daß ihr sie nicht zerreißt», mahnte Lebrac. «Und holt so viele, wie ihr irgend kriegen könnt. Was damit geschehen soll, sage ich euch später. Camus, du mußt auf die Bäume klettern und die Ranken ablösen. Aber klettere möglichst hoch, wir brauchen lange Stücke.»

«Na klar, das schaffe ich schon», versicherte der Leutnant.

«Moment noch! Hat einer von euch zufällig Bindfaden da?» fragte Lebrac.

Alle hatten Enden von dreißig Zentimeter bis ein Meter. Sie zeigten sie vor.

«Behaltet sie erst mal. – Ja», beschloß er – offenbar als Antwort auf eine innere Frage, die er sich gestellt hatte. «Steckt sie ein und holt die Waldreben.»

Waldreben zu entdecken war in diesem alten Holzschlag eine Kleinigkeit, die waren im Überfluß vorhanden. An den Stämmen der dicken Eichen, der Weiß- und Rotbuchen, der Birken und der wilden Birnbäume, ja an fast allen Bäumen kletterten die geschmeidigen und harten Ranken empor, klammerten sich mit ihren schraubenförmig gedrehten Blättern an die knorrige Rinde, wickelten sich, zähleibige pflanzliche Schlangen, um die Äste, um ins Blaue hinaufzusteigen, sich das Licht zu erobern und mit jedem neuen Morgen einen kräftigen Schluck Sonne zu nehmen. Unten am Boden sah man überall alte graue, harte und steife Waldrebenstümpfe, die auseinanderbröckelten wie ein Stück Rindfleisch, das zu lange gekocht hat, und die sich dann am oberen Ende zu beweglichen, widerstandsfähigen Peitschenschnüren zerfaserten.

Camus kletterte auf einen Baum; Tétas und Guignard je auf einen anderen. So bildeten sie drei Trupps, die unter Lebracs wachsamen Blicken gleichzeitig an die Arbeit gingen.

Das Raufklettern? Das war bald geschafft!

Ein Baum mochte noch so dick sein, Camus ging ihn an wie ein antiker Ringkämpfer seinen Gegner: er umschlang ihn einfach mit beiden Armen. Oft waren diese Arme sogar zu kurz, um den Stamm ganz zu umfassen. Aber das machte nichts! Wie Saugnäpfe hafteten Camus' Handflächen an allen Knoten der Rinde; seine Beine überkreuzten sich und formten einen Ring wie die gekrümmten Äste eines Weinstocks. Ein fester Druck der Knie schnellte ihn um dreißig bis fünfzig Zentimeter in die Höhe. Dann klammerten sich die Hände von neuem fest, wieder preßten die Knie sich zusammen, und binnen fünfzehn oder zwanzig Sekunden bekam Camus bereits den ersten Ast zu fassen.

Und nun ging alles wie von selbst: Er stützte sich zunächst mit der Brust und den Vorderarmen auf den Ast, dann kamen die Knie in Höhe dieser natürlichen Reckstange an und schoben sich darauf, und wenige Sekunden später hatten die Füße den Platz der Knie eingenommen. Von hier aus stieg Camus dann so leicht und selbstverständlich wie auf einer bequemen Treppe bis in die Wipfel hinauf.

Es dauerte nicht lange, bis sie die Ranken in den Händen hielten, denn inzwischen hatte sie ein Kamerad mit seinem Taschenmesser direkt über dem Erdboden gekappt. Nun zogen drei oder vier andere Jungen mit aller gebotenen Vorsicht daran und holten die lange Schnur, die Camus oben vom Baum ablöste, Stück für Stück zu sich herunter.

Wie oft hatten die kleinen Hirten dieses Kunststück schon vollbracht, wenn sie im Sommer am Sankt-Johannis-Tag die Hörner ihrer Tiere mit Grün und Feldblumen schmückten. Dann mischten im dunklen Laub der geflochtenen Girlanden Klematis, Efeublüten, Kornblumen, Mohn, Margeriten und Skabiosen ihre Farben, und jeder der Jungen wollte die anderen an Geschmack und Einfallsreichtum übertreffen. Und welch schöner Anblick war es, wenn am Abend die guten Kühe mit schweren Tritten, bimmelnden Glocken und feuchten Augen, geschmückt und bekränzt wie die Maienbräute, ins Dorf zurückkehrten.

Zu Haus hängte man den Strauß dann über die Küchentür an die großen Nägel des ‹Wehrgehänges›, wo das glänzende ländliche Rüstzeug der Sensen seine dunklen Lichter aufblitzen läßt, und dort ließ man ihn bis zum nächsten Jahr und zuweilen noch länger unter dem Schutz des Wetterdaches vertrocknen.

Aber darum ging es heute nicht.

«Wir müssen uns beeilen!» drängte Lebrac, der sah, wie rasch es dunkelte und daß die Abendnebel über der Mühle von Velrans aufstiegen.

Nachdem die Beute zusammengetragen war, gab er sich komplizierten mathematischen Berechnungen hin und maß mit ausgestreckten Armen die Länge der einzelnen Ranken ab. Der Vorrat belief sich auf vier etwa zehn Meter lange Stücke und acht kleinere.

Nun gab Lebrac das Zeichen zum Aufbruch. Zwischen den Hekken der Straße, die nach Donzé führte, marschierten sie zum Jubiläumskreuz. Unterwegs schärfte der General seinen Leuten ein, die langen Ranken nur ja nicht zu zerreißen und gab Befehl, je zwei von den kürzeren so fest wie möglich aneinanderzubinden. Sechzehn

Soldaten trugen diese Kampfwerkzeuge, die anderen liefen nebenher, und der Anführer versank in tiefes Nachdenken, bis sie beim Sammelpunkt angelangt waren.

«Was wollen wir machen, Lebrac?» drängten ihn die Jungen.

Langsam wurde es immer dunkler.

«Das kommt darauf an», lautete Lebracs ausweichende Antwort.

«Wir müssen jetzt aber bald nach Hause», meinte einer der Kleineren.

«Und die anderen kommen nicht, weder Boulot noch La Crique!»

«Was machen die bloß? Und was ist mit dem ‹Beduinen› passiert?»

Die Jungen wurden schließlich ungeduldig, und die geheimnisvolle Miene ihres Anführers trug nicht dazu bei, die allgemeine Nervosität zu dämpfen.

«Ah, da ist Boulot mit seinen Leuten!» rief Camus plötzlich.

«Boulot! Also?»

«Also», wiederholte dieser. «Er ist ganz unten über die große Landstraße gegangen. Wir hätten lange warten können, wenn ich nicht aufgepaßt hätte! Er muß im Wald runtergegangen und von dort aus über den kleinen Weg auf die Straße gekommen sein. Wir haben ihn vom Steinbruch aus beobachtet. Er ruderte dauernd mit den Armen in der Luft rum, genau wie Kinkin, wenn er betrunken ist. Offenbar ist er mächtig in Fahrt!»

«Tigibus!» befahl Lebrac. «Schau nach, was La Crique macht, und sag ihm, er soll sofort herkommen und mir berichten, was unten los ist.»

Gehorsam sauste Tigibus los; doch nach dreißig Sprüngen hörte er ein leises ‹Tiruiii›, das ihn anhalten ließ.

«Du bist das, La Crique! Los, komm schnell mit! Wir wollen wissen, wie es steht!»

In wenigen Sekunden waren sie wieder am Kreuzweg. Alle umringten La Crique, und dieser begann zu erzählen.

Vor einer Viertelstunde war der ‹Beduine› mit puterrotem Gesicht auf die drei zugekommen, als sie vor Fricots Kneipe seelenruhig Murmeln spielten. Sie hatten ihm im Chor höflich guten Abend gewünscht, und der Alte hatte gesagt:

«Na, ihr seid mir wenigstens brave Jungens. Nicht so wie eure Kameraden, diese unverschämten Lausebengel, die ich noch mal einsperren werde!»

La Crique hatte den Alten mit Augen, so groß wie Scheunentore, erstaunt angeblickt und erklärt, der Herr Zéphirin müsse sich gewiß irren, denn alle seine Kameraden seien um diese Zeit zu Hause, wo sie der Mutter halfen, Wasser und Holz für den nächsten Tag zu holen, oder im Stall dem Vater beim Versorgen der Tiere zur Hand gingen.

«Ach!» hatte Zéphirin gemeint. «Und wer war dann eben noch auf der Saute?»

«Das weiß ich nicht, Herr Flurwächter; aber es würde mich nicht wundern, wenn das die Jungens aus Velrans gewesen wären. Stellen Sie sich vor, erst gestern haben sie die beiden Gibus mit Steinen beschmissen, als die nach Hause wollten. Das sind ganz ungezogene Lümmel, so richtige pfäffische Heimtücker», hatte er heuchlerisch im Hinblick auf die antiklerikale Einstellung des alten Soldaten hinzugefügt.

«Verfluchte Scheiße, hab ich mir's doch gedacht», hatte der ‹Beduine› geknurrt und dabei mit den wenigen Zähnen geknirscht, die er noch im Munde hatte – denn, wie man sich erinnern wird, regierten in Longeverne die Roten und in Velrans die Schwarzen. «Jawohl, verfluchte Scheiße, ich hab's geahnt! Diese Bengel! Das ist also ihre Religion: anständigen Leuten den Hintern zu zeigen! Pfaffenbrut! Halunkenbrut! Diese Schweinehunde! Na warte, wenn ich einen von denen erwische!»

Dann hatte der ‹Beduine› noch zu den dreien gesagt, sie sollten schön weiterspielen und immer artig sein und war zu Fricot hineingegangen, um einen zu heben.

«Er war halbtot vor Durst», fuhr La Crique fort. «Das eine Glas wird nicht lange vorgehalten haben, jetzt ist er bestimmt schon beim zweiten. Ich habe Chanchet und Pirouli unten gelasen, damit sie die Tür überwachen und uns Bescheid sagen, falls er rauskommt, bevor ich zurück bin.»

«Ausgezeichnet», erklärte Lebrac, dessen sorgenvolle Miene sich völlig aufgehellt hatte. «Wer von euch kann jetzt noch 'n bißchen hierbleiben? Wir brauchen nicht alle, ganz im Gegenteil.»

Acht entschlossen sich zum Bleiben, die hervorragendsten Krieger natürlich.

Gambetta konnte sich zunächst nicht schlüssig werden; schließlich hatte er einen weiten Heimweg! Aber Lebrac wies ihn darauf hin, daß die beiden Gibus ja auch dablieben und daß man ihn bestimmt brauchen werde, da er der schnellste sei. Ergeben beugte er sich den Überredungskünsten seines Generals und nahm das Risiko einer Tracht Prügel auf sich, falls der Vater sein Alibi nicht anerkennen sollte.

«So, und ihr anderen geht jetzt», bestimmte Lebrac. «Wir brauchen euch nicht, und es ist nicht nötig, daß ihr euch zu Hause auch noch anbrüllen laßt. Morgen erzählen wir euch, wie alles verlaufen ist. Heute abend würdet ihr nur stören. Ihr könnt ruhig schlafen, der Alte wird uns seine Schulden schon bezahlen. Und vor allem», fügte er hinzu, «zerstreut euch, bleibt nicht zusammen, sonst könnte vielleicht jemand was merken, und das müssen wir vermeiden.»

Als von der ganzen Schar nur noch Lebrac, Camus, Tintin, La Crique, Boulot, die beiden Gibus und Gambetta übrig waren, entwickelte der General seinen Plan. Sie würden alle leise und vorsichtig die große Dorfstraße hinuntergehen und ihre Waldrebenschnüre hinter sich herziehen. Dann würden sie an bestimmten ausgesuchten Plätzen zwischen zwei einander gegenüberliegenden Misthaufen ihre Posten beziehen. Zwei Gruppen von je zwei Jungen würden genügen, um beim Nahen des Flurwächters quer über die Straße die Fallstricke zu ziehen, über die er stolpern mußte. Er würde zu Boden purzeln und noch betrunkener erscheinen, als er war. An vier Stellen würde man diese Fallen aufstellen.

Die Jungen gingen die Straße hinunter. Beim Misthaufen von Jean-Baptiste versteckten sie eine der Schnüre, bei dem von Groscoulas eine zweite. Boulot und Tigibus sollten später bei der letzten Falle Aufstellung nehmen, La Crique und Grangibus bei der vorletzten. Zunächst gingen sie alle weiter, und Boulot, der Leiter des Unternehmens, blieb mit seinem Kameraden beim Misthaufen von Botot stehen, während La Crique mit seinem Partner sich bei dem von Doni postierte.

Die anderen gingen zur Kneipe von Fricot, wo sie Chanchet und Pirouli von ihrem Posten ablösten. Sie schickten die beiden unverzüglich nach Hause und spähten dann durch das Fenster in die Wirtsstube, um zu sehen, was der ‹Beduine› machte.

Er war bei seinem dritten Absinth und schwadronierte wie ein Abgeordneter über seine wirklichen und erfundenen Kriegstaten – vor allem über die erfundenen, denn die Jungen hörten ihn sagen: «Ja, eines Tages, als ich von Algier nach Marseille in Urlaub fahren wollte, komme ich doch, verflucht und zugenäht, genau in dem Moment, in dem mein Schiff abfährt, zum Hafen! Was tun? Nun stand da am Strand eine brave Eingeborene, die ihre Wäsche wusch. Ich überlege nicht lange, tunke ihre Nase in einen Kübel, schütte ihr Waschfaß aus, springe hinein und rudere mit meinem Gewehrkolben im Kielwasser des Dampfers – so schnell, daß ich fast noch vor ihm in Marseille war.»

Sie hatten also noch Zeit. Gambetta mußte sich hinter einem Reisighaufen verstecken. Er hatte die Aufgabe, den beiden Gruppen sowie Lebrac und seinen Leuten sofort ein Signal zu geben, wenn Zéphirin die Wirtschaft verließ.

Unterdessen hatte er Gelegenheit, den Bericht des ‹Beduinen› über seine letzte Begegnung mit seinem alten Kumpel, dem Kaiser Napoleon III., mit anzuhören.

«Ich komme also durch Paris, bin in der Nähe der Tuilerien und überlege mir gerade, ob ich reingehen und ihm guten Tag sagen soll, als mir plötzlich einer die Hand auf die Schulter legt. Ich drehe mich um ... Er ist es! ‹Nein, so was!› ruft er. ‹Der alte Zéphirin! So trifft man sich wieder! Komm rein, wir trinken einen!›

Und drinnen rief er nach der Kaiserin: ‹Genie! Zéphirin ist da; wir wollen anstoßen! Mach schnell zwei Gläser sauber!›»

Unterdessen gingen die drei Jungen die Dorfstraße wieder hinauf bis zum Haus des Flurwächters.

Lebrac zwängte sich durch eine Luke in den Schuppen, öffnete seinen Kameraden von innen eine kleine versteckte Tür, und nun drangen die drei in die Wohnung des ‹Beduinen› ein, wo sie sich eine Viertelstunde lang auf geheimnisvolle Weise mit den Gießkannen, den Kochtöpfen, den Lampen, der Petroleumkanne, den Schränken, dem Bett und dem Ofen zu schaffen machten.

Als ihnen dann Gambettas ‹Tiruiii!› das Nahen ihres Opfers anzeigte, zogen sie sich ebenso diskret zurück, wie sie hereingekommen waren.

Rasch liefen sie zu Boulots zweitem Posten, den sie noch vor dem ‹Beduinen› erreichten.

Vater Zéphirin hatte Fricot zum Schluß noch ein paar Geschichten über die ‹Arbis› und die Schakale erzählt, von den Haifischen gesprochen, die die Reede von Algier ‹verpesteten›, und berichtet, daß so ein Mistvieh doch eines Tages, als sie badeten, einem seiner Kameraden den ‹Butzelmann› abgebissen habe und das ganze Meer blutrot geworden sei. Dann war er unter den amüsierten Blicken des Wirts und seiner Frau mit schleppenden Schritten davongeschwankt.

Als er beim Haus von Doni anlangte, segelte er – plumps! – zum erstenmal hin und schimpfte mörderisch auf diese verfluchte Straße, die Vater Bréda, der Chausseewärter (ein Nichtstuer, der nur sieben Jahre gedient und den Feldzug in Italien mitgemacht hatte, lächerlich!) so miserabel instand hielt. Nach einer ganzen Weile erhob er sich wieder und ging weiter.

«Ich glaube, der hat sein Quantum weg», meinte Fricot und schloß die Tür.

Ein Stück weiter ließ ihn der Fallstrick, den Boulot so hinterlistig vor seinen Füßen ausgespannt hatte, in die Janchegrube purzeln. Unterdessen konnten sich die beiden geheimnisvollen Übeltäter lautlos mit ihrer Schnur davonmachen.

Beim Misthaufen von Groscoulas folgte der nächste Sturz. Der ‹Beduine› fluchte lauthals auf dieses verdammte Nest, in dem es so dunkel war wie in dem Arsch einer Negerin.

Mittlerweile waren hier und da die Dorfbewohner, angelockt von seinem Krakeelen, auf die Schwellen ihrer Häuser getreten.

«Na», meinte einer, der Alte hat heute abend den Kanal ja mächtig voll. Junge, Junge, hat der einen sitzen!»

Und gleich darauf konnten fünfzehn oder zwanzig Augenpaare feststellen, daß der ‹Beduine› schon nach wenigen Schritten wieder mit den Gesetzen des Gleichgewichts in Konflikt geriet und einen jener Stürze tat, die im Leben eines Säufers zählen.

«Und dabei bin ich doch gar nicht betrunken, verdammt noch mal!» jammerte er und betastete die Beule an seiner Stirn und seine zerschundene Nase. «Ich habe doch fast nichts getrunken. Das ist nur die Wut, die mir zu Kopf gestiegen ist! Oh, diese Dreckslümmel!»

Er hatte keine Knie mehr in der Hose. Gute fünf Minuten suchte er nach seinem Schlüssel, der in den Tiefen seiner Tasche unter dem großen karierten Taschentuch zwischen dem Messer, der Geldbörse, der Schnupftabaksdose, der Pfeife, dem Tabakbeutel und der Streichholzschachtel begraben war.

Endlich betrat er sein Haus.

Die Neugierigen, die ihm gefolgt waren, darunter die acht Schlingel, vernahmen, kaum daß Vater Zéphirin den ersten Schritt getan hatte, das Gepolter umstürzender Gießkannen. Das war so vorgesehen, zu diesem Zweck hatten die Jungen sie dorthin gestellt. Endlich hatte der Alte sich doch einen Durchgang erkämpft und gelangte zu der Mauernische, in der er seine Streichhölzer aufbewahrte.

Er versuchte, eines an seiner Hose anzustreichen, an der Schachtel, am Ofenrohr, an der Wand: es wollte nicht brennen. Er rieb ein zweites an, ein drittes, ein viertes, ein fünftes, stets mit dem gleichen negativen Ergebnis, obgleich er die Reibflächen ständig wechselte.

«Ja, reibe nur, mein Lieber», spottete Camus, der sämtliche Streichhölzer in Wasser getunkt hatte. «Reibe du nur, das macht Spaß!»

Seiner vergeblichen Bemühungen überdrüssig, fischte Zéphirin sich ein Hölzchen aus seiner Tasche, rieb es an und wollte nun die Lampe anzünden. Aber auch der Lampendocht war widerspenstig und wollte kein Feuer fangen.

Zéphirin hingegen erhitzte sich immer mehr: «Verfluchte Scheiße! Schweinerei! Hurenwirtschaft! Was, du willst nicht brennen, du verdammtes Drecksdings? Na schön, dann warte nur, du Miststück! Da!» Bei diesen Worten schleuderte er die Lampe mit aller Kraft gegen seinen Ofen, wo sie klirrend in Scherben ging.

«Mensch, der steckt noch seine ganze Bude in Brand!» meinte einer.

Keine Angst, dachte Lebrac, der das Petroleum gegen einen Rest Weißwein aus einer Flasche ausgetauscht hatte.

Nach dieser Heldentat begann der Alte im Dunkeln umherzutappen, stieß gegen seinen Ofen, warf die Stühle um, verfing sich mit einem Fuß in den Gießkannen, schwankte zwischen den Kochtöpfen hin und her, brüllte, fluchte, beschimpfte Gott und die Welt, fiel hin, stand wieder auf, ging aus dem Haus und wieder hinein und ließ sich schließlich, zu Tode erschöpft und völlig angezogen, auf sein Bett fallen, wo ein Nachbar ihn am nächsten Morgen fand, schnarchend wie eine Orgelpfeife und inmitten einer grandiosen Unordnung, die trotz allem nicht gerade einen künstlerischen Anblick bot.

Wenig später hörte man im ganzen Ort – zum Entzücken Lebracs und seiner Freunde! –, daß der ‹Beduine› am Abend zuvor so stockbetrunken gewesen sei, daß er auf dem Weg zwischen Fricots Kneipe und seinem Haus etwa achtmal hingefallen sei, daß er dann zu Hause alles durcheinandergeworfen, seine Lampe zerbrochen, ins Bett gepißt und in den Kochtopf gesch . . . habe.

II

Geld!

Der Kriegsschatz

Das Geld ist der Nerv des Krieges.
Bismareck

Die Kameraden erfuhren am nächsten Morgen bereits auf dem Schulweg Stück für Stück die Geschichte von Vater Zéphirin. Das ganze Dorf war in Aufruhr und kommentierte vergnügt die einzelnen Phasen dieser bacchantischen Sauftour. Nur der Held der Geschichte, der schnarchend seinen Rausch ausschlief, ahnte noch nichts von den Verwüstungen, die er in seinem Haushalt angerichtet hatte und den Minen, die er am Vorabend zum Schaden seines Rufs durch sein Verhalten hatte hochgehen lassen.

Im Schulhof drängte sich die Gruppe der Großen um Lebrac. Die Jungen bogen sich vor Lachen, und jeder erzählte möglichst laut, damit es der Lehrer auch hören konnte, alles, was er von den skandalösen Geschichten, die überall umliefen, aufgeschnappt hatte. Alle verbreiteten sich mit besonderer Wonne über die gepfefferten und anstößigen Details: die Sache mit dem Kochtopf und die mit dem Bett. Wer nicht gerade sprach, lachte aus vollem Halse, und alle Augen leuchteten siegesstolz, denn jeder hatte das Gefühl, zu dieser würdigen und gerechten Vergeltung sein Teil beigetragen zu haben.

Ja, jetzt konnte Zéphirin ruhig brüllen! Welche Achtung konnte so ein Kerl noch verlangen, der sich derartig besoff, daß man ihn, voll wie eine Haubitze, aus den Jauchegruben der Gemeinde ziehen mußte und der so die Orientierung verlor, daß er sein Bett für ein Pissoir und seinen Kochtopf für einen Nachttopf hielt?

Die Größten, die wichtigsten Krieger, baten mit gedämpfter Stimme um Erläuterungen und wollten Genaueres hören. Bald wußten alle, welchen Beitrag zu dem Rachewerk jeder der acht geleistet hatte. Sie erfuhren, daß Camus dem Alten den Streich mit den Gießkannen und den mit den Streichhölzern gespielt, daß Tintin Wache gestanden und Gambettas Signal erwartet hatte und daß die Pläne zu den größeren Operationen von Lebrac stammten.

Später würde der Alte noch merken, daß der Rest Wein in seiner Flasche nach Petroleum schmeckte, er würde sich fragen, welche Dreckskatze wohl die Nase in seine Schüssel mit dem Weichkäse gesteckt hatte und warum der Rest seiner Zwiebelsuppe so abscheulich versalzen war ...

Das war aber noch nicht alles. Der ‹Beduine› sollte sich nur noch einmal einfallen lassen, Lebrac und seine Truppe zu stören! Dann würde man sich noch etwas Besseres und Raffinierteres ausdenken! So erwog Lebrac unter anderem ernsthaft, ihm seinen Rauchfang mit Mergel zu verstopfen, seine Karre auseinanderzunehmen und die Räder verschwinden zu lassen, ihm acht Tage hintereinander jeden Abend ‹den Ziegel zu reiben›*, ganz abgesehen von der Plünderung seines Obstgartens und der Verwüstung seines Gemüsegartens.

«Heute abend werden wir Ruhe haben», schloß er. «Er wird sich nicht rauswagen. Erstens ist er noch ganz dösig von seinen Purzelbäumen in die Jauchegruben, und zweitens hat er in seiner Wohnung genug zu tun. Wenn einer zu Hause beschäftigt ist, steckt er seine Nase nicht in die Angelegenheiten anderer Leute!»

‹Sollen wir uns heute wieder ausziehen?» fragte Boulot.

«Na, selbstverständlich», erwiderte Lebrac. «Heute stört uns bestimmt keiner.»

«Ja, aber ...» erhoben sich einige zaghafte Stimmen. «Du weißt doch selber, daß es gestern abend nicht gerade warm war. Vor dem Angriff waren wir richtig steifgefroren.»

«Jawohl», versicherte Tintin, «ich hatte eine Haut wie ein gerupftes Huhn, und mein Pimmelchen war so eingeschrumpft, daß es überhaupt nicht mehr zu sehen war!»

«Außerdem werden die Velraner heute abend sicher nicht kommen. Die haben noch von gestern abend genug. Wir haben sie so plötzlich überfallen, daß sie geglaubt haben, wir kämen vom Mond!»

* ‹Den Ziegel reiben› ist ein Schabernack, den man einander auf dem Lande spielt. Man reibt mit einem kräftigen Ziegel gegen die Außenmauer eines Hauses. Dadurch entsteht im Inneren ein geheimnisvolles Geräusch, das um so unheimlicher wirkt, als man glaubt, es komme von innen und seinen Ursprung nicht entdecken kann.

«Na, so ähnlich werden wir wohl auch ausgesehen haben!» meinte La Crique.

«Nein, die überlegen sich heute abend bestimmt, was sie morgen tun sollen, und wir können da oben rumstehen und verschimmeln!»

«Selbst wenn der ‹Beduine› heute abend nicht kommt, dann kommt vielleicht ein anderer – wahrscheinlich hat er bei Fricot gequatscht. Und so vernagelt wie der sind nicht alle!»

«Und außerdem will ich nicht noch mal nackt kämpfen, nein, verdammter Dreck!» erklärte Guerillas und erhob damit die Fahne des offenen Aufruhrs oder zumindest des eigensinnigen Protestes.

Eine schwerwiegende Sache! Eine große Anzahl von Kameraden, die sich bisher stets widerspruchslos Lebracs Entscheidungen unterworfen hatten, unterstützten jetzt den Rebellen. Sie hatten mehr als einen Grund dafür. Während des gestrigen Angriffs hatten sie nämlich nicht nur erbärmlich gefroren, nein, der eine hatte sich obendrein einen Dorn eingetreten, ein anderer war mit den Zehen zwischen die Brennesseln geraten, und ein dritter hatte sich den Fuß an den harten Kieseln verletzt. Wenn das so weiterging, humpelte bald die ganze Armee! Nein, da hörte der Spaß auf!

Lebrac, der mit seiner Ansicht fast allein stand, mußte zugeben, daß das von ihm angepriesene Mittel doch beträchtliche Nachteile hatte und daß es besser wäre, sich etwas anderes auszudenken.

«Aber was? Wenn ihr so schlau seid, dann rückt doch raus mit der Sprache!» forderte er sie auf, ein wenig verletzt, weil seinem Plan eine so kurze Lebensdauer beschieden war.

Allgemeines Nachdenken.

«Wir könnten vielleicht in Hemdsärmeln kämpfen», schlug La Crique vor. «Dann würden die Kittel heil bleiben, und wir brauchten nur Bindfäden für die Schuhe und Sicherheitsnadeln für die Hosen.»

«Und dann fällt am nächsten Morgen Vater Simon über dich her und sagt, er würde mal mit deinem Alten sprechen, weil du in so 'nem Aufzug in die Schule kommst! Und wer näht dir neue Knöpfe an dein Hemd und dein Leibchen? Und wer gibt dir neue Hosenträger?»

«So geht es ja nun auch wieder nicht», fiel Lebrac ein. «Entweder alles oder nichts. Ihr wollt nicht nackt kämpfen; schön, dann müßt ihr eben alles anbehalten.»

«Wenn wir doch wenigstens jemanden hätten, der uns die

Knopflöcher repariert und die Knöpfe wieder annäht», meinte La Crique.

«Jawohl, und jemanden, der dir neue Schnürsenkel und Schnallen und Strumpfbänder kauft, was? Warum brauchst du nicht gleich einen, der dir beim Pipimachen hilft und dem Herrn den Hintern abwischt, wenn er seinen Darm entleert hat, he?»

«Ich werde euch sagen, was wir brauchen, denn euch fällt ja natürlich wieder nichts ein», erklärte Lebrac. «Wir brauchen Geld!»

«Geld?»

«Klar! Genau das! Geld brauchen wir! Mit Geld kann man ein ganzes Sortiment Knöpfe kaufen, Garn, Nadeln, Schnallen, Hosenträger, Schnürsenkel, Gummiband – einfach alles!»

«Ja, das stimmt schon. Aber dieser ganze Kram kostet einen Haufen Geld. Vielleicht sogar hundert Sous.»

«Mensch, das ist ja 'n Vermögen! Soviel bekommen wir nie zusammen!»

«Na ja, so auf einen Schlag gibt uns das keiner, das brauchen wir uns nicht einzubilden», räumte Lebrac ein. «Aber hört mal gut zu. Es gibt trotzdem 'ne Möglichkeit, beinahe alles zusammenzukriegen, was wir brauchen.»

«Aber das ist doch ...»

«Halt den Mund und hör zu! Erstens lassen wir uns ja nicht jeden Tag von denen schnappen, und außerdem holen wir uns ja auch gelegentlich so 'nen kleinen ‹Vollmond›, und dann ...»

«Und dann?»

«Dann behalten wir eben die Knöpfe und die Schnallen und die Hosenträger von diesen Arschlöchern aus Velrans. Und die Schnürsenkel zerschneiden wir nicht mehr, sondern heben sie auf, damit wir 'ne Reserve haben.»

«Man soll sich nicht um das Fell des Bären streiten, bevor man ihn hat!» fiel La Crique ein, der trotz seiner Jugend schon recht belesen war. «Es ist durchaus möglich, daß wir morgen schon Knöpfe brauchen. Das sicherste Mittel, um uns welche zu verschaffen, ist, sie zu kaufen.»

«Hast du vielleicht Geld?» fragte Boulot spöttisch.

«Ich habe sieben Sous in einer Sparbüchse, einem Frosch. Aber an die komme ich nicht ran, denn der Frosch spuckt sie nicht so leicht aus. Und meine Mutter weiß auch, wieviel drin ist. Sie hat gesagt, sie will mir davon Ostern oder irgendwann in hundert Jahren einen Hut kaufen, und wenn ich mir einen Sou rausklaube, kann ich was erleben.»

«Verdammt noch mal, es ist doch immer dasselbe!» schimpfte Tintin. «Wenn uns einer mal einen Sou schenkt, dann dürfen wir ihn doch nicht behalten! Immer müssen die Alten gleich ihre Hand drauflegen! Dann reden sie davon, was für Opfer sie bringen müßten, um uns großzukriegen, und daß sie das Geld brauchten, um Hemden, Anzüge, Schuhe und weiß der Teufel was für uns zu kaufen! Und dabei schere ich mich den Dreck um solchen Quatsch! Ich will meine Sous für mich haben, damit ich mir was Vernünftiges dafür kaufen kann: Schokolade, Murmeln und ein Gummiband für 'ne Schleuder. Aber nur die Sous, die man sich gelegentlich mal organisiert, gehören einem wirklich, und die darf man dann auch nicht zu lange in der Tasche behalten!»

Ein Pfiff aus einer Trillerpfeife unterbrach die Diskussion. Die Schüler stellten sich an, um ins Klassenzimmer zu gehen.

«Weißt du», vertraute Grangibus Lebrac an, «ich habe zwei Sous, die mir ganz allein gehören und von denen keiner was weiß. Neulich war Théodule aus Ouvans bei uns in der Mühle. Ich habe sein Pferd gehalten, und da hat er mir die Sous gegeben. Ein prima Kerl ist der Théodule, der gibt einem immer was ... du kennst ihn doch, Théodule, der Republikaner, der immer weint, wenn er betrunken ist!»

«Halt den Mund, Adonis», Grangibus hieß mit Vornamen Adonis, befahl Vater Simon. «Wenn du nicht ruhig bist, bestrafe ich dich.»

«Scheiße!» murmelte Grangibus zwischen den Zähnen.

«Was murmelst du da?» wollte der Lehrer wissen, der gesehen hatte, wie Grangibus die Lippen bewegte. «Mal sehen, ob du nachher, wenn ich dich nach den Pflichten des Staatsbürgers frage, auch so gesprächig bist!»

«Sei still!» flüsterte Lebrac ihm zu. «Ich habe eine Idee.»

Sie betraten das Klassenzimmer.

Sobald Lebrac an seinem Platz saß und seine Bücher und Hefte vor sich hingelegt hatte, riß er aus der Mitte seines Schreibheftes eine Doppelseite heraus, die er zusammenfaltete und in zweiunddreißig gleichmäßig große Stücke aufteilte. Auf jeden dieser Zettel schrieb er die wichtige Frage:

«Hasdunsu?» (Hast du einen Sou? sollte das heißen.)

Dann faltete er die Zettel zusammen und schrieb die Namen von seinen zweiunddreißig Kameraden darauf. Nachdem er seinem Nachbarn Tintin einen kräftigen Ellbogenstoß versetzt hatte, schob er ihm heimlich die zweiunddreißig Botschaften eine nach der anderen mit dem feierlichen Befehl ‹Weitergeben!› hin.

Dann schrieb er auf ein großes Blatt noch einmal die zweiunddreißig Namen, und während der Lehrer seine Fragen stellte, holte er sich mit einem Blick nacheinander von jedem der Adressaten die Antwort auf seine Frage und machte, je nachdem, ob die Antwort ein ‹Ja› oder ein ‹Nein› war, hinter den entsprechenden Namen ein Kreuz oder einen waagerechten Strich. Daraufhin zählte er die Kreuze: Es waren siebenundzwanzig.

Sehr gut! dachte er. Und er versank in tiefes Nachdenken und stellte lange Berechnungen an, um einen Plan auszuarbeiten, den sein Hirn vor einigen Stunden in großen Zügen entworfen hatte.

In der Pause brauchte er seine Krieger nicht erst zusammenzurufen. Alle kamen von selbst angelaufen und scharten sich in der Ecke hinter den Aborten um ihn, während die Kleinen, die bereits eingeweiht, aber noch nicht stimmberechtigt waren, vor dieser Ecke spielten und so einen Schutzwall bildeten.

«Also, hört zu», begann der General. «Siebenundzwanzig können zahlen, und dabei habe ich noch gar nicht jedem einen Brief schicken können. Wir sind fünfundvierzig. Wer von denen, die keinen Brief bekommen haben, besitzt einen Sou? Hand heben!»

Acht von dreizehn Händen fuhren in die Höhe.

«Das sind siebenundzwanzig und acht. Moment, siebenundzwanzig und acht ... achtundzwanzig, neunundzwanzig, dreißig», murmelte er und zählte an seinen Fingern.

«Na, fünfunddreißig natürlich!» fiel La Crique ein.

«Fünfunddreißig ... bist du ganz sicher? Na schön, das macht fünfunddreißig Sous. Fünfunddreißig Sous sind keine hundert, aber es ist doch immerhin schon was. Und nun schlage ich folgendes vor. Wir leben in einer Republik, wir sind alle gleich, Kameraden und Brüder: Freiheit, Gleichheit, Brüderlichkeit. Wenn also alles klappen soll, müssen wir uns gegenseitig helfen, verstanden? Wir werden jetzt abstimmen, um eine Art Steuer festzusetzen – eine Steuer, die in einen Beutel, eine Kasse, einen gemeinsamen Topf kommt, und von dem Geld kaufen wir uns dann unseren Kriegsschatz. Da wir alle gleich sind, wird jeder den gleichen Beitrag zahlen, und jeder hat im Notfall dafür das Recht, daß seine Sachen wieder zusammengeflickt und hergerichtet werden, damit er zu Hause keinen Krach kriegt. Die Marie hat versprochen, daß sie kommen und denen, die geschnappt worden sind, das Zeug ausbessern will. Ihr seht also, wir können in aller Ruhe unseren Krieg führen. Wenn die anderen einen von uns erwischen, ist es auch kein Unglück. Er läßt alles über sich ergehen, ohne zu mucksen, und eine halbe Stunde später kann er ordentlich, mit neuen Knöpfen, Haken und Schnallen nach Hause gehen. Und wer ist dann angeschmiert? Die Velraner!»

«Das ist prima! Aber woher sollen wir die Sous nehmen, Lebrac?»

«Ja, verdammt noch mal, könnt ihr denn nicht ein kleines Opfer für das Vaterland bringen? Seid ihr etwa Verräter? Für den Anfang und um überhaupt was in die Kasse zu bekommen, schlage ich vor, daß von morgen ab jeder einen Sou pro Monat zahlt. Später, wenn wir reicher sind und ein paar Gefangene gemacht haben, wird ein Sou alle zwei Monate genügen.»

«Nun mal langsam, mein Lieber! Bist du vielleicht ein ‹Mellionär›? Einen Sou pro Monat! Das sind ja Unsummen! Nie im Leben kann ich jeden Monat einen Sou zusammenkratzen!»

«Wenn sich nicht jeder von euch 'n bißchen anstrengen will, dann lohnt sich der ganze Krieg nicht. Dann gebt doch gleich zu, daß ihr Kartoffelbrei in den Adern habt und kein rotes Blut, französisches Blut. Verflucht noch mal, seid ihr denn dreckige Boches? Ja oder nein? Ich kann einfach nicht verstehen, daß einer zögert, alles zu geben, was er hat, um den Sieg zu sichern! Ich werde sogar zwei Sous zahlen ... wenn ich sie habe.»

...

«Also Schluß jetzt, wir stimmen ab.»

Mit fünfunddreißig gegen zehn Stimmen wurde Lebracs Vorschlag angenommen. Die Gegenstimmen kamen natürlich von denen, die nicht über den erforderlichen Sou verfügten. Doch Lebrac schnitt jede weitere Diskussion ab.

«Was euch betrifft», so sagte er, «so habe ich mir das auch schon überlegt. Wir besprechen das um vier in Pépiots Steinbruch. Oder wollen wir lieber zu dem anderen gehen, in dem wir uns gestern ausgezogen haben? Das ist vielleicht besser, da sind wir ungestörter. Wir werden Wachen ausstellen, damit uns die Velraner nicht überraschen, falls die doch kommen sollten. Aber das glaube ich nicht. Also dann los, keine Bange. Heute abend werden wir alles regeln!»

Kein Schmerz ist so groß wie der Mangel an Geld

Immerhin gebot er über dreiundsechzig Mittel, seinen Säckel wieder zu füllen, wovon das einfachste und harmloseste gemeinhin als heimliche Stibitzerei bekannt ist.
Rabelais: Gargantua und Pantagruel

Es war schneidend kalt an diesem Abend, klares Neumondwetter. Die feine silberne Sichel, die in den letzten Sonnenstrahlen wie durchsichtig aussah, ließ eine jener grausamen, wolkenfreien Nächte erwarten, die die letzten Blätter abmähen, die letzten Blätter, welche an ihren kahlen Ästen klirren wie die gesprungenen Glocken der Windpferde.

Boulot hatte fröstelnd seine blaue Mütze über die Ohren herabgezogen; Tintin hatte die Ohrenschützer der seinen heruntergeklappt, und auch die anderen versuchten auf ihre Weise, sich gegen den nadelscharfen Nordwind zu wehren. Nur Lebrac kam, braungebrannt von der Sommersonne, mit bloßem Kopf und offenem Kittel und lachte über das ‹bißchen Kälte›.

Während sie am Steinbruch noch auf die Nachzügler warteten, schickte der General Tétas, Tigibus und Guignard aus, um den feindlichen Waldrand einige Zeit zu überwachen. Er übertrug Tétas das Kommando und sagte: «Wenn wir in einer Viertelstunde pfeifen und du noch nichts gesehen hast, kletterst du auf die Eiche von Camus. Wenn du dann noch nichts siehst, so bedeutet das, daß sie bestimmt nicht kommen. Dann macht ihr kehrt und kommt zu uns ins Lager.»

Die drei nickten gehorsam und marschierten ab, um ihre Posten zu beziehen. Die übrigen stiegen hinauf zu Camus' Schlupfwinkel, in dem sie sich am Abend zuvor ausgezogen hatten.

«Siehst du jetzt ein», meinte Boulot zu Lebrac, «daß wir uns heute abend nicht hätten ausziehen können?»

«Nun hör schon auf damit!» versetzte Lebrac. «Wenn man was anderes beschlossen hat, braucht man nicht wieder auf das zurückzukommen, was vorbei ist!»

Sie saßen wirklich gut in Camus' Versteck. Nach Velrans zu bildete der offene Steinbruch im Westen, im Süden und nach unten hin einen natürlichen Wall, der sie vor Regen- und Schneewinden schützte. Auf der anderen Seite standen große Bäume, die zwischen sich und den Büschen nur schmale Durchgänge freiließen und die an diesem Abend keineswegs warmen Nord- und Ostwinde abwehrten.

«Setzen wir uns!» schlug Lebrac vor.

Jeder suchte sich einen Sitzplatz. Die großen flachen Steine, die dort herumlagen, boten sich von selbst zu diesem Zweck an. Dann blickten die Krieger erwartungsvoll auf ihren Anführer.

Dieser erinnerte kurz noch einmal an die Abstimmung vom Morgen und fügte hinzu: «Es ist also abgemacht. Wir werden zusammenlegen, um uns einen Kriegsschatz anzuschaffen.»

Die zehn Unbemittelten erhoben einstimmig Protest, und Guerillas, ein Junge mit großen, runden, vorstehenden Augen, ergriff in ihrem Namen das Wort. Er war der Sohn armer Kleinbauern, die sich vom 1. Januar bis Silvester abplagten, um schlecht und recht durchzukommen, und ihrem Sprößling natürlich nicht oft ein Taschengeld für seine kleinen Vergnügungen geben konnten.

«Lebrac», begann Guerillas, «das ist nicht recht! Du bist gemein gegen die Armen! Du hast gesagt, wir seien alle gleich; aber du weißt genau, daß das nicht stimmt und daß ich und Zozo und Bati und die anderen niemals einen Sou auftreiben können. Ich weiß, du bist sehr nett zu uns. Wenn du dir Bonbons kaufst, gibst du uns manchmal was davon ab und läßt uns auch an deinen Schokoladenriegeln und deinen Lakritzenstangen lecken; aber du weißt auch genau, daß unsere Eltern uns jeden Sou sofort wegnehmen, wenn wir zufällig mal einen kriegen sollten, um uns irgendwelches Zeug dafür zu kaufen – das wir dann auch nie zu sehen bekommen. Das haben wir dir schon heute morgen erklärt. Wir können nicht zahlen. Wir sind also der letzte Dreck! Aber das hier ist keine Republik, und ich mache bei so einem Beschluß nicht mit!»

«Wir auch nicht!» beteuerten die neun anderen.

«Ich habe euch doch gesagt, daß das in Ordnung kommt!» donnerte der General sie an. «Und es kommt auch in Ordnung, oder ich heiße nicht Lebrac und bin nicht euer Anführer und überhaupt nichts, verdammt noch mal! Und jetzt hört zu, ihr jämmerlichen Würstchen, und paßt gut auf, denn von selbst fällt euch ja doch nichts ein! Glaubt ihr etwa, ich bekomme Geld in die Hand! Glaubt ihr, mein Alter nimmt mir nicht auch sofort jeden Sou weg, wenn mein Pate oder meine Patin oder sonstwer mal bei uns einen Liter trinkt und mir dabei was zusteckt? Aber bestimmt! Wenn ich nicht sofort abhaue und hinterher sage, ich hätte mir von meinem Sou Murmeln oder Schokolade gekauft, dann bin ich ihn los! Und wenn ich sage, ich hätte mir Murmeln gekauft, dann muß ich sie vorzeigen, denn falls das nicht stimmt, muß ich den Sou wieder rausrükken. Und wenn meine Eltern die Murmeln gesehen haben, peng! kriege ich ein paar gelangt, damit ich lerne, das Geld, das so schwer verdient wird, nicht sinnlos auszugeben. Wenn ich sage, ich hätte Bonbons gekauft, dann brauche ich sie nicht vorzuzeigen, dann kriege ich gleich ein paar Ohrfeigen, und die Alte schreit mich an und sagt, ich wäre ein Verschwender, ein Gierschlunk, ein verfressener Kerl und was weiß ich alles. Na ja, und deshalb muß man eben sehen, wie man in dieser Welt durchkommt, und ich werde euch jetzt sagen, wie man's anstellt. Ich will nicht erst davon reden, daß einer von uns mal einen Botengang für die Dienstmagd vom Pfarrer oder die Frau vom Vater Simon macht; diese Weiber sind so knickerig, daß sie nur selten dafür etwas rausrücken. Und mit den Sous, die man bei einer Taufe oder einer Hochzeit erwischt, kann man auch nicht rechnen, so was kommt zu selten vor. Aber ein paar Möglichkeiten gibt es schon, und die kann jeder von uns ausnutzen!

Da kommt zum Beispiel jeden Monat der Lumpenhändler oben zur Scheune von Fricot, und die Frauen bringen ihm ihre Lumpen und Karnickelfelle. Ich bringe ihm immer Knochen und Alteisen und die beiden Gibus auch, nicht wahr, Grangibus?»

«Ja, das stimmt.»

«Der Lumpenhändler gibt uns dafür Bilder oder ein Büchschen Schreibfedern oder Abziehbilder oder auch einen oder zwei Sous, je nachdem, was wir haben. Geld gibt er allerdings nicht gerne, denn er ist ein dreckiger Pfennigfuchser, der uns immer irgendwelchen wertlosen Mist für unsere schönen großen Schinkenknochen und das gute Eisen andrehen will, und seine Abziehbilder kleben auch nicht. Und deshalb muß man ihm einfach sagen: ‹Ich will einen Sou oder zwei.› Wenn einer besonders viel zum Eintauschen hat, kann er sogar drei Sou verlangen. Und wenn er nein sagt, braucht man nur zu antworten: ‹Dann kannst du uns mal, mein Lieber› und mit dem Kram wieder abzuziehen. Dieser alte Gauner wird uns dann schon zurückrufen! Natürlich weiß ich, daß es nicht immer einen Haufen Knochen und Alteisen gibt. Das Beste ist, ihr organisiert euch weiße Lumpen; die sind teurer als andere und die könnt ihr nach Gewicht verkaufen und euch gut bezahlen lassen.»

«Bei uns geht das nicht so leicht», wandte Guerillas ein. «Meine Mutter hat auf dem Schrank einen großen Sack, und da stopft sie alles rein.»

«Dann brauchst du dir ja nur den Sack mal vorzunehmen und ’n bißchen was rauszuholen. Aber das ist noch nicht alles. Ihr habt Hühner, jeder Mensch hat Hühner. Na schön, dann holt ihr euch eben heute ein Ei aus dem Nest und morgen eins und übermorgen noch eins. Ihr müßt früh in den Stall gehen, bevor alle Hennen gelegt haben. Dann versteckt ihr eure Eier gut in einer Ecke in der Scheune, und wenn ihr so euer Dutzend oder euer halbes Dutzend beisammen habt, legt ihr sie hübsch in einen Korb, und damit geht ihr zur Mutter Maillot und tut so, als hätte eure Alte euch geschickt. Im Winter zahlt die manchmal bis zu vierundzwanzig Sous für das Dutzend. Mit einem halben Dutzend habt ihr euren Beitrag für ein halbes Jahr zusammen.»

«Das ist bei uns ausgeschlossen», versicherte Zozo. «Meine Alte ist so hinter ihren Hühnern her, daß sie ihnen jeden Abend und jeden Morgen den Hintern abtastet, ob sie ein Ei haben. Sie weiß immer genau im voraus, wie viele am Abend in den Nestern liegen müssen. Wenn da eins fehlen würde, das gäbe einen schönen Rauch in der Küche!»

«Es gibt noch eine Möglichkeit, und die ist die allerbeste», fing Lebrac wieder an. «Die empfehle ich euch allen. Ich meine die Tage, an denen euer Vater sich einen antrinkt. Ich freue mich jedesmal, wenn ich sehe, daß meiner seine Halbstiefel einschmiert, um nach Vercel oder nach Baume auf den Markt zu gehen. Dort ißt er dann gut mit den Bauern aus den Bergen oder aus dem Tiefland; er trinkt ein paar Klare, ein paar Apéritifs oder Flaschenwein. Auf dem Rückweg halten dann alle bei jedem Wirtshaus an, und bevor er nach Hause kommt, trinkt er noch einen Absinth bei Fricot. Meine Mutter geht ihn dann holen. Ihr paßt das gar nicht; sie knurrt ihn jedesmal an, und dann zanken sie sich, und wenn sie ihn glücklich zu Hause hat, fragt sie ihn, wieviel er ausgegeben hat. Der Alte brüllt dann los und sagt, er wäre der Herr im Haus und das ginge sie gar nichts an, und dann schmeißt er seine Sachen auf einen Stuhl und legt sich schlafen. Später, wenn meine Mutter rausgegangen ist, um überall abzuschließen und die Tiere zu versorgen, durchsuche ich seine Taschen und sein Portemonnaie. Er weiß nie genau, wieviel er noch drin hat, und ich nehme mir zwei, drei oder vier Sous. Einmal habe ich sogar sechs Sous geklaut, aber das war zuviel, das mache ich nicht wieder, denn da hat der Alte was gemerkt.»

«Und? Hat er dich verdroschen?» fragte Tintin.

«Denkste! Meine Mutter hat alles auf den Kopf gekriegt. Er dachte, sie hätte das Geld genommen, als sie das Zimmer aufgeräumt hat. Da hat er sie ganz schön angebrüllt!»

«Ja, das ist wirklich ein prima Trick!» stimmte Boulot zu. «Was meinst du dazu, Bati?»

«Mir nützt das gar nichts, weil mein Vater sich nie betrinkt.»

«Nie?» rief die ganze Schar voller Erstaunen im Chor.

«Nie», wiederholte Bati mit bekümmerter Miene.

«Das ist allerdings ein Unglück, mein Lieber», rief Lebrac. «Das ist ein großes, ein richtiges Unglück! Da kann man nichts machen.»

«Na, und?»

«Tja, dann kannst du nur was ‹abrahmen›, wenn du einholen gehst. Also, paß auf: Wenn du ein größeres Geldstück wechseln mußt, nimmst du dir einen Sou und sagst hinterher, du hättest ihn verloren. Dafür bekommst du natürlich 'n paar Ohrfeigen, aber auf dieser Welt gibt es nichts umsonst. Außerdem ist es immer am besten, man brüllt schon los, bevor die Alten überhaupt zuschlagen, und zwar so laut, daß sie sich nicht trauen, kräftiger zuzuhauen. Und wenn das mit dem größeren Geldstück nicht klappt, kannst du's auch anders machen. Zum Beispiel, wenn du Zichorie holen sollst. Da gibt es Päckchen zu vier und welche zu fünf Sous. Na gut, wenn du fünf Sous hast, dann nimmst du eben eins zu vier und behauptest, das Zeug wäre teurer geworden. Wenn sie dich losschicken, um für zwei Sous Senf zu holen, dann läßt du dir nur für einen Sou geben und sagst zu Hause, du hättest nicht mehr bekommen. Dabei kannst du gar nicht viel riskieren. Deine Mutter sagt höchstens, der Krämer wäre ein Dieb und Halsabschneider, und damit ist der Fall erledigt. Und außerdem wollen wir hier niemanden zwingen, etwas Unmögliches zu tun. Wenn ihr eure Sous irgendwie kriegen könnt, dann zahlt ihr, und wenn nicht, na ja, dann müssen wir eben sehen, wie wir anders zurechtkommen. Wir brauchen Geld, um alles mögliche einzukaufen. Aber wenn ihr irgendwo einen Knopf, eine Schnalle, einen Schnürsenkel, ein Gummiband oder ein Stück Bindfaden einstecken könnt, dann tut das und liefert den Kram hier für unseren Kriegsschatz ab. Wir schätzen dann, wieviel das Zeug wert ist und müssen dabei natürlich auch berücksichtigen, daß es nicht mehr neu ist. Derjenige, der den Schatz verwaltet, muß ein Notizbuch haben, in das er die Einnahmen und Ausgaben einträgt. Aber es wäre schon am besten, wenn jeder es fertigbringen würde, seinen Sou zu bezahlen. Vielleicht können wir uns später was sparen, so 'n kleines Kapital, wer weiß. Und dann könnten wir uns auch mal nach einem Sieg ein Fest leisten.»

«O ja, das wäre großartig», stimmte Tintin zu. «Lebkuchen, Schokolade ...»

«Sardinen!»

«Seht erst mal, daß ihr euer Geld zusammenkriegt!» mahnte der General. «Nach allem, was ich euch gesagt habe, muß einer schon ein ganz besonderer Idiot sein, wenn er es nicht schafft, jeden Monat einen Sou aufzutreiben.»

«Richtig!» fiel der Chor der Besitzenden ein.

Aber auch die Habenichtse hatten bei den Erläuterungen Lebracs Feuer gefangen und stimmten jetzt seinem Vorschlag zu. Sie schworen, daß sie im nächsten Monat Himmel und Hölle in Bewegung setzen würden, um ihren Beitrag leisten zu können. Was den laufenden Monat betraf, so würden sie in Naturalien zahlen und alles, was sie erwischen konnten, beim Schatzmeister abliefern.

Aber wer sollte der Schatzmeister sein?

Lebrac und Camus konnten in ihrer Eigenschaft als General und stellvertretender General dieses Amt nicht übernehmen. Auch Gambetta kam nicht in Frage, weil er zu oft nicht in die Schule kam; außerdem war er seiner flinken Beine wegen im Notfall als Läufer unentbehrlich. Lebrac schlug La Crique für den Posten vor: La Crique war ein guter Rechner, er schrieb rasch und deutlich und war der gegebene Mann für diese schwierige Vertrauensstellung.

«Nein, ich kann nicht», lehnte La Crique ab. «Überlegt euch das nur mal. Ich sitze in der Klasse direkt am Katheder, und Vater Simon kann dauernd sehen, was ich mache. Wann soll ich dann meine Buchführung erledigen? Ausgeschlossen! Der Schatzmeister muß auf einer der hinteren Bänke sitzen. Tintin wäre der Richtige!»

«Gut, also Tintin», stimmte Lebrac zu. «Du mußt das machen. Außerdem will ja auch deine Schwester kommen und den Gefangenen wieder die Knöpfe annähen. Ja, da gibt's gar nichts, du wirst Schatzmeister.»

«Aber wenn die Velraner mich schnappen, ist der ganze Kriegsschatz weg», gab Tintin zu bedenken.

«Dann wirst du eben nicht mitkämpfen, sondern zurückbleiben und zusehen. Manchmal muß man auch ein Opfer bringen können, alter Freund.»

«Ja, jawohl! Tintin soll Schatzmeister sein!»

Tintin wurde durch Zuruf gewählt, und somit war alles mehr oder weniger geregelt. Dann liefen alle zum Dicken Busch, um zu sehen, was aus den drei Wachtposten geworden war. Im Eifer der Diskussion hatte man ganz vergessen, sie zurückzurufen.

Tétas hatte nichts gesehen. Die drei saßen zusammen, rauchten Waldrebenstengel und schwatzten. Man unterrichtete sie von der getroffenen Entscheidung, sie stimmten zu, und es wurde vereinbart, daß vom nächsten Tag an alle bei Tintin ihren Beitrag abliefern sollten. Wer es ermöglichen konnte, sollte in bar bezahlen, die übrigen in Naturalien.

Tintins Buchführung

Ich habe seit meiner Ankunft hier wirklich große Summen ausgegeben: an einem Morgen achthundert Francs, an einem anderen Tag tausend Francs und an einem dritten dreihundert Taler.

Aus einem Brief der
Madame de Sévigné an
Madame de Grignan vom
15. Juni 1680

Als Tintin am nächsten Morgen zur Schule kam, ließ er sich zunächst von allen, die ihre Hefte da hatten, ein Blatt geben, um sofort das große Kassenbuch einzurichten, in das er die Ausgaben und Einnahmen der Armee von Longeverne eintragen würde.

Dann nahm er aus den Händen der Steuerzahler die vorgesehenen fünfunddreißig Sous in Empfang, sammelte von denen, die in Naturalien zahlten, sieben Knöpfe von verschiedener Form und Größe sowie drei Enden Bindfaden ein und begann angestrengt nachzudenken.

Den ganzen Vormittag stellte er mit dem Bleistift in der Hand seine Berechnungen an, strich hier etwas ab und fügte dort etwas hinzu. In der Pause beriet er sich mit Lebrac, Camus und La Crique und den anderen wichtigen Mitgliedern der Truppe, erkundigte sich nach dem Preis der Knöpfe und Sicherheitsnadeln, nach dem Wert der Gummibänder, stellte Vergleiche über Festigkeit der Schnürsenkel an und entschloß sich am Ende, bei seiner Schwester Marie Rat einzuholen, die in derlei Angelegenheiten und in diesem Geschäftszweig mehr Erfahrung hatte.

Nach langwierigen Konsultationen und intensiver geistiger Anstrengung, die ihm manchen Anschnauzer von Vater Simon und sogar die Drohung, nachsitzen zu müssen, eintrug, hatte er sieben Blatt Papier vollgeschmiert und folgenden vorläufigen Budgetentwurf aufgestellt, den er am nächsten Morgen vor Schulbeginn der Vollversammlung seiner Kameraden zur Überprüfung und Genehmigung vorlegte:

Budget der Armee von Longeverne

Hemdenknöpfe	1 Sou
Leibchen- und Jackenknöpfe	4 Sous
Hosenknöpfe	4 Sous
Haken für Hosenpatten	4 Sous
Schnur für Hosenträger	5 Sous
Gummiband für Strumpfbänder	8 Sous
Schnürsenkel	5 Sous
Kittelschnallen	2 Sous
Insgesamt	33 Sous
Reserve für Notfälle	2 Sous

«Aber Nadeln und Faden hast du vergessen», bemerkte La Crique. «Wenn ich nicht daran denken würde, säßen wir schön da, was? Womit sollten wir dann die Knöpfe annähen?»

«Das stimmt», gab Tintin zu. «Dann müssen wir also was ändern.»

«Ich finde, man sollte aber die zwei Sous Reserve stehenlassen», meine Lebrac.

«Ja, das finde ich auch», stimmte Camus zu. «Das ist 'ne gute Idee. Einer könnte mal was verlieren, eine Tasche kann ein Loch haben ... Man muß an alles denken.»

«Was meint ihr», sagte La Crique, «wir könnten doch zwei Sous von den vier für die Leibchenknöpfe streichen; das Leibchen sieht man doch sowieso nicht! Wenn man oben einen oder zwei Knöpfe zumacht, dann hält es schon. Wir brauchen uns doch nicht von oben bis unten zuzuknöpfen wie so 'n Kanonier!»

Camus hatte einen großen Bruder, der bei der schweren Artillerie diente und dessen Äußerungen er gierig aufschnappte. Kaum war das Wort ‹Kanonier› gefallen, als er halblaut, mit vielsagender Miene, ein Lied anstimmte, das er kürzlich gehört hatte, als der Bruder auf Urlaub zu Hause war:

«Nichts ist so schön wie 'n Kanonier
auf einem Kameltier!
Nichts ist so blöd wie 'n Infant'rist
auf einem ... Stückchen Mist!»

Sofort wollte die ganze Schar, die sich für alles, was mit dem Militär zusammenhing, leidenschaftlich interessierte, das Lied lernen, und Camus mußte es mehrmals wiederholen. Dann wandte man sich wieder den Geschäften zu. Sie nahmen sich jeden Posten des Budgets vor und fanden, daß die Summe von vier Sous für Hosenschnallen oder Haken übertrieben hoch war. Man brauchte nur einen Haken pro Hose, und viele von den kleineren trugen überdies keine Hosen mit einer Patte, die hinten geschlossen wurde. Darum kürzten sie diesen Posten um zwei Sous. Das war immer noch genug, und auf diese Weise hatten sie vier Sous zur Verfügung, von denen je einer für schwarzes und weißes Nähgarn und zwei für Näh- und Stopfnadeln verwendet werden sollten.

Das so abgeänderte Budget wurde von allen genehmigt. Tintin erklärte, daß er außerdem noch eine Aufstellung über die Knöpfe und Bindfäden machen wolle, die er von denen bekommen hatte, die in Naturalien zahlten. Am nächsten Morgen werde sein Hauptbuch in Ordnung sein, und alle könnten jederzeit Einsicht nehmen und auch den Kassenbestand sowie sämtliche Abrechnungen nachprüfen. Außerdem machte er die Eröffnung, daß seine Schwester Marie, die ja gewissermaßen die Marketenderin der Armee war, versprochen habe, ihm einen kleinen Schnürbeutel zu nähen, so einen, wie sie alle für ihre Murmeln hatten, damit er den Kriegsschatz darin aufbewahren könne. Sie wollte nur zunächst abwarten, wieviel es sein würde, um den Beutel weder zu groß noch zu klein zu machen.

Das großzügige Angebot wurde mit Beifall aufgenommen, und Marie Tintin – die, wie jeder wußte, die Freundin des Generals Lebrac war – wurde feierlich zur Ehrenmarketenderin der Armee von Longeverne ernannt. Dann kündigte Camus an, daß seine Kusine, die Tavie, Tintins Schwester bei ihrer Arbeit helfen wolle, so oft es ihr möglich sei, und daraufhin ließ man auch sie hochleben. Bacaillé allerdings stimmte in die Rufe nicht ein und warf Camus sogar einen recht schiefen Blick zu. Dem wachsamen La Crique und dem Rechnungsführer Tintin entging dies nicht; die Sache kam ihnen verdächtig vor.

«Heute mittag gehe ich mit La Crique zur Mutter Maillot und kaufe das Zeug», sagte Tintin.

«Geh lieber zur Jullaude», riet Camus. «Sie soll mehr Auswahl haben, heißt es.»

«Ach, die Krämer sind alle Gauner und Diebe», fiel Lebrac ein, der offenbar eine gewisse Lebenserfahrung und feste Ansichten hatte. «Du kannst ja die eine Hälfte in dem einen Laden und die andere im anderen kaufen. Dann sehen wir selber, bei wem wir weniger übers Ohr gehauen werden und können uns in Zukunft danach richten.»

«Aber vielleicht ist es doch besser, en gros zu kaufen», meinte Boulot. «Da kommt man besser weg.»

«Ach was! Tintin, du bist der Schatzmeister und kannst das halten, wie du willst. Sieh zu, daß du zurechtkommst und leg uns zum Schluß deine Abrechnung vor. Wir sollten uns da vorläufig gar nicht einmischen!»

Der bestimmte Ton, in dem Lebrac seine Meinung kundtat, beendete die Diskussion, die sich sonst womöglich noch endlos hingezogen hätte. Es war übrigens auch höchste Zeit; denn Vater Simon, dem dieses heimliche Treiben aufgefallen war, ging mit gespitzten Ohren und harmloser Miene immer wieder vor ihrer Ecke auf und ab und bemühte sich, einen Fetzen ihres Gesprächs aufzuschnappen. Es gelang ihm nicht, aber er nahm sich vor, ein besonderes Auge auf Lebrac zu haben, der deutliche Anzeichen einer geistigen Erregung erkennen ließ, die nichts mit der Schule zu tun hatte.

La Crique, dieser aufgeweckte Beobachter, der schlauer war als alle anderen zusammen, er fühlte mit feiner Witterung die Gedankengänge des Lehrers. Und da Tintin in der Klasse neben dem General saß, infolgedessen sofort in Gefahr geraten würde, wenn sein Nachbar aufs Korn genommen wurde und dann nur schwer würde erklären können, wie eine so beträchtliche Summe in seine Tasche kam, riet La Crique ihm, sich während der Unterrichtsstunde sehr zurückzuhalten, da ihm die Absichten des Alten nicht recht geheuer seien.

Um elf begaben sich Tintin und La Crique zum Laden der Jullande. Nachdem sie höflich gegrüßt und für einen Sou Hemdenknöpfe verlangt hatten, erkundigten sie sich nach dem Preis von Gummibändern.

Anstatt ihnen die verlangte Auskunft zu geben, musterte die Krämerin sie neugierig und stellte Tintin die hinterlistige und verfängliche Frage:

«Soll es für deine Mutter sein?»

«Nein!» antwortete La Crique schnell in herausforderndem Ton.

«Es ist für seine Schwester.» Und als die Jullaude, immer noch lächelnd, den Preis nannte, stieß er seinen Kameraden leicht mit dem Ellbogen an und flüsterte: «Raus!»

Sobald sie wieder auf der Straße waren, erklärte La Crique sich näher: «Hast du nicht gemerkt, daß dieses alte Klatschmaul genau das Warum, Wie, Wo, Wann und Was wissen wollte? Wenn wir möchten, daß das ganze Dorf etwas von unserem Kriegsschatz erfährt, brauchen wir nur bei ihr zu kaufen. Überhaupt sollten wir nicht alles auf einmal holen, das würde nur Aufsehen erregen. Richtiger wäre es, wir kauften heute dies, morgen das und so weiter. Und zu dieser alten Ziege da drin gehen wir sowieso nie wieder!»

«Und weißt du, was am allerbesten wäre?» fiel Tintin ein. «Wenn wir meine Schwester Marie zur Mutter Maillot schickten. Die Alte glaubt dann bestimmt, daß Marie für meine Mutter einkauft. Und außerdem kennt meine Schwester sich in solchen Sachen viel besser aus als wir, und sie versteht sich sogar aufs Handeln. Ich bin sicher, die bekommt ein Stückchen Band und ein paar Knöpfe mehr als wir.»

«Ja, da hast du recht», stimmte La Crique zu.

Und als sie auf Camus stießen, der mit seiner Schleuder gerade auf die Spatzen zielte, die auf Vater Gugus Misthaufen herumpickten, zeigten sie dem Freund ihre Erwerbung – fünfzig Hemdenknöpfe aus weißem Glas, die auf ein kleines Stück blauer Pappe aufgenäht waren –, erklärten ihm, aus welcher weisen Überlegung heraus sie im Augenblick noch nicht mehr gekauft hatten und versicherten, daß gegen ein Uhr trotzdem alles erledigt sein werde.

Und wirklich, als Lebrac nach dem Mittagessen etwa um halb eins wieder zur Schule ging und, die Hände in den Hosentaschen, das schöne Lied von Camus' Bruder laut vor sich hin pfeifend, die Straße daherkam, sah er seine kleine Freundin, mit höchst geschäftiger Miene vom Fußweg aus zu dem Haus der Mutter Maillot eilen. Da im Augenblick keiner der Nachbarn vor der Haustür stand und Marie ihn nicht sah, machte er sie, durch ein leises ‹Tiruiii!› auf seine Anwesenheit aufmerksam.

Sie lächelte und gab ihm mit einer Kopfbewegung zu verstehen, wohin sie ging, und Lebrac antwortete mit einem breiten, strahlenden Lächeln, das die frohe Stimmung einer kraftvollen, gesunden Seele ausdrückte.

Im Schulhof waren alle schon in der hinteren Ecke versammelt und starrten ungeduldig auf die Tür, durch die Tintin jeden Augenblick hereinkommen mußte. Alle wußten bereits, daß die Marie sich bereit erklärt hatte, die Einkäufe zu übernehmen, und daß Tintin sie hinter dem Waschhaus erwartete, um aus ihren Händen den Schatz in Empfang zu nehmen, den er ihnen nun gleich vorführen würde.

Endlich erschien er hinter La Crique. Ein allgemeines «Ah!» erscholl zu seiner Begrüßung. Alle drängten sich um ihn und bombardierten ihn mit Fragen:

«Hast du das Zeug?»

«Wie viele Jackenknöpfe kriegt man für einen Sou?»

«Haben wir genügend Schnur?»

«Zeig mal die Schnallen her!»

«Hält das Nähgarn auch was aus?»

«Verdammt noch mal, so wartet doch ab!» befahl Lebrac. «Wenn ihr alle zugleich redet, versteht man gar nichts, und wenn einer dem anderen auf den Buckel steigt, kann keiner was sehen. Also los, stellt euch im Kreis auf! Tintin wird uns schon alles zeigen.»

Etwas widerwillig traten sie zurück. Jeder wollte dem Schatzmeister am nächsten stehen und, wenn möglich, die Beute berühren können. Aber Lebrac war unerbittlich und verbot Tintin, etwas aus seiner Tasche hervorzuholen, ehe er nicht völlig frei und unbehindert in der Mitte stand. Als dies endlich erreicht war, zog der Schatzmeister triumphierend nacheinander mehrere in gelbes Papier eingewickelte Päckchen aus seiner Tasche und verkündete:

«Fünfzig Hemdenknöpfe, auf Pappe aufgenäht!»

«Mensch!»

«Achtzig Hosenknöpfe!»

«Donnerwetter!»

«Neun Leibchenknöpfe! Wir haben einen extra gekriegt, denn eigentlich gibt es für einen Sou nur vier.»

«Das hat Marie geschafft», erklärte Lebrac. «Sie hat gehandelt!»

«Vier Hosenschnallen! Einen reichlichen Meter Gummiband!» Und Tintin hielt es in die Höhe, um zu zeigen, daß man sie nicht übervorteilt hatte.

«Zwei Kittelschnallen!»

«Prima sind die, was?» meinte Lebrac und dachte dabei an sein Mißgeschick von neulich abend. Wenn er damals eine davon gehabt hätte, dann wäre er vielleicht . . . Na, Schwamm drüber!

«Fünf Paar Schnürsenkel», fuhr Tintin fort. «Zehn Meter Schnur und dazu noch ein großes Ende, das die Marie zubekommen hat, weil sie soviel auf einmal gekauft hat! Elf Nadeln! Eine mehr, als man eigentlich bekommt. Und nun noch eine Rolle schwarzes und eine Rolle weißes Nähgarn!»

Jeder Gegenstand, den Tintin auspackte und hochhielt, wurde mit lebhaften und bewundernden «Ahs», «Ohs» und donnernden Kraftausdrücken begrüßt.

«Gefangen!» rief Tigibus plötzlich, als hätte er mit einem Kameraden Haschen gespielt. Auf dieses Alarmsignal, das das Kommen des Lehrers ankündigte, zerstreute sich die Schar, während Tintin die einzelnen Gegenstände, die er ausgepackt hatte, bunt durcheinander in seine Tasche stopfte. Das alles vollzog sich so schnell und natürlich, daß Vater Simon nichts merkte. Ihm fiel höchstens auf, daß sich die Mienen, die vor zwei Tagen noch so düster und verschlossen gewesen waren, plötzlich aufgehellt hatten.

Seltsam, dachte er, welchen Einfluß Sonne, Wind und Regen auf das Gemüt der Kinder haben! Wenn ein Gewitter oder ein Regen im Anzug ist, sind sie nicht zu halten, dann müssen sie schwatzen, sich balgen und herumtollen; wenn sich hingegen eine Schönwetterperiode ankündigt, dann werden sie ganz von selbst fleißig, gehorsam und vergnügt wie die Finken.

Der gute Mann hatte keine Ahnung von den tiefen und geheimen Gründen, aus denen die Fröhlichkeit seiner Schüler erwuchs, und er war mit seinem Kopf voller pädagogischer Hirngespinste immer auf der falschen Fährte. Als ob die Kinder, die sich im Handumdrehen der in der Gesellschaft üblichen Heuchelei anpassen können, jemals in Gegenwart derer, die auch nur einen Funken Autorität über sie haben, ihr wahres Gesicht zeigten! Sie leben in einer Welt für sich, und sie sind nur dann wirklich sie selbst, wenn sie sich von keinem forschenden oder neugierigen Blick belästigt fühlen. Und die Sonne wie der Mond haben auf ihre Stimmung nur wenig Einfluß.

Die Longeverner begannen im Hof herumzutollen und einander zu haschen, und wenn zwei sich begegneten, tuschelten sie einander zu: «Also abgemacht, heute abend werden wir's ihnen zeigen!»

«Aber klar! Heute abend!»

«Die sollen nur kommen! Die werden's erleben!»

Ein Pfiff auf der Trillerpfeife und der rauhe Befehl des Lehrers: «Antreten! Los, los, beeilt euch!» machten diesen Beschwörungen künftiger Heldentaten fürs erste ein Ende.

Neues Schlachtenglück

Wann kehrt ihr je zurück, verbannte
stolze Frauen?

Leconte: Le Masque de fer

An diesem Abend waren die Longeverner von einem unbeschreiblichen Feuer der Begeisterung beseelt. Nichts, keine Sorge, keine trüben Ahnungen hemmten ihren Schwung. Was war schon ein Schlag mit dem Knüttel? Darüber lachten sie nur! Und was die Steine betraf – wenn sie nicht gerade aus der Schleuder von ‹Schiefmaul› kamen, hatte man fast immer noch Zeit, ihnen auszuweichen.

Die Augen strahlten und funkelten in den vom Lachen erhellten Gesichtern; die roten Wangen, fest und rund wie schöne Äpfel, zeugten von strotzender Gesundheit; die Arme, die Beine, die Füße, die Schultern, der Hals, der Kopf, alles bewegte sich, alles vibrierte, alles tanzte. Ach, sie spürten sie kaum an ihren Füßen, die Schuhe mit den Sohlen aus Pappelholz, Espenholz oder Nußbaumholz, und ihr trockenes Klappern auf dem harten Weg klang bereits wie eine Herausforderung an die Velraner.

Sie schrien laut, warteten aufeinander, knufften und pufften sich und fieberten genau wie Jagdhunde, die lange an die Leine gefesselt waren und nun endlich freigelassen werden, um hinter dem Hasen oder dem Fuchs herzustürmen und die sich gegenseitig in die Ohren und die Beine beißen, als wollten sie einander ihre Freude bezeugen und sich beglückwünschen.

Und ihre Begeisterung wirkte ansteckend. Wie von dem klingenden Spiel einer Militärkapelle wurde alles, was im Dorf jung und gesund war, von ihrem schwungvoll-freudigen Marsch zur Saute hinaus mitgerissen: Die schüchternen kleinen Mädchen liefen ihnen errötend bis zur großen Linde nach, wo sie sich dann nicht mehr weiter wagten, die Hunde rannten kläffend mit großen Sprüngen neben ihnen her, und sogar die Katzen und die vorsichtigen Kater wagten sich auf die Mauern und schienen zu überlegen, ob sie sich dem Zug nicht anschließen sollten. Auf den Schwellen der Häuser standen die Dorfbewohner und schauten ihnen mit fragenden Blikken nach. Und sie antworteten lachend, sie hätten ein Spiel vor, ein herrliches Spiel!

Sobald sie in Pépiots Steinbruch angelangt waren, lenkte Lebrac die Begeisterung seiner Krieger in vernünftigere Bahnen, indem er ihnen befahl, sich die Taschen mit Steinen vollzustopfen.

«Wenn ihr dann draußen seid, behaltet ihr nur etwa ein halbes Dutzend in der Tasche und stapelt den Rest auf der Erde», sagte er. «Beim Angriff darf man nicht so schwer sein wie ein Mehlsack. Wenn die Munition uns ausgehen sollte, nehmen sechs von den Kleineren je zwei Mützen, laufen zum Steinbruch von Rat – weil der am nächsten liegt – und füllen sie.»

Dann bestimmte er diejenigen, die im Notfall diese Nachschubversorgung an Munition übernehmen sollten und veranlaßte schließlich Tintin, die einzelnen Stücke des Kriegsschatzes noch einmal vorzuzeigen, damit alle Kameraden in dieser Hinsicht beruhigt sein konnten. Daraufhin gab er das Zeichen zum Vormarsch und übernahm selbst die Spitze, um wie gewöhnlich seiner Truppe als Aufklärer zu dienen.

Sein Auftauchen wurde augenblicklich mit einem Steinwurf quittiert. Er beugte vor dem heranpfeifenden Geschoß den Kopf, doch es streifte noch seine Stirn. Mit einer lässigen Bewegung wandte er sich um und gab den Seinen durch ein Kopfnicken zu verstehen, daß die Feindseligkeiten begonnen hatten. Sofort schwärmten seine Soldaten aus. Er überließ es jedem, sich selbst einen günstigen Standort zu wählen, denn er war überzeugt, daß ihr kriegerischer Instinkt sie an diesem Abend nicht im Stich lassen würde.

Als Camus sich auf seinen Zweig geschwungen hatte, gab er seinen Bericht über die Lage.

Sämtliche Velraner standen drüben am Waldrand, vom größten bis zum kleinsten, von ‹Schiefmaul›, dem Kletterer, bis zum schwer gestraften ‹Vollmond›.

«Um so besser», erklärte Lebrac. «Dann wird es wenigstens ein schöner Kampf.»

Eine Viertelstunde lang wogte die übliche Flut der Beschimpfungen zwischen den beiden Armeen hin und her. Aber die aus Velrans rührten sich nicht vom Fleck. Vielleicht glaubten sie, ihre Feinde würden auch heute, so wie vor zwei Tagen, nackt wie die Teufel, einen Angriff unternehmen. Darum erwarteten sie sie stehenden Fußes. Mit Munition waren sie reichlich versehen, denn sie hatten einen neuen Zubringerdienst organisiert, einen Läufertrupp, der bei den Felsen mitten im Wald immer wieder die Taschentücher mit Steinen füllte, dann die Last zum Waldrand brachte und dort ausschüttete.

Die Longeverner konnten nur hin und wieder etwas von ihren Feinden hinter der Verschanzung und den Bäumen erspähen.

Diese Taktik aber paßte Lebrac ganz und gar nicht. Er hätte seine Gegner gern ein Stück aufs freie Feld herausgelockt, um so die Entfernung zwischen den Fronten zu vermindern und bei der Verfolgung mehr Chancen zu haben. Als er aber sah, daß die Velraner nicht aus ihrer Verschanzung herauskommen wollten, entschloß er sich, die Hälfte seiner Truppe zu einem Angriff vorzuschicken.

Camus, den man nach den Aussichten befragt hatte, kletterte herunter und erklärte, das sei eine Sache, die er selbst übernehmen wollte. Tintin, der sich im Hintergrund halten mußte, zappelte verzweifelt herum, als er sah, wie die anderen sich tummelten.

Camus verlor keine Zeit. Er packte seine Schleuder, befahl seinen zwanzig Leuten, nicht mehr als vier Steine mitzunehmen und gab das Zeichen zum Angriff.

Es war abgemacht, daß man es nicht zu einem Handgemenge kommen lassen wollte. Die Angreifer sollten sich dem Feind, der über diesen Vorstoß sicherlich höchst erstaunt sein würde, nur auf Steinwurfweite nähern, einen Hagel von Geschossen auf seine Reihen abfeuern und dann sofort zurücklaufen, um dem Gegenbombardement, das bestimmt gefährlich wurde, auszuweichen.

In lockerer Reihe, jeweils vier bis fünf Schritte voneinander entfernt, stürmten die Krieger unter Führung von Camus vor – und tatsächlich, angesichts dieses kühnen Handstreichs verstummte für einige Augenblicke das feindliche Feuer. Das mußte man sich zunutze machen! Camus ergriff das Leder seiner Schleuder und zielte auf den ‹Azteken›, während seine Leute weit ausholten und die gegnerische Abteilung mit Steinen bewarfen.

«Zurück jetzt!» schrie Camus, als er sah, daß die Schar des ‹Azteken› sich zum Gegenstoß sammelte.

Eine wahre Wolke von Steinen flog hinter ihnen her, und wilde

Schreie verrieten ihnen, daß die Velraner sich zu ihrer Verfolgung aufgemacht hatten.

Nachdem der ‹Azteke› festgestellt hatte, daß seine Feinde nicht mehr nackt kämpften, hielt er eine weitere Defensivhaltung für sinnlos und unfruchtbar.

Camus, der das Gebrüll hinter sich hörte und auf seine flinken Beine vertraute, wandte den Kopf, um zu sehen, ‹wie die Sache lief›. Aber der feindliche General hatte seine besten Läufer bei sich und Camus war ohnehin schon etwas hinter den anderen zurückgeblieben. Wenn er sich nicht kriegen lassen wollte, mußte er rennen, was das Zeug hielt. Er wußte, daß die Schar des ‹Azteken›, der er an Lebracs Unglücksabend entwischt war, es auf seine Knöpfe und vor allem auf seine Schleuder abgesehen hatte. Nun galt es also, die Beine zu gebrauchen!

Aber er hatte Pech! Ein mit aller Wucht geschleuderter Stein – bestimmt kam er von ‹Schiefmaul›, diesem Schweinehund! – traf seine Brust, so daß er einen Augenblick stehenblieb und taumelte. Nun würden die anderen über ihn herfallen.

Verdammte Scheiße! Sie hatten ihn geschnappt!

In Blitzesschnelle griff Camus mit einer verzweifelten Gebärde an seine Brust, ließ sich nach vorn fallen, blieb reglos liegen und hielt den Atem an.

Da hatten die Velraner ihn auch schon erreicht.

Sie hatten die Flugbahn von ‹Schiefmauls› Geschoß verfolgt, Camus' Geste bemerkt und gesehen, wie er blaß und ohne ein Wort der Länge nach hingeschlagen war. Entsetzt hielten sie inne.

«Ob der tot ist?»

Im selben Augenblick ertönte ein fürchterliches Gebrüll, das Wut- und Rachegeschrei der Longeverner. Das Gebrüll wurde immer lauter und durchdringender, erfüllte die ganze Niederung, und ein furchterregendes Gewirr von Lanzen und Schwertern näherte sich im Eiltempo den Velranern. Diese machten auf dem Absatz kehrt und rasten in ihre Stellungen zurück, wo sie erneut, die Steine in den Händen, in Verteidigungsstellung gingen, während die gesamte Armee von Longeverne bei Camus anlangte.

Durch seine halb geschlossenen Lider und die flatternden Wimpern hatte der gefallene Krieger beobachtet, wie die Velraner direkt vor ihm haltgemacht, sich dann umgewandt hatten und schließlich geflohen waren. Da er aus den wilden, immer näher kommenden

Rufen entnahm, daß die Seinen ihm zu Hilfe eilten und die Feinde in die Flucht geschlagen waren, öffnete er die Augen, setzte sich auf und erhob sich gemächlich. Dann stemmte er die Fäuste in die Hüften und machte den Velranern, die jetzt aufgeregt über den Schutzwall zu lugen begannen, seine eleganteste Verbeugung.

«Schwein! Dreckskerl! Verräter! Feigling!» brüllte der ‹Azteke›, als er sah, wie sein Gefangener – denn das war er doch! – ihm durch eine List entwischt war. «Na, warte nur! Dich hole ich mir noch! Du entkommst mir nicht, du Sauhund!»

Worauf Camus, hinter sich die erstaunten Krieger von Longeverne, den Zeigefinger auf seine Kehle setzte und viermal damit vom Hals zum Kinn auf und ab fuhr. Dann fiel ihm im rechten Moment sein großer Bruder, der Kanonier, ein, und um seine an sich schon recht ausdrucksvolle Geste noch zu vervollständigen, schlug er sich kräftig auf den rechten Schenkel und drehte dann die Handfläche nach außen, während sein Daumen auf den Hosenschlitz wies.

«Und der da!» rief er. «Wann willst du dir den schnappen, du Idiot?»

«Bravo! Bravo, Camus! Uhee! Uhee! Uhee! Hiha! Buahuu! Mööh! Bääąh! Muuh! Kikerikiiii!» Das war die Armee von Longeverne, die durch vielfältige Schreie ihre Verachtung für die dumme Leichtgläubigkeit der Velraner zum Ausdruck brachte und den tapferen Camus beglückwünschte, der dem Verhängnis entronnen war und denen da drüben einen so prächtigen Streich gespielt hatte.

«Aber trotzdem hast du was abgekriegt!» wütete ‹Schiefmaul›, hin- und hergerissen von widerstreitenden Gefühlen. Einerseits war er froh, daß die Dinge diese Wendung genommen hatten, andererseits war er empört über diesen Mistkerl, den Camus, der ihm umsonst Angst gemacht hatte und so der wohlverdienten Strafe entgangen war.

«Sei du nur ruhig, mein Kleiner», rief Camus, der etwas Bestimmtes im Sinn hatte. «Sei du nur ruhig! Wir treffen uns schon noch mal!»

Jetzt begann ein solcher Steinhagel auf die nur mit ihren Knütteln bewaffneten Longeverner niederzuprasseln, daß sie schleunigst umkehrten und in ihr Lager zurückliefen.

Aber nun entbrannte bei der allgemeinen Kampfeswut die Schlacht von neuem, denn die gefoppten Velraner, die über ihr Mißgeschick außer sich waren – man hatte ihnen übel mitgespielt, sie verhöhnt und beschimpft! Das mußte gerächt werden! –, beschlossen, zum Angriff überzugehen. Neulich hatten sie den feindlichen General gefangengenommen; es müßte doch mit dem Teufel zugehen, wenn sie diesmal nicht wenigstens ein paar Soldaten schnappen würden!

Die kommen gleich wieder! dachte Lebrac.

Tintin, der im Hintergrund bleiben mußte, hielt es fast nicht mehr aus. Schatzmeister zu sein war wirklich ein übles Geschäft!

Unterdessen hatte der ‹Azteke› seine wütenden und aufgeregten Leute wieder um sich versammelt, einen kurzen Kriegsrat abgehalten und den Generalangriff beschlossen.

Er stieß ein donnerndes «Der Bauch soll euch platzen!» aus und stürzte sich aufs Schlachtfeld, seine ganze Armee mit geschwungenen Knütteln und Stöcken hinter ihm her.

Nun zögerte auch Lebrac nicht länger. Er erwiderte den Kriegsruf seines Gegners mit einem ebenso donnernden «Zum Arsch mit den Velranern!», und wieder wiesen die Lanzen und Säbel der Longeverner mit ihren gehärteten Spitzen nach vorn.

«Verdammte Preußen!» – «Schweinehunde!» – «Dreifache Drecksäue!» – «Scheißwürste!» – «Pfaffenbrut!» – «Hurenkinder!» – «Dreckbatzen!» – «Stinkende Äser!» – «Kotzbrocken!» – «Mistbolzen!» – «Arschlöcher!» – «Heimtücker!» – «Verreckte Katzen!» – «Räudige Hunde!» – «Verlauste Bande!» – «Wanzenknacker!» Das waren nur einige der Ausdrücke, die hin und her flogen, bevor die beiden Heere aneinandergerieten. Man konnte wirklich nicht behaupten, daß die Zungen müßig waren!

Zunächst sausten noch einige Steine zischend über die Köpfe hinweg, und dann entwickelte sich ein erschreckendes Handgemenge. Man hörte Knüttel auf Schädel niederkrachen, Lanzen und Säbel splittern, Fäuste, die gegen Brüste trommelten, klatschende Ohrfeigen, polternde Holzschuhe, kreischende Stimmen. Piff! Paff! Krach! Bumm!

«Verräter! Feigling!» Und man sah gesträubte Haare, zerbrochene Waffen, Körper, die sich ineinander verknäulten, Arme, die mächtige Kreise beschrieben, um dann mit aller Wucht niederzufallen, und Fäuste, vorgereckt wie Bolzen und Kurbelstangen. Alle gebärdeten sich wie wahnsinnig, sprangen, drehten und duckten sich, um nach allen Seiten ihre Hiebe auszuteilen.

La Crique, der gleich im Anfang durch einen heimtückischen

Schlag zu Boden gegangen war, saß auf seinem Allerwertesten und wehrte sich von unten gegen die Angreifer, trat gegen Schienbeine und Knie, verdrehte hier einem Feind den Knöchel, quetschte dort einem die Zehen und hämmerte dem dritten gegen die Waden.

Lebrac drang mit gesträubten Borstenhaaren wie ein junger Eber, barhäuptig, mit aufgeknöpftem Kragen, den zerbrochenen Knüttel in der Faust wie ein eherner Keil in die Gruppe um den ‹Azteken›, packte seinen Feind bei der Gurgel und schüttelte ihn wie einen Pflaumenbaum, obgleich eine ganze Schar von Velranern sich an ihn hängte, ihn an den Haaren zerrte und ihn mit Ohrfeigen, Knüffen und Schlägen traktierte. Wie ein wilder Hengst schnaubte er inmitten dieses Getümmels und schaffte es schließlich, den Kreis seiner Feinde zu sprengen.

«Aaah! Habe ich dich endlich! Verfluchter Schweinehund, du!» brüllte er. «Jetzt entwischst du mir nicht, das schwöre ich dir! Jetzt sollst du was erleben! Ich schlepp dich zum Dicken Busch, und dort wirst du ja sehen, was passiert, das sag ich dir!»

Er bearbeitete den ‹Azteken› mit Fußtritten und Faustschlägen. Nun griffen auch Camus und Grangibus, die ihrem Anführer gefolgt waren, zu, und zu dritt trugen sie den feindlichen General, der sich nach Leibeskräften wehrte, davon. Camus und Grangibus hatten je einen Fuß gepackt, und Lebrac, der den ‹Azteken› an den Armen festhielt, schwor ihm unter den kräftigsten Flüchen, er werde ihn erdrosseln, wenn er sich zu unverschämt aufführte.

Währenddessen lieferte sich das Gros der beiden Truppen eine erbitterte Schlacht; doch es ließ sich schon absehen, daß die Longeverner den Sieg davontragen würden. Im Nahkampf waren diese kräftigen und robusten Burschen ihren Gegnern überlegen. Einige Velraner, die schon zuviel abgekriegt hatten, wichen zurück, andere folgten ihnen, und als sie schließlich sahen, wie ihr General weggeschleppt wurde, löste sich ihre gesamte Front auf und stob in wilder Flucht davon.

«Holt euch welche! Verdammt noch mal, holt euch welche, haltet sie fest!» brüllte Lebrac aus der Ferne.

Und die Krieger von Longeverne stürmten hinter den Flüchtlingen her, doch diese warteten ihr Kommen natürlich nicht ab, und die Sieger waren andererseits viel zu neugierig zu erfahren, was mit dem feindlichen General geschehen würde, so daß sie die Verfolgung bald aufgaben.

Am Marterpfahl

An farbige Pfähle gebunden, nackt und bloß.
Rimbaud: Le bateau ivre

Der ‹Azteke› hatte seinen Spitznamen bekommen, weil er so ein kleiner, schmächtiger Kerl war; aber er war trotzdem kein Junge, der sich widerstandslos alles gefallen ließ. Das sollten Lebrac und die beiden anderen bald zu ihrem Nachteil erfahren.

Im selben Augenblick, als der General den Kopf wandte, um seine Soldaten bei der Verfolgung des Feindes anzufeuern, machte sich der Gefangene, wie ein Fuchs, der in der Falle sitzt, die Gelegenheit zunutze, schnappte nach Lebracs Daumen und biß so kräftig zu, daß das Blut herausquoll. Camus und Grangibus ihrerseits erfuhren durch einen Fußtritt in die Seiten, wie gefährlich es war, das Bein des ‹Azteken›, das sie zwischen Arm und Körper gepreßt hielten, auch nur ein wenig locker zu lassen.

Mit einem meisterhaft gezielten Faustschlag auf den Mund des Gefangenen veranlaßte Lebrac ihn, den Daumen, den er bis zum Knochen durchgebissen hatte, fahrenzulassen. Dabei versicherte er ihm noch einmal unter einem großen Aufwand von Flüchen und Verwünschungen, daß er ihm für alles das werde büßen müssen, und zwar auf der Stelle.

Eben jetzt kehrte die Armee ohne weitere Gefangene zurück. Also würde der ‹Azteke› für alle bezahlen.

Tintin, der näher trat, um ihn in Augenschein zu nehmen, erhielt eine ganze Ladung Spucke mitten ins Gesicht. Aber er machte sich nichts aus dieser Beleidigung, sondern musterte den feindlichen General in aller Ruhe und höhnte dabei: «Ach, du bist das! So, so, du Schweinehund, diesmal sollst du uns kennenlernen. Saukerl! Nur schade, daß die Marie nicht da ist und dich ein bißchen an den Haaren ziehen kann; das würde ihr bestimmt Spaß machen. Ach, du geiferst, Schlange! Aber geifere du nur weiter, damit wirst du deine Knöpfe auch nicht zurückbekommen und deinen Hintern nicht auspolstern können.»

«Hol den Strick, Tintin», befahl Lebrac. «Wir werden dieses Würstchen fesseln. Schnürt ihm alle Pfoten zusammen, zuerst die

Hinterpfoten und dann die Vorderpfoten. Und dann binden wir ihn an die große Eiche und nehmen ihn uns ein bißchen vor. Und ich sage dir, du wirst nicht mehr beißen und auch nicht mehr spucken, du widerlicher, dreckiger Misthaufen du!»

Die Krieger, die jetzt einer nach dem anderen zurückkamen, beteiligten sich an der Operation. Sie begannen damit, dem ‹Azteken› die Füße zusammenzubinden; aber da dieser nicht aufhörte, alle, die ihm nahe genug kamen, zu bespucken und sogar versuchte, sie zu beißen, befahl der General Boulot, die Taschen dieses ekelhaften Affen nach einem Taschentuch zu durchsuchen, mit dem man ihm seine dreckige Schnauze stopfen konnte.

Boulot gehorchte. Während er sich mit einer Hand so gut wie möglich gegen die Spuckespritzer des Gefangenen schützte, zog er aus dessen Hosentasche einen viereckigen Lappen von undefinierbarer Farbe, der früher einmal rot kariert gewesen sein mochte, falls er nicht in einer vielleicht nicht allzuweit zurückliegenden Vergangenheit weiß gewesen war. Inzwischen jedoch war dieser ‹Rotzlappen› mit den verschiedenartigsten Gegenständen in nähere Berührung gekommen und hatte zweifellos auch zu den mannigfaltigsten Zwecken Verwendung gefunden und als Nasenputztuch, Fessel, Knebel, Augenbinde, Tragtasche, Mütze, Verband, Geldbeutel, Schleuder und Pinsel gedient. Auch hatte sein Besitzer offenbar des öfteren seine Hände sowie seinen Federhalter damit abgewischt, so daß sich dem Auge des Beschauers nur eine schmierige grünlichgraue Färbung bot, die nicht gerade anziehend wirkte.

«Na, das ist ja ein sauberer Lumpen», meinte Camus. «Der steht ja vor Dreck! Schämst du dich gar nicht, du Schweinigel, so einen Fetzen in der Tasche zu haben? Und da behauptest du noch, du wärst reich? Pfui Teufel! So was würde ja nicht mal 'n Bettler haben wollen. Man weiß gar nicht, an welcher Ecke man das anfassen soll!»

«Macht nichts», entschied Lebrac. «Bindet ihm das Ding ums Maul. Wenn Fett drin ist, kann er's ja fressen, dann geht wenigstens nichts verloren.»

Energische Fäuste zogen den Lappen fest um die Kinnladen des ‹Azteken› und verknoteten ihn in seinem Nacken, so daß der gefangene General zu Reglosigkeit und Schweigen verdammt war.

«Du hast mich neulich auspeitschen lassen. Heute werden wir dafür dir den Hintern vollhauen.»

«Auge um Auge, Zahn um Zahn», verkündete der Moralist La Crique.

«Los, Grangibus, nimm die Gerte und schlag zu! Gib diesem feinen Herrn, der sich so schlecht aufführt, eine kleine Vorbehandlung zum Anwärmen, bevor wir ihm die Hosen runterziehen! Und ihr andern, kommt näher ran und stellt euch im Kreis auf!»

Mit einer festen, biegsamen und grünen Gerte verabreichte Grangibus dem ‹Azteken› sechs sorgfältig abgezählte pfeifende Hiebe auf das Hinterviertel, während der andere unter seinem Knebel vor Wut und Schmerz fast erstickte.

Lebrac hatte unterdessen leise mit Camus und Gambetta gesprochen, die sich daraufhin unbemerkt entfernten. Jetzt rief er fröhlich:

«So, und nun die Knöpfe! Tintin, mein Lieber, halt deine Taschen bereit, der große Augenblick ist gekommen! Zähl alles gut nach und verlier nichts!»

Lebrac ging mit großer Gewissenhaftigkeit zu Werke. Es kam darauf an, die einzelnen Stücke nicht durch allzu heftige Bewegungen und ungeschickte Schnitte zu beschädigen, denn diese Stücke waren ja das Lösegeld des ‹Azteken› und sollten schließlich den Kriegsschatz der Armee von Longeverne vergrößern.

Er begann bei den Schuhen.

«Oh!» rief er. «Ein neuer Schnürsenkel! Ausgezeichnet!» Aber gleich darauf empörte er sich: «Miststück! Der ist ja gerissen und geknotet!» Und langsam, immer mit einem Blick auf die Bindfadenfesseln, die seinen Mund vor einem rächenden Fußtritt bewahrten, knotete er ‹diese Schweinerei› auseinander, schnürte den Schuh auf und zog den Senkel heraus, den er Tintin reichte. Beim zweiten Schuh ging es rascher. Nun schob er die Hosenbeine des Gefangenen hoch, um sich der Gummibänder, die die Strümpfe festhielten, zu bemächtigen.

Aber hier erlebte er eine Enttäuschung. Der ‹Azteke› besaß nur ein Strumpfband. Der andere Strumpf wurde durch ein erbärmliches Stück Schnur gehalten. Lebrac konfiszierte es trotz allem, brummte jedoch dabei: «So ein Schuft! Nicht mal ein Paar Strumpfbänder zu haben! Und so was spielt sich noch auf! Was macht dein Vater eigentlich mit seinem Geld? Er vertrinkt es, was? Sohn eines Säufers! Elender Hund!»

Und nun paßte Lebrac genau auf, um ja keinen Knopf und kein

Knopfloch zu übersehen. Die Inspektion der Hose war höchst erfreulich: Der ‹Azteke› hatte gute und solide Hosenträger mit doppelter Patte.

«Was für ein Luxus!» bemerkte Lebrac. «Sieben Hosenknöpfe. Sehr schön, mein Junge! Zum Dank sollst du noch einen Hieb mehr bekommen, damit du lernst, daß man arme Leute nicht verspotten darf. Wir in Longeverne sind nämlich nicht knausrig, nicht mal, wenn's um Hiebe geht. Und wie wird sich der erste von uns, den ihr euch schnappt, freuen, wenn er so prima Hosenträger bekommt! Beinahe wünschte ich mir, daß ich das wäre!»

Die Hose des Gefangenen, die man ihrer Knöpfe, Haken und Schnallen beraubt hatte, war inzwischen in Ziehharmonikafalten auf seine Beine hinuntergerutscht.

Der Kittel, die Weste, das Leibchen und das Hemd wurden ebenfalls methodisch abgelesen. In der kleinen Hosentasche des ‹Azteken› fand sich sogar ein runder Sou, der später in Tintins Buchführung unter der Rubrik ‹Reserve für Notfälle› erscheinen sollte.

Und als schließlich mehrere sehr genaue Untersuchungen die Krieger von Longeverne überzeugt hatten, daß es nichts, aber auch gar nichts mehr zu plündern gab, und nachdem man das Messer des ‹Azteken› für Gambetta, der keines besaß, beiseite geschafft hatte, entschloß man sich, dem Opfer mit aller gebotenen Vorsicht die Hände und Füße loszubinden. Es war auch höchste Zeit.

Der ‹Azteke› schäumte unter seinem Taschentuch. All sein Schamgefühl war durch das Leiden ausgelöscht oder durch die Wut erstickt. Er dachte gar nicht daran, seine Hose hochzuziehen, die unter dem Hemd seinen von den Schlägen geröteten Hintern sehen ließ, nein, sein erstes Bestreben war, das unglückselige, gräßliche Taschentuch von seinem Mund wegzureißen. Dann, während er tief und hastig Luft schöpfte, begann er endlich seine Hüften zu bedecken. Dabei überschüttete er seine Peiniger mit Flüchen und Beschimpfungen.

Einige der Longeverner wollten sich auf ihn stürzen und ihn sich noch einmal vornehmen, aber Lebrac, der wohl seine Gründe dafür hatte, zeigte sich großzügig und hielt sie zurück.

«Laßt den Kleinen doch brüllen», meinte er lächelnd. «Kinder müssen auch ihren Spaß haben.»

Heulend vor Wut, schlich der ‹Azteke› davon. Natürlich mußte er das Beispiel nachahmen, das Lebrac am vorigen Samstag gegeben hatte: Er ließ sich hinter den nächsten Busch fallen und zog sich völlig aus – sogar das Hemd – um den Longevernern seinen Hintern zu zeigen. Er wollte ihnen doch beweisen, daß er ebensoviel Mumm in den Knochen hatte wie sie!

Im Lager von Longeverne ahnte man Schlimmes.

«Lebrac, du hättest uns doch erlauben sollen, ihn noch mal zu verhauen! Paß auf, jetzt macht er sich noch über uns lustig!»

«Laßt nur, laßt nur!» winkte der General ab. Er hatte seine eigenen Pläne.

«Na, seht ihr! Was habe ich gesagt», rief Tintin plötzlich.

Und wirklich, mit einem Ruck war der ‹Azteke› hinter seinem Busch emporgefahren. Da stand er, nackt und bloß, vor den Augen der gesamten Longeverner, zeigte ihnen den Hintern und brüllte dabei aus vollem Halse: «Feiglinge, Straßenräuber, verreckte Schweine, Weicheier, Saukerle! ...» Als er jedoch sah, daß seine Feinde Miene machten, sich auf ihn zu stürzen, flüchtete er flink wie ein Hase.

Er sollte nicht weit kommen, der Unglückliche ...

Mit einemmal tauchten vier Schritte vor ihm zwei finstere, unheilvolle Gestalten auf, versperrten ihm mit vorgestreckten Fäusten den Weg, packten ihn, traktierten ihn mit Fußtritten und schleppten ihn gewaltsam zum Dicken Busch zurück, von wo er eben gekommen war.

Die heimliche Unterredung, die Lebrac vorhin mit Camus und Gambetta gehabt hatte, war nämlich keine bloße Plauderei gewesen. Er war ein Mann von großer Voraussicht, wie er immer sagte, und er hatte, im Gegensatz zu den anderen, geahnt, daß dieser Erzspitzbube ihnen zum Schluß noch eins auswischen würde. Und so hatte er ihn trotz der Vorhaltungen seiner Kameraden scheinbar gutmütig abziehen lassen, um ihn gleich darauf um so sicherer zu erwischen.

«Na, mein Lieber, du möchtest uns gern deinen Hintern zeigen? Das kannst du haben! Man soll Kindern nie widersprechen. Wir werden uns deinen Hintern ansehen, und du sollst auch was davon haben. So, und nun bindet diesen Lümmel wieder an seine Eiche. Grangibus, du nimmst den Stock und bearbeitest damit noch ein bißchen den unteren Teil seines Rückens.»

Grangibus war diesmal äußerst großzügig. Er verabreichte dem Gefangenen nicht nur zwölf Schläge, sondern obendrein noch eine kleine Zugabe, die ihn lehren sollte, sie abends auf dem Nachhauseweg in Ruhe zu lassen.

«Außerdem möchte ich dich 'n bißchen mürbe klopfen, damit unser Turc keine Zahnschmerzen bekommt, wenn er in dein drekkiges Fleisch beißt», fügte er hinzu.

Währenddessen machte Camus sich an dem Bündel zu schaffen, das sie dem Gefangenen abgenommen hatten. Als die Hinterbacken des ‹Azteken› schließlich feuerrot glühten, banden sie ihn wieder los, und Lebrac überreichte ihm feierlich sein Päckchen und sagte:

«Gute Reise, Herr Rotarsch! Und grüß deine Waschweiber von Soldaten!» Dann fuhr er in seinem natürlichen Ton fort: «Ach, richtig, du wolltest uns doch deinen Hintern zeigen! Also los, zeig ihn doch, mein Junge, zeig ihn uns, solange du willst! Du wirst ihn uns noch so oft zeigen, daß du genug davon kriegst! Das verspreche ich dir, so wahr ich Lebrac heiße!»

Diesmal machte sich der ‹Azteke› ohne ein Wort davon. Eiligst begab er sich zu seiner geschlagenen Armee.

Grausames Rätsel

?

Wenn ich diesen Titel anscheinend von Paul Bourget entlehnt habe und wenn ich im Gegensatz zu meiner bisherigen Gepflogenheit als Motto für dieses Kapitel an Stelle eines berühmten Zitats ein symbolisches Fragezeichen gesetzt habe, so möge der Leser oder die Leserin mir bitte glauben, daß ich damit nicht die Absicht verfolge, ihn (oder sie) hinters Licht zu führen, und daß ich mich vor allem bestimmt nicht auf den folgenden Seiten von dem obengenannten ‹hochberühmten› Schriftsteller inspirieren zu lassen gedenke. Weiß doch jeder – und mein vortrefflicher Lehrer Octave Mirbeau hat es uns häufig und eindringlich genug eingeschärft –, daß man erst von einhunderttausend Francs Rente aufwärts ein Mensch vom Schlage eines Paul Bourget werden kann. Es besteht also, ich wiederhole es noch einmal, keinerlei Beziehung zwischen den Helden des vornehmen und glorreichen Mitglieds der Akademie und dem gesunden und kraftvollen Kroppzeug, zu dessen einfachen und aufrichtigen Historiographen ich mich hier gemacht habe.

Als der ‹Azteke› bei seinen Soldaten anlangte, brauchte er nicht erst zu erzählen, was geschehen war. ‹Schiefmaul› hatte von seinem Baum aus alles oder doch fast alles mit angesehen: den Hinterhalt, die Auspeitschung, das Abschneiden der Knöpfe, die Flucht, die zweite Gefangennahme und die Freilassung. Alle Kameraden hatten sozusagen diese furchtbaren Minuten der Schmerzen, der Qual und der Wut mit ihm durchlitten.

«Wir müssen jetzt gehen!» meinte der ‹Vollmond›, der noch keineswegs beruhigt war und dessen eigene traurige Erinnerungen, ohne daß er es eingestehen wollte, durch dieses böse Mißgeschick seines Generals wiederauflebten.

«Zuerst müssen wir den ‹Azteken› wieder anziehen», wandten einige Stimmen ein. Sie schnürten das Bündel auf. Als sie die Ärmel des Kittels auseinandergeknotet hatten, fanden sie die Schuhe ihres Generals, seine Strümpfe, seine Strickweste, sein Leibchen, sein Hemd und seine Mütze. Die Hose aber fehlte ...

«Meine Hose! Wer hat meine Hose?» fragte der ‹Azteke›.

«Die ist nicht da drin», erklärte ‹Schiefmaul›. «Hast du sie vielleicht beim Herlaufen verloren?»

«Wir müssen sie suchen!»

«Ja, schaut mal nach, ob ihr sie nicht irgendwo seht!»

Aller Augen wanderten spähend über das Schlachtfeld. Aber nirgends war auch nur ein Fetzen Stoff zu erblicken.

«Los, steig auf den Baum», forderte der General ‹Schiefmaul› auf. «Von da oben kannst du vielleicht sehen, wo sie liegt.»

Schweigend kletterte der Posten auf seine Buche.

«Ich sehe nichts», verkündete er, nachdem er sich nach allen Seiten umgeschaut hatte. «Nichts ... da, nein, auch nichts ... Bist du auch sicher, daß du sie beim Ausziehen hinter dem Busch in dein Bündel getan hast?»

«Aber natürlich! Ganz bestimmt!» erwiderte der General höchst beunruhigt.

«Wo kann sie nur sein?»

«Verfluchte Scheiße! Diese Schweine!» schrie ‹Schiefmaul› plötzlich auf. «So hört doch! Sperrt eure Ohren auf, ihr Idioten!»

Die Velraner hoben den Kopf und lauschten. Und nun hörten sie ganz deutlich die Stimmen ihrer Feinde herüberklingen. Die Longeverner, die nach Hause marschierten, sangen aus voller Kehle;

aber diesmal kein Revolutionslied, sondern den volkstümlichen Refrain, der ihnen wohl besonders passend erschien:

«Ach, meine Hose
zerriß beim Marsch!
Wenn das so weitergeht,
sieht man den ar …
men Hemdenzipfel
in meiner Hose, die
zerriß beim Marsch …»

‹Schiefmaul›, der auf seinem Baum immer höher geklettert war, neigte sich vor, wandte und drehte sich, um zwischen den Zweigen hindurchzuspähen. Plötzlich schrie er, bebend vor Wut:

«Sie haben sie! Die haben deine Hose! Sie haben sie dir geklaut, diese dreckigen Schweine, diese Diebe! Sie haben sie wie eine Fahne oben an eine lange Stange gebunden! Jetzt sind sie gleich beim Steinbruch!»

Und immer noch tönte das Lied höhnisch in die Ohren des entsetzten ‹Azteken› und seiner Leute:

«Wenn das so weitergeht,
sieht man den ar …
men Hemdenzipfel …»

Die Augen des Generals weiteten sich, blinzelten, trübten sich. Er wurde blaß.

«Mensch, wie komme ich jetzt nach Hause? Was soll ich sagen? Wie mache ich das überhaupt? … Ich kann doch so nicht durchs Dorf gehen!»

«Wir sollten vielleicht warten, bis es ganz dunkel ist», schlug einer vor.

«Aber wenn wir zu spät nach Hause kommen, kriegen wir alle unser Fett!» gab der ‹Vollmond› zu bedenken. «Wir müssen uns was einfallen lassen.»

«Richtig», stimmte ‹Schiefmaul› zu. «Wenn wir deinen Kittel gut mit Nadeln zustecken, sieht man vielleicht nicht soviel.»

Man versuchte es, nachdem man Bindfäden in die Schuhe gezogen und den Hemdkragen mit einer Nadel geschlossen hatte. Aber nein, es war hoffnungslos! Der Kittel reichte nicht einmal bis zum

Hemdsaum, so daß der ‹Azteke› aussah, als hätte er ein schwarzes Chorhemd über ein weißes (?) Meßgewand gezogen.

«Genau wie 'n Pfaffe», meinte Tatti, «nur umgekehrt.»

«Ja, aber die Pfaffen zeigen doch nicht ihre Waden», widersprach Pissefroid. «Nein, mein Junge, das geht nicht.»

«Wie wär's denn, wenn du deinen Kittel wie 'nen Rock anziehen würdest?» meinte ein anderer. «Wenn du ihn um die Taille bindest, sieht man deinen Hintern nicht. Wir können es ja alle so machen, und dann glauben die Leute, wir tun es zum Spaß. So kämst du doch wenigstens nach Hause.»

«Ja, und dann sagt meine Alte, ich soll den Kittel anständig anziehen, und dann haben wir die Bescherung. Das wird was Schönes geben!»

«Wollen wir denn nicht ein Stück aufs Dorf zugehen», fing der ‹Vollmond› wieder an. «Es wird schon spät, und wenn wir nicht zum Abendgebet in der Kirche sind, können wir alle was erleben.»

Der Rat war nicht schlecht, und so setzte sich die Armee im Schutze des Waldes in Bewegung. Sie schlichen langsam und bedrückt dahin und überlegten ununterbrochen, wie ihr General es anstellen könnte, möglichst ungeschoren nach Hause zu kommen. Nachdem sie durch den Quergraben, der zum Waldrand führte, hinabgestiegen waren, blieben sie vor dem Rundgraben noch einmal grübelnd stehen.

Nichts ... Keinem fiel etwas ein.

«Wir müssen jetzt weg!» quengelten die Ängstlichen, die einen Verweis vom Pfarrer und ein Donnerwetter zu Hause befürchteten.

«Aber wir werden doch unseren General nicht ganz allein hierlassen», empörte sich ‹Schiefmaul›, der angesichts der Katastrophe energisch wurde.

Der ‹Azteke› schien wie betäubt.

«Wenn nur einer zu uns laufen und sich in das Hinterzimmer schleichen könnte. Da liegt hinter der Truhe meine alte Hose. Wenn ich die wenigstens hätte!»

«Ja, denkste! Wenn nun einer hingeht, und dein Vater oder deine Mutter überrascht ihn, was soll er denn sagen? Die würden doch wissen wollen, was er da macht und uns womöglich für Diebe halten! Nein, das geht nicht.»

«Lieber Gott, verflucht noch mal! Was soll ich denn jetzt bloß tun? Wollt ihr mich hier wirklich allein lassen?»

«Fluch nicht so!» warnte der ‹Vollmond›. «Dann bringst du die Heilige Jungfrau zum Weinen, und das bedeutet Unglück.»

«Ach was, die Heilige Jungfrau! Die tut Wunder in Lourdes! Wenn sie mir doch jetzt wenigstens eine armselige alte Hose runterschicken würde!»

Ding! Dong! Ding! Dong! Die Gebetsglocken läuteten.

«Wir können nicht länger hierbleiben, das macht es auch nicht besser! Wir müssen los!» meldeten sich zahlreiche Stimmen.

Und nun löste sich die Hälfte der Truppe auf, ließ ihren General im Stich und rannte in gestrecktem Galopp zur Kirche, um sich keinen Rüffel vom Pfarrer zuzuziehen.

«Was soll ich jetzt anfangen? Was mache ich nur?»

«Warten wir, bis es dunkel ist», tröstete ihn ‹Schiefmaul›. «Ich bleibe bei dir. Dann kriegen wir eben alle beide das Fell voll. Aber es hat keinen Sinn, wenn die anderen sich auch noch anbrüllen lassen.»

«Nein, das hat keinen Sinn», bestätigte der ‹Azteke›. «Also, dann geht zur Kirche! Los, lauft schon und betet zur Heiligen Jungfrau und zum heiligen Nikolaus, daß wir nicht zuviel abkriegen!»

Die Kameraden ließen sich das nicht zweimal sagen. Während sie davonstürmten – sie kamen ohnehin schon etwas zu spät! –, sahen die beiden Freunde einander nachdenklich an.

Plötzlich schlug sich ‹Schiefmaul› mit der Hand an die Stirn.

«Was sind wir bloß für Idioten! Ich hab's!»

«Was denn? Nun sag schon, sag!» bedrängte ihn der ‹Azteke› und sah ihn gespannt an.

«Also, paß auf: Ich kann nicht zu euch gehen, aber du kannst hinlaufen.»

«? . . .»

«Aber ja, natürlich! Ich ziehe mich jetzt aus und gebe dir meine Hose und meinen Kittel. Du rennst zu euch, schleichst dich von hinten ins Haus, versteckst deine zerrissenen Sachen, ziehst dir andere an und bringst mir meinen Kram wieder her. Und dann gehen wir zusammen zurück. Wir werden sagen, wir hätten Pilze gesucht und wären ganz weit weg nach Chasalans zu gewesen, so weit, daß wir die Glocken nicht gehört hätten.»

«Mensch!»

Der ‹Azteke› fand den Einfall genial. Sie gingen sofort an die Ausführung. ‹Schiefmaul›, der etwas größer war als sein Freund, zog ihm seine Hose an und schlug die Hosenbeine ein wenig nach innen um. Mit einer Schnalle schloß er die hintere Patte. Dann umgürtete er seinen General mit einer Schnur und legte ihm ans Herz, nur ja recht schnell zu machen und sich von niemandem erwischen zu lassen.

Während der ‹Azteke› an den Mauern und Hecken entlang, rasch und gewandt wie ein Reh, seinem Elternhaus zueilte, um sich dort eine andere Hose zu holen, saß ‹Schiefmaul› versteckt im Graben und spähte aufgeregt nach allen Seiten, um zu sehen, ob die Expedition wohl gelingen werde.

Der ‹Azteke› kam zu Hause an, kletterte durchs Fenster, fand eine Hose, die der anderen, die er verloren hatte, einigermaßen ähnelte, suchte sich einen ausgedienten Hosenträger und einen alten Kittel und zog die Schnürsenkel aus seinen Sonntagsschuhen. Er nahm sich nicht erst die Zeit, die Sachen überzuziehen, sondern sprang wieder in den Garten hinaus und rannte auf demselben Weg, auf dem er gekommen war, in Windeseile zurück zu seinem heldenhaften Gefährten. Dieser kauerte schlotternd hinter einer Mauer und zog sein dünnes Leinenhemd so fest wie möglich um die rotgefrorenen Schenkel.

Als die beiden sich wiedersahen, begrüßten sie sich mit einem langen, lautlosen Lachen, genau wie die guten Rothäute in den Romanen von Fenimore Cooper. Dann gingen sie unverzüglich an den Austausch ihrer Kleidung.

Als dies bewerkstelligt war und der ‹Azteke› endlich wieder ein Hemd mit Knöpfen und einen sauberen Kittel am Leibe und Schnürsenkel in seinen Schuhen hatte, warf er einen besorgten und wehmütigen Blick auf seine zerfetzten Sachen. Wenn seine Mutter die eines Tages entdeckte, würde sie Zeter und Mord schreien, und bestimmt setzte es eine mächtige Tracht Prügel. Vielleicht würde sie ihn sogar ins Bett verbannen. Diese letztere Überlegung brachte ihn zu einem verzweifelten Entschluß.

«Hast du Streichhölzer?» fragte er ‹Schiefmaul›.

«Ja. Warum?»

«Gib mir eins.»

Nun knüllte er Kittel und Hemd, die Zeugen seiner Niederlage und seiner Schmach, Anlaß zu schwersten Befürchtungen für die Zukunft, zusammen, rieb das Streichholz an einem Stein an und legte ohne Zögern Feuer an diesen kleinen Scheiterhaufen, um so die Erinnerung an diesen unheilvollen und verwünschten Tag auf alle Zeit auszulöschen.

«Ich werde es schon so einrichten, daß ich meine Hose nicht zu wechseln brauche», antwortete er auf die diesbezügliche Frage von ‹Schiefmaul›. «Und meine Mutter kommt bestimmt nie auf die Idee, daß die Sachen weg sein könnten. Die wird höchstens denken, daß die Hose zusammen mit dem Kittel und dem Hemd irgendwo hinter einem Schrank rumliegt.»

Nun, als das grausame Rätsel gelöst und das heikle Problem beseitigt war, waren beide wieder ruhig und gefaßt. Sie warteten den ersten Glockenton des Angelusläutens ab, um sich unter ihre Kameraden zu mischen, die aus der Gebetsstunde kamen und höchst erstaunt waren, ihren General in heiler Kleidung wiederzusehen. Dann gingen sie nach Hause, als ob sie mit den anderen in der Kirche gewesen wären.

Wenn der Pfarrer nichts gemerkt hatte, war der Streich geglückt. Er war geglückt.

Unterdessen spielte sich in Longeverne eine andere Szene ab.

Als die Armee bei der alten Linde, fünfzig Schritte vor dem ersten Haus des Dorfes, angekommen war, ließ Lebrac seine Leute haltmachen und befahl Ruhe.

«Wir werden diesen Fetzen hier nicht durch die Straßen schleifen», erklärte er mit einem Blick auf die Hose des ‹Azteken›. «Die Leute könnten uns sonst fragen, woher wir ihn haben, und was sollten wir da antworten?»

«Wir müssen ihn in eine Jauchegrube werfen», riet Tigibus. «Aber trotzdem, was wird der ‹Azteke› jetzt wohl seinen Eltern erzählen, und was wird seine Mutter mit ihm machen, wenn sie ihn mit nacktem Arsch nach Hause kommen sieht? Daß man mal ein Taschentuch verliert, seine Mütze irgendwo liegenläßt, einen Holzschuh zerbricht und einen Schnürsenkel zerreißt, das kommt schließlich alle Tage vor, das ist gar nichts. Dafür kriegt man höchstens ein paar Ohrfeigen. Aber seine Hose zu verlieren ... also das, das erlebt man so schnell nicht wieder.»

«O ja, verflucht! Ich möchte nicht in seiner Haut stecken!»

«Ach, das wird schon irgendwie in Ordnung kommen», versicherte Tintin, dessen angeschwollene Taschen von der reichen Siegesbeute Zeugnis ablegten. «Noch zwei oder drei solche Ernten», fuhr er fort, indem er sich auf die Schenkel schlug, «und wir brauchen keine Kriegssteuern mehr zu zahlen. Dann können wir mit unserem Geld ein Fest feiern.»

«Ja, aber was machen wir jetzt mit der Hose?»

«Die Sache mit der Hose übernehme ich», fiel Lebrac ein. «Zunächst lassen wir sie mal hier in der hohlen Linde. Morgen werdet ihr dann schon sehen, was ich damit angefangen habe. Nur dürft ihr auf keinen Fall jemandem was sagen, verstanden? Ihr seid schließlich keine Waschweiber, also haltet gefälligst den Mund! Morgen gibt's dafür was zu lachen. Aber wenn der Pfarrer erfährt, daß ich dahinterstecke, läßt er mich womöglich wieder nicht zur ersten Kommunion zu, so wie letztes Jahr, als ich mein Tintenfaß im Weihwasserbecken ausgewaschen hatte.» Und in wegwerfendem Ton, als echter Sohn seines Vaters, der *‹Le Réveil des Campagnes›* und *‹Le Petit Brandon›*, die antiklerikalen Blätter des Bezirks, las, fügte er hinzu: «Seine Oblate kann er zwar von mir aus behalten; ich will nur nicht so auffallen.»

«Was willst du machen, Lebrac?» fragten die Kameraden.

«Gar nichts! Denkt an das, was ich euch gesagt habe. Morgen früh werdet ihr's schon erfahren. Und jetzt gehen wir erst mal alle nach Hause.»

Nachdem sie die Hose des ‹Azteken› im hohlen Stamm der alten Linde deponiert hatten, trollten sie sich.

«Du kommst heute abend um acht Uhr wieder hierher», sagte Lebrac zu Camus. «Du mußt mir helfen.»

Der andere willigte ein, und nun wanderten auch die beiden heimwärts, um ihr Abendessen zu verzehren und sich an die Schularbeiten zu machen.

Nach dem Essen, als Lebracs Vater über dem Almanach des *‹Grand Messager boiteux›* aus Straßburg halb eingenickt war, in dem er nach Hinweisen über das Wetter beim nächsten Jahrmarkt in Vercel gesucht hatte, hielt sein Sohn den günstigsten Augenblick für gekommen. Er erhob sich und schlich sich zur Tür.

Aber die Mutter schlief nicht. «Wo willst du hin?» rief sie.

«Wieso denn? Ich muß mal!» erwiderte er im natürlichsten Ton der Welt. Und ohne weitere Einwände abzuwarten, ging er hinaus, schoß wie ein Pfeil davon und war in wenigen Minuten bei der alten Linde. Camus, der ihn bereits erwartete, sah trotz der Dunkelheit, daß die Vorderseite von Lebracs Kittel mit Nadeln bespickt war.

«Was wollen wir machen?» fragte er, zu allem bereit.

«Komm mit!» befahl der andere, nachdem er die Hose hervorgeholt und beide Hosenbeine von oben bis unten aufgeschlitzt hatte.

Inzwischen hatten sie den Kirchplatz erreicht, der menschenleer und schweigend dalag.

«Du mußt mir den Fetzen raufgeben», erklärte Lebrac, während er auf die Mauerecke neben dem Eisengitter kletterte, das den heiligen Ort umgab.

Dort, wo der General emporgeklettert war, befand sich eine Heiligenstatue (die des heiligen Joseph, wie er glaubte), die mit halb nackten Beinen auf einem kleinen steinernen Sockel stand. Im Handumdrehen war der verwegene Bengel auf diesem Sockel angelangt und quetschte sich, so gut es ging, neben den Gemahl der Heiligen Jungfrau. Camus reckte sich auf die Zehenspitzen und reichte ihm die Hose des ‹Azteken› hinauf, und nun machte Lebrac sich daran, den ‹kleinen Eisenmann› anständig zu bekleiden. Er umhüllte die unteren Gliedmaßen der Statue mit den Hosenbeinen, die er hinten mit einigen Nadeln zusammensteckte, und befestigte den zu weiten und, wie man weiß, aufgeschlitzten Hosenbund, indem er die Taille des heiligen Joseph zweimal mit einem alten Strick umwand.

Dann stieg er, hochbefriedigt über sein Werk, wieder hinab.

«Die Nächte sind jetzt recht kalt», meinte er bedeutungsvoll. «So wird der heilige Joseph wenigstens nicht an den Waden frieren. Der liebe Gott wird sehr zufrieden sein und uns zum Dank sicher noch ein paar Gefangene bescheren. Und nun los, ins Bett, mein Lieber!»

Als am nächsten Morgen die Klatschweiber des Dorfes, die alte Potte, die Phémie, die Griotte und die anderen, wie gewöhnlich zur Siebenuhrmesse gingen, blieben sie entsetzt auf dem Kirchplatz stehen und bekreuzigten sich voller Empörung über eine derartige Entweihung. Jemand hatte dem heiligen Joseph eine Hose angezogen!

Der Sakristan entkleidete die Statue wieder. Er stellte fest, daß die Hose zwischen den Beinen nicht gerade sehr sauber und offenbar erst kürzlich benutzt worden war, aber es gelang ihm trotzdem nicht, sie als Eigentum eines der Jungen aus seiner Gemeinde zu identifizieren. Obgleich er seine Nachforschungen mit aller erforderlichen Energie und Promptheit betrieb, kam er doch zu keinem Ergebnis. Die befragten Jungen waren stumm wie die Fische oder verschreckt wie die jungen Kälber. Der Pfarrer, der überzeugt war, daß irgendein finsterer Geheimbund hinter dieser ruchlosen Tat stecken müsse, donnerte am nächsten Sonntag von der Kanzel herab gegen die Ungläubigen und die Sektierer, die nicht nur anständige und ehrbare Leute belästigten, sondern den Frevel noch weiter trieben und die Heiligen in ihrem eigenen Hause lächerlich zu machen versuchten.

Die Bewohner von Longeverne waren ebenso ratlos wie ihr geistlicher Oberhirte. Keiner ahnte, daß der heilige Joseph mit der Hose des ‹Azteken› bekleidet worden war und daß die Armee von Longeverne diese Hose im ehrlichen Kampf gegen die Arschlöcher aus Velrans erbeutet hatte.

Die Mißgeschicke eines Schatzmeisters

Es ist nicht immer gut, ein hohes Amt zu haben.

La Fontaine: Die beiden Maulesel

Sorgenvoll saß der Schatzmeister am nächsten Morgen auf seinem Platz in der hinteren Reihe des Schulzimmers. Mindestens hundertmal schon hatte er die einzelnen Bestandteile des Schatzes, der seiner Obhut anvertraut war, durchgezählt. Dann begann er, sein Hauptbuch auf den letzten Stand zu bringen, und trug aus dem Gedächtnis die verschiedenen Posten unter der Rubrik ‹Eingänge› ein:

MONTAG

Von Guignard erhalten:
  Ein Hosenknopf.
  Eine Peitschenschnur, etwa einen Arm lang.
Von Guerillas erhalten:
  Ein altes Strumpfband seiner Mutter, aus dem sich zwei neue machen lassen.
  Drei Hemdenknöpfe.
Von Bati erhalten:
  Eine Sicherheitsnadel.
  Einen alten Schnürsenkel aus Leder.
Von Féli erhalten:

Zwei Enden Bindfaden, etwa so lang wie ich.
Einen Jackenknopf.
Zwei Hemdenknöpfe.

DIENSTAG

In der Schlacht auf der Saute von dem ‹Azteken›, den Lebrac, Camus und Grangibus gefangengenommen haben, erbeutet:

Ein Paar gute Schnürsenkel.
Ein Strumpfband.
Ein Stück Litze.
Sieben Hosenknöpfe.
Eine Hosenschnalle.
Ein Paar Hosenträger.
Eine Kittelschnalle.
Zwei Kittelknöpfe aus schwarzem Glas.
Drei Leibchenknöpfe.
Fünf Hemdenknöpfe.
Vier Strickwestenknöpfe.
Einen Sou.

Gesamtwert des Schatzes:

Drei Sou als Reserve für Notfälle.
Sechzig Hemdenknöpfe.

Augenblick mal, dachte er, waren das nun wirklich sechzig Hemdenknöpfe? Der Alte sieht nicht her. Ob ich noch mal nachzähle?

Und er fuhr mit der Hand in die Tasche, die prall gefüllt war mit Gegenständen des Schatzes und einigen persönlichen Besitztümern. Marie hatte noch keine Zeit gehabt, den Schnürbeutel zu nähen, den sie der Armee versprochen hatte. Schließlich mußte diese Arbeit im geheimen verrichtet werden, und außerdem war ihr Bruder gestern abend zu spät nach Hause gekommen, um die Sache noch zu besprechen.

Tintins Taschentuch steckte gewissermaßen wie ein Pfropfen über den Knöpfen. Ohne weiter nachzudenken, zog er es mit einem Ruck heraus, denn er wollte in aller Eile seine Rechnung noch einmal überprüfen. Rums! Wie Nüsse oder Murmeln rollten die Knöpfe des Schatzes über den Fußboden in alle Winkel des Klassenzimmers.

Es folgte ein dumpfes Geräusch, und eine Woge von Köpfen wandte sich um.

«Was ist denn das?» erkundigte sich mit strenger Stimme Vater Simon, dem das seltsame Verhalten seines Schülers schon seit zwei Tagen aufgefallen war.

Und schon stürzte er herbei, um sich mit eigenen Augen von der Art des Delikts zu überzeugen; denn trotz all seiner moralischen Lehren, die er mit Beispielen aus der Geschichte zu würzen pflegte, hatte Vater Simon wenig Vertrauen in die Ehrlichkeit Tintins und seiner Kameraden.

Da Tintin viel zu entsetzt war, um schnell reagieren zu können, hatte sein Banknachbar Lebrac gerade noch Zeit, mit zitternder Hand das Hauptbuch zu ergreifen und rasch unter das Pult zu schieben.

Aber diese Bewegung war dem wachsamen Auge des Lehrers nicht entgangen.

«Was versteckst du da, Lebrac? Zeig das sofort her, oder du mußt acht Tage nachsitzen!»

Das Hauptbuch vorzeigen, das Geheimnis aufdecken, das die Stärke und den Ruhm der Armee von Longeverne ausmachte? Nein, lieber würde Lebrac ‹runde Hutdeckel scheißen›, wie der Bruder von Camus sich so elegant auszudrücken pflegte. Aber andererseits ... eine Woche nachsitzen? ...

Mit angstvollen Blicken verfolgten die Kameraden diesen inneren Kampf.

Lebrac zeigte sich als Held.

Er hob noch einmal den Deckel seines Pultes, schlug sein französisches Geschichtsbuch auf und reichte es dem Lehrer. Damit opferte er das seinem Herzen so teure erste Pfand seiner jungen Liebe auf dem Altar des kleinen Longeverner Vaterlandes: Er lieferte diesem widerlichen Dreckskerl von Lehrer das Bild aus, das Tintins Schwester ihm zum Zeichen ihrer Treue geschenkt hatte – eine scharlachrote Tulpe (es konnte auch ein Stiefmütterchen sein) auf azurblauem Grund und darunter die bedeutungsschweren Worte ‹Zum Andenken›.

Natürlich schwor Lebrac sich, das Bild, falls Vater Simon es nicht sofort zerriß, aus dessen Schreibtisch zurückzuholen, sobald er zum erstenmal wieder Besendienst hatte oder der Lehrer aus irgendeinem Grunde den Rücken drehen würde. Die wildesten Gefühle wogten in seiner Brust, als Vater Simon gleich darauf wieder das Katheder bestieg.

Aber die Sache mit den Knöpfen fand nur ungenügende Aufklärung. Lebrac gestand mit stockender Stimme, er habe das Bild gegen Knöpfe eingetauscht ... Diese Art von Geschäft erschien dem Lehrer höchst sonderbar und geheimnisvoll. «Was machst du eigentlich mit den vielen Knöpfen, die du in deiner Tasche hast?» fragte er Tintin. «Ich möchte schwören, die hast du deiner Mutter gestohlen. Ich werde mal ein Wörtchen mit ihr reden ... Warte nur, das kriegen wir schon raus. Zunächst aber werdet ihr beide wegen Störung des Unterrichts heute nachmittag eine Stunde nachsitzen.»

Eine Stunde Nachsitzen! dachten die anderen. Verflucht, das war eine schöne Bescherung! Wenn der General und der Schatzmeister nicht dabei waren, wie wollte man dann kämpfen? Camus hatte seit dem Tag seines Mißgeschicks und seiner Niederlage verständlicherweise Bedenken, noch einmal die Verantwortung für die Truppe zu übernehmen. Wenn nun die Velraner heute trotz allem kamen? Verdammte Scheiße! Zwar hatten sie gestern derartige Keile bezogen, daß es unwahrscheinlich war, daß sie sich heute schon wieder blicken ließen. Aber konnte man bei derartigen Idioten jemals sicher sein?

«Wo sind denn die Knöpfe?» fragte Vater Simon. Aber obgleich er seine Brille aufsetzte, sich bückte und unter alle Bänke schaute, konnte er keinen Knopf erspähen. Während seiner Strafpredigt hatten die schlauen Kameraden sie heimlich aufgeklaubt und in den tiefsten Tiefen ihrer Taschen verschwinden lassen. So war es dem Lehrer unmöglich, Art und Anzahl dieser berühmten Knöpfe festzustellen, und er blieb seinen Zweifeln überlassen. Als er jedoch wieder auf seinem Katheder war, zerriß er – bestimmt aus Rache! Dieser Schweinehund! – das schöne Bild von Marie Tintin, ließ die beiden Stücke nachlässig in seinen Papierkorb fallen und nahm den unterbrochenen Unterricht wieder auf. Lebrac lief vor Wut und Schmerz dunkelrot an.

La Crique, der genau wußte, wie sehr Lebrac an diesem Bild hing, ließ geschickt seinen Federhalter herunterfallen, und als er sich bückte, um ihn aufzuheben, griff er rasch und unauffällig in den Papierkorb, holte die zwei kostbaren Stücke wieder heraus und versteckte sie in seinem Buch. Dann klebte er sie, um seinem General eine Freude zu machen, heimlich mit Briefmarkenschnitzeln wieder zusammen und gab das Bild Lebrac in der Pause zurück. Der war so überrascht, erfreut und gerührt, daß er fast geweint hätte und gar nicht wußte, wie er dem guten La Crique, diesem wahren Freund, danken sollte.

Aber die Sache mit dem Nachsitzen war doch sehr ärgerlich!

Hoffentlich sagt er meinen Eltern nichts davon, dachte Tintin und vertraute Lebrac seine Besorgnis an.

«Ach was!» flüsterte der. «Das hat er bis dahin längst vergessen! Aber jetzt paß bloß auf und sei vorsichtig. Laß die Hände von deinen Taschen weg! Wenn der wüßte, daß du noch mehr da drin hast...»

In der Pause auf dem Hof kamen alle Jungen zum Schatzmeister und lieferten ihm die Knöpfe ab, die sie aufgesammelt hatten. Keiner machte ihm Vorwürfe wegen seiner Unbesonnenheit. Sie wußten alle nur zu gut, welch schwere Verantwortung er übernommen hatte und welche Gefahren dieser Posten, der ihm schon ein Nachsitzen eingebracht hatte – ganz abgesehen von der Tracht Prügel, die ihn vielleicht noch zu Hause erwartete –, auch in Zukunft mit sich bringen würde.

Tintin fühlte es selbst, und er beschwerte sich: «Nein, ihr müßt euch einen anderen Schatzmeister suchen! Das ist mir zu gefährlich und auch zu langweilig. Gestern abend habe ich nicht mitkämpfen dürfen, und heute muß ich nachsitzen...»

«Ich doch auch!» fiel Lebrac tröstend ein. «Ich muß auch nachsitzen...»

«Ja, aber gestern abend hast du Steine geschmissen und deinen Knüttel gebraucht, ja oder nein?»

«Na, und wenn schon. Aber laß nur, wir werden dich abends von Zeit zu Zeit ablösen, damit du auch mitmachen kannst.»

«Wenn ich nur wüßte, wo, würde ich die Knöpfe jetzt verstekken, damit ich sie heute abend nicht mit nach Hause nehmen muß.»

«Und wenn dich einer dabei sieht? Wenn zum Beispiel Vater Gugu dich von seiner Scheune aus beobachtet und sich hinterher den Kram holen geht oder Vater Simon was davon erzählt? Dann wären wir schön angeschmiert!»

«Aber nein, Tintin, du riskierst gar nichts!» fielen nun auch die anderen Kameraden im Chor ein. Sie versuchten, ihn zu trösten und zu beruhigen und redeten ihm zu, das Kriegskapital bei sich zu behalten, das die Quelle von soviel Ärger und Zuversicht, von soviel Mißgeschick und Stolz war.

Die letzte Schulstunde wurde zur Qual, und während der kurzen

Pause saßen die Schüler fast reglos da. Im Raum herrschte eine drückende Stille, die nur hin und wieder durch geheimnisvolle Beratungen und halblaute Gespräche unterbrochen wurde, die die Neugier des Lehrers weckten. Es war ein verlorener Tag; der Gedanke an das verwünschte Nachsitzen hatte die jugendliche Begeisterung der Krieger jäh abflauen lassen und ihren Bewegungsdrang gelähmt.

«Was sollen wir heute abend anfangen?» fragten sich die Jungen, nachdem Gambetta und die beiden Gibus mit trostloser Miene abgezogen waren, der eine zum Hügel, die beiden anderen nach Vernois.

Zum Barlauf hatte keiner Lust, denn dieses kriegsähnliche Spiel erschien ihnen nach der großartigen Schlacht auf der Saute zu langweilig. Camus schlug eine Partie Murmeln vor.

So begab man sich denn auf den Platz und spielte – mehr um die Zeit totzuschlagen als aus wirklicher Anteilnahme – im Karree mit einer Murmel als Einsatz, während Tintin und Lebrac die zusätzliche Stunde, die der Lehrer ihnen aufgebrummt hatte, damit verbrachten, einen Absatz aus dem Geschichtsbuch abzuschreiben, der folgendermaßen begann: «Mirabeau hatte bei seiner Geburt einen schiefen Fuß und eine festgewachsene Zunge; zwei in seinem Mund bereits vorhandene Backenzähne ließen auf seine künftige Kraft schließen ...» So ging es immer weiter, grauenhaft langweilig!

Während sie abschrieben, fing ihre schweifende Aufmerksamkeit die Rufe der Spieler auf, die durch die geöffneten Fenster hereindrangen:

«Alles!» – «Nichts!» – «Das habe ich vor dir gesagt!» – «Lügner!»

«Du hast nicht getroffen!»

«Du mußt auf die von Camus zielen!»

«Da! Du bist tot! Wie viele Murmeln hast du?»

«Drei!»

«Das stimmt nicht, du hast mindestens zwei mehr! Los, rück sie raus, du dreckiger Dieb!»

«Setz wieder eine ins Karree, wenn du spielen willst!»

«Du kannst mich mal, ich gehe an den Haufen und räume ab!»

Doch ganz prima, so eine Partie Murmeln! dachten Tintin und Lebrac, während sie zum drittenmal schrieben: «Mirabeau hatte bei seiner Geburt einen schiefen Fuß und eine festgewachsene Zunge ...»

«Der muß ja 'ne ziemlich üble Schnauze gehabt haben, dieser Mirabeau», meinte Lebrac. «Wann ist diese Stunde wohl endlich mal rum!»

«Habt ihr meinen Bruder nicht gesehen?» fragte Marie im Vorbeikommen die Murmelspieler, die gerade leidenschaftlich über einen zweifelhaften Wurf diskutierten.

Ihre Frage ließ sie sofort verstummen. Alles, was mit der ‹großen Sache› zusammenhing, war weitaus wichtiger, als die kleine, durch das Spiel verursachte Erregung.

«Der Beutel ist fertig», fuhr Marie fort.

«Ah! Oh! Zeig her!»

Und Marie Tintin zeigte den vor Bewunderung erstarrten Kriegern einen Beutel aus neuem grauen Leinen, doppelt so groß wie ein gewöhnlicher Murmelsack, einen soliden, gut genähten Beutel mit zwei neuen Schnüren, die die Öffnung so fest verschlossen, daß nichts herausfallen konnte.

«Der ist verdammt gut!» urteilte Camus und drückte damit den höchsten Grad der Bewunderung aus, während seine Augen vor Dankbarkeit strahlten. «Mit dem können wir was anfangen!»

«Kommen sie bald raus?» erkundigte sich das Mädchen, nachdem man sie über die mißliche Lage informiert hatte, in der ihr Bruder und sein Freund sich befanden.

«In zehn Minuten, einer kleinen Viertelstunde», antwortete La Crique nach einem prüfenden Blick auf die Turmuhr. «Willst du auf sie warten?»

«Nein», wehrte Marie ab. «Ich habe Angst, daß mich jemand hier bei euch sieht und dann meiner Mutter erzählt, ich wäre eine Herumtreiberin. Ich gehe jetzt nach Hause. Aber sagt meinem Bruder, er soll sofort nachkommen!»

«Ja, ja, sei unbesorgt, wir sagen es ihm!»

«Ich werde vor der Tür bleiben», versicherte sie noch und begab sich auf den Heimweg.

Die Jungen setzten ihr Spiel fort, aber sie waren nur mit halbem Herzen dabei. Sie warteten auf Tintin und Lebrac.

Zehn Minuten später kamen die beiden, die von dem jungen Mirabeau mit seinem schiefen Fuß endgültig und zeitlebens genug hatten, heraus und traten zu den Spielern. Diese beeilten sich, ihre

Partie zu beenden. Sobald Tintin die Neuigkeit gehört hatte, setzte er sich in Trab.

«Na endlich!» rief er dabei. «Diese verdammten Knöpfe drücken mich schon dauernd am Bein, und außerdem habe ich immerzu Angst, daß ich sie verliere!»

«Wenn du kannst, komm wieder her, und bring den Beutel mit», rief Camus hinter ihm her.

Tintin versprach es und rannte zu seiner Schwester.

Er erreichte das Haus genau in dem Augenblick, als sein Vater, mit der Peitsche knallend, aus dem Pferdestall kam, um seine Tiere zur Tränke zu treiben.

«Hast du denn nichts zu tun?» fragte er, als er sah, wie sein Sohn sich neben Marie setzte, die offensichtlich damit beschäftigt war, einen Strumpf zu stopfen.

«Ich kann meine Aufgaben», erwiderte dieser.

«Ach, sieh mal an!»

Nach dieser in etwas zweifelndem Ton geäußerten Bemerkung wandte der Vater sich ab und ging auf ‹Grivé› los, der seinen Hals kräftig an der Mauer rieb.

«Weg da, du Mistvieh!» schrie er und schlug dem Tier mit dem Peitschenstiel über die feuchten Nüstern.

Sobald er ein Haus weiter war, zog Marie endlich den berühmten Beutel hervor, und Tintin entleerte seine prall gefüllten Taschen und breitete den gesamten Schatz auf der Schürze seiner Schwester aus.

Dann packten sie alles sorgsam und methodisch in den Beutel: zuerst die Knöpfe, dann die Haken und Schnallen und die Nadeln, die sie ordentlich in ein Stück Stoff steckten, und schließlich die Schnüre, das Gummiband, die Litzen und den Bindfaden. Dabei blieb immer noch etwas Raum für den Fall, daß man weitere Gefangene machte. Es war wirklich großartig!

Tintin zog den Beutel zu und hob ihn in Augenhöhe wie ein Betrunkener sein Glas. So saß er da, hielt den schweren Beutel mit dem Schatz abwägend in der Hand und vergaß in seiner Freude ganz die Kümmernisse und Strafen, die ihm sein Amt schon eingebracht hatte, als das Klapp-Klapp der Holzschuhe La Criques, das laut über die Straße hallte, ihn veranlaßte, den Kopf zu senken und forschend auszuspähen.

Außer Atem, mit unruhig funkelnden Augen, kam La Crique direkt auf die beiden zu und verkündete mit Grabesstimme: «Paßt auf die Knöpfe auf! Da hinten steht dein Alter und quatscht mit Vater Simon. Wenn dieser Schweinehund ihm erzählt, warum er dich heute hat nachsitzen lassen, durchsuchen sie dich womöglich. Versuch, die Knöpfe zu verstecken, ja? Ich muß abhauen. Wenn er mich sieht, könnte er ahnen, daß ich dich gewarnt habe.»

Sie hörten bereits an der Straßenecke das Peitschenknallen von Vater Tintin. La Crique schlüpfte zwischen die Mauern der Obstgärten und verschwand wie ein Schatten, während Marie, die an diesem Abenteuer ebenso lebhaften Anteil nahm wie die Jungen, eine ebenso rasche wie vernünftige und energische Entscheidung traf. Sie raffte ihre Schürze hoch, band sie sich fest hinter dem Rükken zusammen, so daß vorn eine Art Tasche entstand, versenkte den Beutel mit den Knöpfen der Armee von Longeverne in dieses Versteck und legte ihre Stopfarbeit darüber.

«Geh rein», mahnte sie ihren Bruder, «und tu so, als ob du arbeitest. Ich bleibe hier und stopfe meinen Strumpf.»

Und mit einem Gesicht, als hätte sie für nichts in der Welt Interesse als für ihre Arbeit, blieb Tintins Schwester sitzen, beobachtete dabei jedoch heimlich die Miene ihres Vaters. Aus dem Blick, den er herüberwarf – offenbar um festzustellen, ob sein Sohn immer noch faulenzend auf der Schwelle säße –, folgerte sie, daß es zweifellos Krach geben würde.

Die Ochsen und Kühe drängten und stießen sich, um rasch in den Stall zurückzukommen und dort, während sie an den Raufen entlangtrotteten, rasch noch ein Maulvoll vom Futter des Nachbarn zu erhaschen, bevor sie die für sie bestimmte Portion verzehrten. Aber der Bauer knallte drohend mit der Peitsche und bekundete so seinen Willen, diese üblichen und alltäglichen Diebstähle nicht zu dulden. Sobald er jedem der Tiere die Eisenkette um den Hals gelegt hatte, polterte er mit seinen von Mist und Jauche geschwärzten Holzschuhen davon und stieß die Verbindungstür zur Küche auf, wo er seinen Sohn antraf, der mit ungewöhnlicher Aufmerksamkeit und Beflissenheit über seinem Rechenbuch saß. Er war gerade bei der Subtraktion angelangt.

«Die Subtraktion ist eine Operation, die den Zweck hat ...» murmelte er.

«Was machst du denn da?» fragte der Vater.

«Ich lerne meine Mathematikaufgabe für morgen.»

«Vorhin hast du gesagt, du könntest deine Aufgaben schon.»

«Die hatte ich vergessen.»

«Ach, und was ist das für eine Aufgabe?»

«Die Subtraktion.»

«Die Subtraktion! . . . Na, ich dächte, die kennst du gut genug, du Lausejunge!»

Und barsch setzte er hinzu:

«Komm mal her!»

Tintin gehorchte und bemühte sich dabei, ein möglichst überraschtes und unschuldiges Gesicht zu machen.

«Zeig deine Taschen!» befahl der Vater.

Aber ich habe nichts getan, ich hab nichts weggenommen», wandte Tintin ein.

«Ich sage, du sollst herzeigen, was du in deinen Taschen hast, verdammt noch mal! Und 'n bißchen schneller!»

«Nichts, bestimmt nichts.»

Mit der Miene eines schändlich verleumdeten Opfers griff Tintin lässig in seine rechte Hosentasche und zog einen schmutzigen Fetzen heraus, der ihm als Taschentuch diente, ein schartiges Messer, dessen Feder nicht mehr funktionierte, ein Endchen Litze, eine Murmel und ein Stückchen Kohle, mit dem er das Karree aufzeichnete, wenn er mit seinen Freunden auf einem Bretterboden Murmeln spielte.

«Ist das alles?» fragte der Vater.

Tintin drehte das schmutzstarrende Futter nach außen, um zu zeigen, daß sich nichts mehr in der Tasche befand.

«Zeig die andere her!»

Das gleiche Manöver vollzog sich noch einmal: Tintin holte nacheinander eine zur Hälfte abgenagte Lakritzenstange, eine Brotkruste, einen Apfelgriebs, einen Backpflaumenkern, einige Nußschalen und einen runden Kiesel (einen großartigen Stein für die Schleuder!) aus seiner linken Tasche hervor.

«Und deine Knöpfe?» herrschte der Vater ihn an.

In diesem Augenblick betrat Tintins Mutter die Küche. Als sie das Wort ‹Knöpfe› vernahm, regten sich bei ihr die Instinkte der sparsamen Hausfrau.

«Knöpfe?» wiederholte Tintin. «Ich habe keine!»

«Du hast keine?»

«Nein, ich habe keine Knöpfe! Was für Knöpfe?»

«Und die, die du heute nachmittag gehabt hast?»

«Heute nachmittag?» fragte Tintin mit verständnisloser Miene und tat, als könne er sich nicht erinnern.

«Stell dich nicht so dämlich an, verdammter Lausebengel, sonst kriegst du eine gelangt!» schrie der Vater. «Heute nachmittag hast du Knöpfe gehabt und eine ganze Handvoll im Schulzimmer verloren. Dein Lehrer hat mir eben erzählt, daß deine Taschen voll davon waren! Was hast du damit gemacht? Und wo hast du sie her?»

«Ich hab keine Knöpfe gehabt! Das war ich nicht, das war ... das war Lebrac, der wollte mir welche geben ... für ein Bild.»

«Aha!» fiel jetzt die Mutter ein. «Darum finde ich nie mehr was in meinem Nähkorb und in den Schubladen von meiner Nähmaschine! Dieses verdammte kleine Schwein da holt mir alles weg! Nie ist was da. Da kann ich jeden Tag kaufen und immer wieder neu kaufen, alles für die Katz! Diese Bande da stiehlt mehr, als ein Pfarrer segnen könnte! Ja, und wenn sie nicht stehlen, dann zerreißen sie alles, was sie auf dem Leibe haben, dann machen sie ihre Schuhe kaputt, verlieren ihre Mützen, säen überall ihre Taschentücher umher und haben nie einen heilen Schnürsenkel in den Schuhen! Jesus, Maria und Joseph! Mein Gott, was soll man bloß mit solchem Lausepack machen! Aber was fangen die bloß mit den Knöpfen an?»

«O du verdammter Lümmel!» donnerte jetzt Vater Tintin wieder los. «Ich werde dir schon Ordnung und Sparsamkeit beibringen. Und weil bei dir Worte nichts nützen, mußt du's eben mit Fußtritten in den Hintern lernen!»

Und um seine Drohung sofort wahr zu machen, ergriff er seinen Sprößling beim Arm, schwenkte ihn herum und drückte ihm mit seinen jauchegeschwärzten Holzschuhen unterhalb des Rückens einige Garantiesiegel auf, die ihn hoffentlich für einige Zeit von der Sucht, im Nähkorb seiner Mutter nach Knöpfen zu suchen, heilen würden.

Tintin befolgte den Rat, den Lebrac seiner Truppe vor ein paar Tagen gegeben hatte. Er schrie und brüllte aus vollem Halse, noch bevor sein Vater ihn überhaupt angefaßt hatte, und als die Holzsohlen mit seinem Hinterteil in Berührung kamen, steigerte sich sein Geschrei zu markerschütternder Lautstärke, ja, er stieß so gellende Töne aus, daß seine Schwester Marie, völlig erschüttert und aufgelöst, mit Tränen in den Augen, hereinstürzte und sogar die Mutter, in der Überzeugung, ihr Sohn erdulde ein wahres Martyrium, ihren Mann bat, doch nicht so fest zuzuschlagen.

«Ich hab diesen Halunken ja kaum angerührt», versetzte der Vater. «Das nächste Mal soll er mehr Grund zum Brüllen haben! Laß dich bloß nicht noch mal dabei erwischen, daß du in den Schubladen deiner Mutter kramst! Und wehe, wenn ich Knöpfe in deinen Taschen finde!»

Pläne und Kriegslisten

Madame, ich suchte lang und suche heut' noch immer ...
Racine: Britannicus. II. Akt, 3. Szene

«Nein, ich will den Schatz nicht mehr! Mir langt's jetzt! Nicht mitkämpfen dürfen, irgendwelche Schweinereien über Mirabeau abschreiben müssen, nachsitzen und auch noch das Fell voll kriegen! Zum Teufel mit den Knöpfen! Die soll man jetzt 'n anderer nehmen. Das geht nicht, daß immer nur einer alles ausbaden soll! Wenn mein Vater noch einen einzigen Knopf in meiner Tasche findet, dann kriege ich die größte Keile meines Lebens. Das hat er selber gesagt!»

Also sprach Tintin, der Schatzmeister, am nächsten Morgen und legte dabei den hübschen runden Beutel, den seine Schwester genäht hatte, in die Hände des Generals.

«Aber einer muß doch schließlich die Knöpfe aufheben», meinte Lebrac. «Tintin kann sie wirklich nicht mehr behalten, weil man ihn jetzt in Verdacht hat. Der muß jeden Augenblick darauf gefaßt sein, daß seine Alten ihn durchsuchen. Grangibus, du bist der richtige, du mußt den Beutel nehmen! Du wohnst nicht im Dorf, und dein Vater käme nie auf die Idee, daß du das Zeug hast.»

«Und da soll ich zweimal am Tag den Beutel von hier nach Vernois und wieder zurück schleppen? Und ich soll nicht mitkämpfen, wo ich einer von den stärksten bin, einer der besten Soldaten von Longeverne? Sag mal, bist du verrückt geworden?» gab Grangibus zurück.

«Tintin ist auch ein guter Soldat, und er war trotzdem einverstanden.»

«Ja, und wenn ich nun in der Schule oder auf dem Nachhauseweg erwischt werde? Die Velraner warten doch nur darauf, daß Narcisse mal eines Abends vergißt, unseren Turc von der Kette loszumachen! Und was soll an den Tagen werden, an denen wir nicht zur Schule kommen? Was wollt ihr dann machen? Euch feige drücken, ja?»

«Man könnte den Beutel vielleicht in einem Pult im Schulzimmer verstecken», schlug Boulot vor.

«Idiot!» höhnte La Crique. «Wie stellst du dir das eigentlich vor? Wir brauchen die Knöpfe ja nach vier Uhr und nicht während der Schulstunden, du Hammel! Wie willst du nachher wieder reinkommen und sie verstecken? Könntest du mir das vielleicht sagen, Klugscheißer du?»

«Nein, nein, das geht alles nicht. Ausgeschlossen!» Lebrac überlegte laut.

«Wo sind Camus und Gambetta?» fragte einer der Kleineren.

«Das geht dich 'n Dreck an», gab der General scharf zurück. «Die stecken in ihrer Haut und ich in meiner ... und auf deine Haut paß du nur gut auf. Verstanden?»

«Ich hab ja nur gefragt, weil ich dachte, Camus könnte den Beutel vielleicht nehmen. Auf seinem Baum stört der ihn doch nicht.»

«Nein, ausgeschlossen», widersprach Lebrac heftig. «Camus kann ihn auch nicht nehmen. Ich weiß jetzt, was wir tun müssen: Wir müssen einen Platz finden, wo wir den ganzen Kram verstekken können.»

«Aber nicht im Dorf! Wenn jemand das Zeug entdeckt ...»

«Nein, natürlich nicht», stimmte Lebrac zu. «Wir müssen einen Platz auf der Saute finden, irgendwo oben in den alten Steinbrüchen zum Beispiel. Und es muß ein trockener Platz sein, denn wenn die Nadeln rosten, kann man sie nicht mehr gebrauchen, und außerdem verdirbt auch das Garn durch die Feuchtigkeit.»

«Und vielleicht könnten wir auch gleich ein Versteck für unsere Säbel und Lanzen und Knüttel finden! Sonst kann es jeden Tag passieren, daß die Alten sie uns wegnehmen!»

«Gestern hat mein Vater meinen Säbel zuerst zerbrochen und dann ins Feuer geworfen», jammerte Boulot. «Ich konnte nur noch 'n Stückchen Schnur vom Koppel retten, und das war auch schon ganz angesengt.»

«Ja, so ist das immer», pflichtete Tintin ihm bei. «Wir sollten wirklich so einen Winkel, ein Loch, ein Versteck suchen, wo wir den ganzen Kram unterbringen könnten.»

«Wie wär's, wenn wir eine Hütte bauen würden?» schlug La Crique vor. «'ne prima Hütte in irgendeinem alten Steinbruch, der möglichst geschützt und versteckt liegt. Da gibt's doch so schöne große Höhlen, die sich eigentlich gut dafür eignen müßten. Wir brauchten nur noch 'n paar Mauern zu bauen und uns Stangen und Bretter für ein Dach zu suchen.»

«O ja, das wäre fabelhaft!» begeisterte sich Tintin. «Eine richtige Hütte mit Betten aus trockenen Blättern, auf denen wir uns ausruhen können, und einem Herd, auf dem wir Feuer machen können. Da feiern wir dann unser Fest, wenn wir genug Geld haben!»

«Abgemacht», erklärte Lebrac. «Wir bauen eine Hütte auf der Saute. Dort verstecken wir den Schatz, unsere ‹Minition› und die Schleudern und legen uns einen Vorrat an schönen Steinen an. Wir machen uns Stühle, Bänke und Betten und Ständer oder Haken für unsere Säbel. Wir bauen einen Kamin und sammeln trockenes Holz, damit wir Feuer machen können. Kinder, das wird großartig!»

«Wir müssen sofort einen Platz suchen!» drängte Tintin, dem es darauf ankam, den Beutel so schnell wie möglich loszuwerden.

«Heute abend, heute abend, jawohl, heute abend gehen wir suchen!» stimmte die ganze Schar begeistert zu.

«Falls die Velraner nicht kommen», bemerkte Lebrac vorsichtig. «Aber Camus und Gambetta werden denen schon was einbrocken, damit sie uns in Ruhe lassen. Wenn das klappt, können wir alle unbesorgt sein. Wenn nicht, na ja, dann werden wir eben zwei Leute losschicken, die den passenden Ort für uns suchen müssen.»

«Was macht Camus eigentlich? Los, Lebrac, sag es uns doch!» bat Bacaillé.

«Sag es ihm nicht!» flüsterte Tintin und stieß Lebrac mit dem Ellbogen an, um ihn an einen alten Verdacht zu erinnern.

«Das wirst du schon noch rechtzeitig merken. Und außerdem weiß ich es selber nicht. Wenn wir nicht gerade im Krieg sind, sind wir schließlich alle freie Menschen. Camus kann machen, was er will, und ich auch und du auch und überhaupt alle. Wir leben in einer Republik, verdammt noch mal, wie Vater Simon immer sagt!»

Beim Unterricht fehlten Camus und Gambetta. Als der Lehrer sich bei ihren Kameraden erkundigte, ob sie etwas über den Grund ihrer Abwesenheit wüßten, erfuhr er von den Eingeweihten, daß Camus zu Hause geblieben sei, um einer Kuh beizustehen, die kalben sollte, während Gambetta eine Ziege zum Bock führen müsse, die sehr störrisch sei und den Bock nicht annehmen wolle. Vater Simon bestand nicht darauf, nähere Einzelheiten zu hören, und seine Schüler wußten das nur zu gut. Wenn einer die Schule schwänzte, führten sie darum in aller Unschuld irgendwelche möglichst heiklen Gründe zu seiner Entschuldigung an; dann konnten sie sicher sein, daß der Lehrer bestimmt keine zusätzlichen Erklärungen verlangen würde.

Camus und Gambetta dachten indessen gar nicht daran, sich um die Fruchtbarkeit ihrer Kühe oder Ziegen zu kümmern.

Camus hatte, wie man sich erinnert, dem ‹Schiefmaul› versprochen, daß er ihm noch mal eins auswischen werde. Er hatte sich einen kleinen Racheplan zurechtgelegt und war jetzt dabei, ihn mit Hilfe seines treuen Freundes Gambetta in die Tat umzusetzen.

Um sieben Uhr morgens schon hatten die beiden sich mit Lebrac getroffen, mit ihm gesprochen und ihn von ihren Absichten in Kenntnis gesetzt. Nachdem sie vereinbart hatten, was Lebrac zu ihrer Entschuldigung vorbringen solle, hatten die zwei das Dorf verlassen. Sie hatten sich vorsichtig an den Mauern entlanggedrückt, um nicht gesehen zu werden, und dann zunächst den Weg zur Saute und dem Dicken Busch eingeschlagen. Von hier aus hatten sie sich zum feindlichen Waldrand hinüber geschlichen, wo um diese Stunde keiner der Verteidiger zu sehen war.

Einige Schritte von der Mauer entfernt stand dort ‹Schiefmauls› Buche mit ihrem glatten, geraden Stamm, den seit einigen Wochen die Hose des Wachtpostens von Velrans noch glatter poliert hatte. Die ersten Verzweigungen des Stammes, schön gegabelte Äste, begannen etwa zwei Meter über den Köpfen der Jungen. Mit drei Kletterzügen erreichte Camus den ersten Ast, stützte sich mit den Vorderarmen darauf und zog Knie und Füße nach.

Jetzt versuchte er sich zu orientieren. Es kam ihm nämlich darauf an, den Ast und die Gabelung zu entdecken, auf denen sein Rivale sich gewöhnlich niederließ, und er durfte keine unnütze Arbeit leisten, die ihn in den Augen seiner Feinde nur lächerlich gemacht und seinen Ruf bei den eigenen Kameraden geschmälert hätte.

Camus schaute zum Dicken Busch und insbesondere zu seiner Eiche hinüber, um die Höhe von ‹Schiefmauls› Aussichtsplatz ungefähr bestimmen zu können. Dann prüfte er sorgfältig die Risse und Kerben der Äste und suchte nach den Stellen, auf die der andere gewöhnlich seine Füße setzte. So stieg er auf dieser natürlichen Treppe, einem Fußpfad in der Luft, immer höher hinauf. Wie ein Sioux oder ein Delaware-Indianer, der der Fährte des Bleichgesichts nachspürt, erforschte er von unten bis oben alle Äste des Baumes und kletterte sogar noch etwas über den Platz seines Feindes hinaus, um von oben genau festzustellen, auf welche Zweige ‹Schiefmaul› seinen Fuß setzte und auf welche nicht. Nachdem er schließlich den Punkt ermittelt hatte, von dem aus der Schleuderer seine mörderischen Geschosse auf die Armee von Longeverne abzuschießen pflegte, setzte er sich bequem auf einen Nebenast, warf noch einen Blick nach unten, um den Purzelbaum zu berechnen, zu dem er seinem Feind verhelfen wollte und zog dann endlich sein Messer aus der Tasche.

Es war ein doppeltes Messer (doppelt wie die Muskeln des Herrn Tatarin von Tarascon!); zumindest bezeichneten die Kameraden es so, weil es außer der Klinge noch eine kleine grobzähnige Säge hatte, die allerdings nicht sehr scharf und äußerst unbequem zu handhaben war.

Mit diesem primitiven Instrument machte Camus sich vertrauensvoll daran, einen lebenden harten Buchenzweig, der mindestens so dick war wie sein Oberschenkel, fast vollständig durchzusägen. Eine schwere Arbeit, die sehr geschickt ausgeführt sein mußte, wenn er vermeiden wollte, daß der Gegner im entscheidenden Augenblick Verdacht schöpfte.

Um das Splittern beim Ansetzen der Säge und eine zu sichtbare äußere Beschädigung des Astes zu vermeiden, war Camus auf die darunter liegende Gabelung geklettert, hatte sich dort, den Stamm zwischen die Knie gepreßt, festgesetzt, mit der Klinge seines Messers die Schnittstelle markiert und zunächst dort, wo die Säge fassen sollte, eine leichte Fuge gehöhlt. Danach packte er den Griff und begann, das Werkzeug hin und her zu führen.

Gambetta, der unterdessen auch auf den Baum geklettert war, überwachte die Arbeit. Als Camus erschöpft war, nahm der Freund seinen Platz ein. Nach einer halben Stunde war das Messer so heiß, daß sie die Klinge nicht mehr anfassen konnten. Sie ruhten sich einen Augenblick aus und begannen dann wieder von neuem.

Zwei Stunden hindurch wechselten sie sich beim Sägen ab. Zum Schluß waren ihre Finger steif, ihre Handgelenke geschwollen, ihr Hals schmerzte und ihre Augen waren trübe und voller Tränen;

aber ein unauslöschliches Feuer beseelte sie, und die Säge kratzte und nagte immer weiter wie eine unerbittliche Maus.

Als nur noch anderthalb Zentimeter übrig waren, stützten sie sich zuerst vorsichtig, dann energischer auf den Ast, um seine Haltbarkeit zu erproben.

«Noch ein bißchen», entschied Camus.

Gambetta überlegte. Der Ast darf nicht am Stamm hängenbleiben, dachte er, sonst hält ‹Schiefmaul› sich fest und kommt mit dem bloßen Schreck davon. Er muß abbrechen. Und er schlug Camus vor, noch einmal von unten her etwa einen Finger breit weiterzusägen, um einen glatten Bruch zu erzielen, was dieser denn auch tat.

Als Camus sich nun von neuem und ziemlich kräftig auf den Ast stützte, hörte er ein verheißungsvolles Knacken. «Nur noch ein winziges bißchen», erklärte er.

«So, jetzt geht's. Jetzt kann er sich auf den Ast setzen, ohne daß er abbricht; aber wenn er dann mit seiner Schleuder rumfuhrwerkt – rrrums! Mensch, wird das ein Spaß!»

Und nachdem sie noch das Sägemehl von den Zweigen weggeblasen und mit den Händen die Schnittränder in der Rinde glattgestrichen hatten, um jede Spur ihrer Tätigkeit zu verwischen, kletterten sie, im Bewußtsein, ihren Vormittag nützlich ausgefüllt zu haben, von ‹Schiefmauls› Buche herunter.

«Herr Lehrer», begann Gambetta, als er zehn Minuten vor eins den Schulhof betrat, «ich soll Ihnen sagen, daß mein Vater gesagt hat, ich sollte Ihnen sagen, daß ich heute morgen nicht zur Schule kommen konnte, weil ich unsere Ziege ...»

«Schon gut, schon gut, ich weiß», unterbrach Vater Simon ihn rasch, denn er mochte es nicht, wenn seine Schüler sich an derartigen Beschreibungen ergötzten. Sie schienen dann immer höchst interessiert, und er konnte sicher darauf rechnen, daß jedesmal einer dieser Lausebengel mit der unschuldigsten Miene von der Welt nähere Erklärungen von ihm erbat.

«Ja ja, schon gut», sagte er darum auch, bevor Camus, der mit der Mütze in der Hand auf ihn zutrat, überhaupt den Mund aufgetan hatte. «So, und nun hört auf davon, sonst schicke ich euch rein!»

Und bei sich dachte er ärgerlich: Ich verstehe nicht, wie Eltern so wenig auf die Moral ihrer Kinder bedacht sein können, daß sie ihnen derartige Schauspiele vor Augen führen!

Es war wirklich zum Verrücktwerden. Jedesmal, wenn der

Deckhengst ins Dorf kam, strömten alle Kinder herbei. Sie stellten sich im Kreis auf, sie sahen alles, sie hörten alles, und man ließ sie gewähren. Und hinterher kamen dann die Eltern und beklagten sich, wenn die Jungens mit den Mädchen Liebesbriefe wechselten!

Der gute Mann machte sich um die öffentliche Moral Sorgen und zerbrach sich wegen derartig unwichtiger Fragen den Kopf!

Als wäre der Liebesakt nicht überall in der Natur sichtbar! Da müßte man schon durch einen öffentlichen Anschlag den Fliegen verbieten, aufeinanderzukriechen und den Hähnen, auf die Hennen zu springen, man müßte die jungen Kühe einsperren, wenn sie heiß sind, mit dem Gewehr zwischen die verliebten Spatzen schießen, die Schwalbennester zerstören, den Hunden Hosen und den Hündinnen Röckchen anziehen. Dann dürfte man nie einen kleinen Hirten die Schafe weiden lassen, weil die Widder aufhören zu fressen, wenn ein Schaf den gewissen einladenden Duft ausströmt und von einem Kreis Verehrer umgeben ist.

Im übrigen messen die Kinder diesem alltäglichen Schauspiel viel weniger Bedeutung bei, als man annimmt. Was sie daran amüsiert, ist vor allem die Bewegung, die einem Kampf ähnelt oder die sie zuweilen mit der auf eine Mahlzeit folgenden Darmentleerung vergleichen.

«Stellt euch vor», erzählte zum Beispiel Tigibus von dem großen Turc, der die Hündin des Bürgermeisters gedeckt hatte, nachdem er sämtliche Rivalen weggebissen hatte. «Stellt euch vor, der hat so gestoßen, als müßte er mal! Zu komisch war das! Er mußte so tief gehen, um ranzukommen, daß er fast auf den Hinterbeinen saß, und dabei machte er einen Rücken wie die bucklige Alte aus Orsans. Er hatte die Follette zwischen seine Vorderbeine geklemmt, und wie er dann genug hatte, und sich wieder aufrichten wollte, ja, mein Lieber, da kam er doch nicht mehr raus! Die waren wie festgeklebt, und die Follette, die doch so klein ist, hatte den Hintern in der Luft und kam mit den Hinterbeinen überhaupt nicht mehr auf den Boden. In dem Augenblick kam der Bürgermeister aus unserem Haus. ‹Wasser drübergießen! Wasser drübergießen!› brüllte der wie so 'n Verrückter. Aber die Follette quiekte und Turc, der doch viel stärker ist als sie, zog und zerrte von hinten an ihr, so daß ihr ganzer ... na, ihr ganzer Kram mit rauskam. Aber, wißt ihr, der Turc muß sich auch verdammt weh getan haben. Als man die beiden schließlich auseinander hatte, war sein Dingsda ganz rot, und er hat es sich mindestens eine halbe Stunde lang geleckt. Und unser Narcisse hat gesagt: ‹Na, Herr Bürgermeister, ich glaube, die Follette hat für ihr Geld genug gekriegt! . . .› Junge, Junge, hat der geflucht, als er abgehauen ist.»

III

Die Hütte

Die Hütte wird gebaut

Um unser Lager leichte Düfte wehen,
Die Polster werden tief wie Gräber sein.

Baudelaire: La Mort des Amants

Die Abwesenheit von Gambetta und Camus und das geheimnisvolle Schweigen des Generals hatten die Krieger von Longeverne natürlich ungeheuer neugierig gemacht. Einer nach dem anderen waren sie aus irgendeinem Grund zu Lebrac gegangen und hatten ihn – unter dem Siegel der Verschwiegenheit! – um Aufklärung gebeten. Aber selbst seine besten Freunde wurden mit einem kurzen Satz abgespeist: «Paßt heute abend mal gut auf ‹Schiefmaul› auf!»

So standen sie denn zehn Minuten vor vier alle auf ihren Posten, einen mächtigen Haufen Munition vor sich, das Vesperbrot in der Hand, und erwarteten ungeduldig das Auftauchen der Velraner. Noch nie hatten sie so gespannt Ausschau gehalten.

«Ihr müßt euch gut versteckt halten», hatte Camus erklärt. «Wenn ihr was erleben wollt, müßt ihr ihn ruhig auf seinen Baum klettern lassen.»

Mit weit aufgerissenen Augen verfolgten die Longeverner jede Bewegung des feindlichen Kletterers, der seinem gewohnten Posten auf der Buche am Waldrand zustrebte.

Sie schauten und schauten, sie rieben sich immer wieder die tränenden Augen, aber sie konnten da drüben nichts Außergewöhnliches entdecken, nicht das geringste! ‹Schiefmaul› setzte sich wie jeden Tag zurecht, schrie die Namen der gesichteten Feinde hinunter, ergriff dann seine Schleuder und machte sich daran, die Gegner, die er ausmachen konnte, zielsicher aufs Korn zu nehmen.

Doch plötzlich, als der Franktireur sich mit einer allzu heftigen

Bewegung zur Seite bog, um einem Geschoß von Camus auszuweichen, der ungeduldig auf die Katastrophe wartete, zerriß ein hartes, unheilverkündendes Krachen die Luft. Der große Ast, auf dem der Velraner hockte, brach mit einem Ruck ab, und ‹Schiefmaul› purzelte mitsamt dem Ast auf die Soldaten unter dem Baum. Zwar versuchte er, sich an anderen Zweigen festzuklammern, doch er stieß und quetschte sich dabei nur; die unteren Äste brachen ebenfalls ab oder wichen heimtückisch seinen Fingern aus, so daß er unversehens auf dem Erdboden landete – wie, wußte er selbst nicht, jedenfalls wesentlich schneller, als er hinaufgekommen war.

«Oh!» – «Ah!» – «Aua!» – «Oh!» – «Verdammt!» – «Mein Bein!» – «Mein Kopf!» – «Mein Arm!»

Vom Dicken Busch her ertönte ein homerisches Gelächter als Antwort auf dieses Konzert von Schmerzensschreien.

«Siehst du, jetzt habe ich dich doch erwischt!» höhnte Camus. «Das hat man davon, wenn man so schlau sein will und anderen droht! Jetzt wirst du dir wohl zweimal überlegen, ob du wieder mit deiner Schleuder auf mich zielst, du dreckiges Arschloch! Du hast doch nicht etwa dein Uhrglas zerbrochen! Aber nein, das Zifferblatt ist in Ordnung!»

«Feiglinge» – «Mörder!» – «Hinterlistiges Gesindel!» schrien die Velraner Soldaten, die nichts abbekommen hatten. «Das bezahlt ihr uns, ihr Schweinehunde! Jawohl, das bezahlt ihr uns!»

«Na klar, die Bezahlung könnt ihr gleich haben», erwiderte Lebrac. Dann wandte er sich an seine Leute: «Na, wie wär's mit einem kleinen Angriff?»

«Klar!» stimmten alle begeistert zu.

Und schon dröhnte der Schlachtruf aus fünfundvierzig Longeverner Kehlen. Die Velraner, deren Schlachtordnung ohnehin heillos durcheinandergeraten war, sahen ein, daß sie die Beine in die Hand nehmen mußten, wenn sie sich nicht der ungeheuren Schande einer neuerlichen und verheerenden Knopf-Beraubung aussetzen wollten.

Im Handumdrehen war das Schanzlager der Velraner von allen Truppen entblößt. Die Verwundeten hatten wie durch ein Wunder ihre Beine wiedergefunden, und sogar ‹Schiefmaul›, der mehr Angst ausgestanden als Schaden genommen hatte – er hatte ein paar Kratzer an den Händen, Abschürfungen an den Beinen und ein blaues Auge davongetragen –, machte, daß er fortkam.

«So, jetzt haben wir wenigstens Ruhe», konstatierte Lebrac. «Jetzt suchen wir einen Platz für unsere Hütte.»

Die ganze Armee versammelte sich bei Camus, der von seinem Baum herabgestiegen war, um den von Marie Tintin verfertigten Beutel mit dem bereits zweimal geretteten und unendlich kostbaren Schatz der Armee von Longeverne in Verwahrung zu nehmen.

Die Krieger drangen tief in den Dicken Busch ein, um ungesehen zu dem von Camus entdeckten Schlupfwinkel zu gelangen, dem ‹Beratungszimmer›, wie La Crique ihn getauft hatte. Von hier schwärmten sie dann in kleinen Gruppen nach oben hin aus, um die Gegend zu durchforschen und unter den zahlreichen verwendbaren Plätzen denjenigen herauszufinden, der ihren Zwecken und den Erfordernissen der Stunde am besten entsprach.

Die Gruppen brachen unter Anführung der hervorragendsten Krieger unverzüglich auf. Sie zerstreuten sich in den alten verlassenen Steinbrüchen, prüften, untersuchten, stöberten umher, diskutierten, verglichen und berieten sich.

Der Platz durfte nicht zu nahe an der Straße und nicht zu weit vom Dicken Busch entfernt liegen. Außerdem mußte er der Truppe einen versteckten Rückzugsweg bieten, so daß die Krieger sich ohne Gefahr vom Schlachtfeld zur Festung begeben konnten.

La Crique war es, der den richtigen Platz entdeckte.

Im Zentrum eines Labyrinths von Steinbrüchen lag eine Art kleiner Grotte, die ein natürliches Obdach bot und die mit Leichtigkeit befestigt, verschlossen und so getarnt werden konnte, daß sie den Blicken Unbefugter verborgen blieb.

La Crique rief mit dem üblichen Signal Lebrac, Camus und die anderen herbei, und bald standen alle vor der Höhle, die ihr Kamerad soeben wiederentdeckt hatte – denn natürlich kannten sie sie schon. Wie kam es nur, daß sie nicht daran gedacht hatten? Nur La Crique, dieser Teufelsbursche mit seinem großartigen Gedächtnis, hatte sich sofort an sie erinnert. Und dabei waren sie alle schon mindestens zwanzigmal auf ihren Streifzügen durch die Gegend hier vorbeigekommen, wenn sie Amselnester, reife Haselnüsse, gefrorene Schlehen oder Hagebutten gesucht hatten.

Die davor liegenden Steinbrüche bildeten eine Art Hohlweg, der auf eine Kreuzung, einen kleinen freien Platz, mündete. Dieser Platz wurde nach oben hin von einem Waldstreifen, der sich bis nach Teuré zog, begrenzt, während auf der unteren Seite

Buschwerk stand, zwischen dem Wildpfade verliefen, welche die Straße schnitten und im Unterholz hinter dem Dicken Busch zusammentrafen.

Die ganze Armee betrat die Höhle. Sie war zwar nicht sehr tief, jedoch nach vorn durch einen breiten Felskorridor verlängert, so daß nichts leichter war, als diesen natürlichen Schutzraum zu vergrößern, indem man den mehrere Meter breiten Zwischenraum zwischen den beiden Mauern mit einem Dach aus Zweigen und Blättern überdeckte. Andererseits lag dieser Platz hervorragend geschützt, da er außer am Eingang auf allen Seiten von einem dichten Vorhang aus Bäumen und Büschen umgeben war.

Man konnte die Öffnung verengen, indem man aus den schönen flachen Steinen, die hier überall herumlagen, eine feste Mauer errichtete. Dann würden sie da drinnen ganz ungestört unter sich sein. Sobald sie den äußeren Bau fertig hatten, würden sie sich mit der Innenausstattung beschäftigen.

Hier offenbarten sich Lebracs Baumeistertalente in ihrer ganzen Fülle. Sein Gehirn erfaßte, ordnete und verteilte die zu leistende Arbeit mit bewundernswerter Sicherheit und unwiderlegbarer Logik.

«Heute abend schon müßt ihr sämtliche Bretterenden, Latten, Balkenstücke, alten Nägel und Eisenteile zusammensuchen, die ihr nur finden könnt», befahl er. Dann beauftragte er einen der Krieger damit, einen Hammer zu beschaffen, ein zweiter sollte eine Zange besorgen, ein dritter einen Maurerhammer. Er selbst würde ein Hackbeil mitbringen, Camus ein Gartenmesser, Tintin ein Metermaß (mit einer Skala in Fuß und Zoll!) und alle – das war obligatorisch – hatten den Auftrag, aus dem Werkzeugkasten der Familie mindestens fünf Nägel, und zwar möglichst große und starke, zu stehlen, damit unverzüglich die dringendsten Bauarbeiten, unter anderem die Herstellung des Daches, in Angriff genommen werden konnten.

Das war ungefähr alles, was sich an diesem Abend tun ließ. Was das Baumaterial betraf, so brauchten sie vor allem dickere Stangen und Bretter. Es gab im Wald genügend Bäume, die kräftige, gerade und feste Äste hatten. Im übrigen hatte Lebrac gelernt, Pfahlzäune zur Abgrenzung von Weiden zu errichten, alle verstanden sich darauf, Gitter zu flechten, und Steine, die gab es hier in Hülle und Fülle.

«Vergeßt vor allem nicht die Nägel», schärfte Lebrac ihnen ein.

«Sollen wir den Beutel hier lassen?» fragte Tintin.

«Na klar», erwiderte La Crique. «Wir bauen jetzt sofort da hinten einen Kasten aus Steinen, in dem er trocken und geschützt liegen kann. Hier kommt doch niemand her, den findet keiner!»

Lebrac wählte einen großen flachen Stein und legte ihn nicht weit von der Felswand hin. Mit vier weiteren, etwas dickeren Steinen errichtete er vier kleine Mauern, legte den Beutel mit dem Schatz dazwischen, bedeckte alles mit einem anderen flachen Stein und verstreute ringsumher aufs Geratewohl einige Kiesel, um auch dem höchst unwahrscheinlichen Fall vorzubeugen, daß ein unverhoffter Besucher herkommen und durch die allzu geometrische Konstruktion des Steinwürfels neugierig gemacht werden könnte.

Daraufhin kehrte die fröhliche Schar langsam ins Dorf zurück. Unterwegs schmiedeten sie tausend Pläne, und alle waren zu jedem häuslichen Diebstahl, zu den härtesten Arbeiten und den schwersten Opfern bereit.

Sie würden ihren Wunsch verwirklichen; ihre Persönlichkeit würde sich an dieser für sie und von ihnen selbst vollbrachten Tat entfalten. Sie würden ein Haus haben, einen Palast, eine Festung, einen Tempel, ein Pantheon, in dem sie ganz für sich sein würden, in das die Eltern, der Lehrer und der Pfarrer, die ständig alle schönen Pläne zunichte machten, nicht ihre Nase stecken würden, einen Ort, an dem sie in aller Ruhe das tun konnten, was man ihnen in der Kirche, in der Schule und zu Hause verbot: Dort würden sie sich schlecht benehmen können, dort würden sie barfuß, in Hemdsärmeln oder auch nackt herumlaufen, Feuer machen, sich Kartoffeln braten, selbstgefertigte Zigarren rauchen und vor allem ihre Knöpfe und Waffen verstecken können.

«Wir bauen einen Kamin!» schlug Tintin vor.

«Und wir machen uns Betten aus Moos und Blättern», fügte Camus hinzu.

«Und Bänke und Sessel», fuhr Grangibus fort.

«Schafft vor allem beiseite, was ihr irgend an Nägeln und Brettern erwischen könnt!» mahnte der General. «Seht zu, daß ihr alles hinter die Mauer oder in die Hecke am Weg zur Saute legen könnt. Morgen, wenn wir an unsere Arbeit gehen, holen wir es dann dort ab.»

Sie schliefen an diesem Abend sehr spät ein. Der Palast, die Festung, der Tempel, die Hütte spukten in ihren aufgeregten Hirnen. Ihre Phantasie wanderte, es dröhnte in ihren Köpfen, ihre Augen starrten ins Dunkel, die Arme und Beine bewegten sich, Finger und Füße zuckten und zappelten. Wie sehnten sie die Helle des nächsten Tages herbei, um mit dem großen Werk beginnen zu können!

Man brauchte sie an diesem Morgen nicht zum Aufstehen zu ermuntern. Lange bevor die Frühstückssuppe auf dem Tisch stand, streiften sie durch Stall, Scheune, Küche und Schuppen, um Bretterenden und Eisenteile zur Vermehrung des gemeinsamen Schatzes beiseite zu schaffen. Die väterlichen Nagelkästen erlitten einen verheerenden Sturmangriff. Jeder wollte sich auszeichnen und zeigen, was er konnte; sie bewiesen einen solchen Eifer, daß Lebrac an diesem Abend nicht zweihundert sondern ganze fünfhundertdreiundzwanzig Nägel zur Verfügung hatte. Den ganzen Tag hindurch war ein geheimnisvolles Kommen und Gehen zwischen dem Dorf, der großen Linde und den Mauern der Saute. Mit geblähtem Kittel und sonderbar steifen Hosen, die ihnen das Gehen erschwerten, wanderten die Jungen hin und her und verbargen dabei zwischen Stoff und Haut die verschiedensten Gegenstände, die die Menschen, denen sie begegneten, auf keinen Fall sehen durften.

Und am Abend kam Lebrac langsam, ganz langsam über die hintere Straße zur Kreuzung an der alten Linde. Sein rechtes Bein war steif, und es sah so aus, als hinke er.

«Hast du dir weh getan?» fragte Tintin.

«Bist du hingefallen?» wollte La Crique wissen.

Der General verzog sein Gesicht zu dem geheimnisvollen Lächeln eines Lederstrumpf, zu einem Lächeln, das seinen Leuten sagte: Falsch geraten!

Und er hinkte weiter, bis sie hinter den Hecken des Weges an der Saute in Sicherheit waren. Dann blieb er stehen, knöpfte seine Hose auf und holte das Hackbeil hervor, das er versprochen hatte mitzubringen und dessen Stiel, der in seinem einen Hosenbein steckte, dem Gang des Generals eine so ungraziöse hinkende Steifheit verliehen hatte. Daraufhin knöpfte er die Hose wieder zu, und um seinen Freunden zu beweisen, daß er noch so gelenkig war wie irgendeiner, begann er mitten im Kreis der Freunde sein Beil zu schwingen und eine Art Skalptanz aufzuführen, der durchaus in ein Kapitel von ‹Der Letzte der Mohikaner› oder ‹Der Waldläufer› gepaßt hätte.

Jeder hatte sein Werkzeug mitgebracht, und so konnten sie sich an die Arbeit machen. Für alle Fälle wurden zwei Wachen zu Camus' Eiche entsandt, die die kleine Armee benachrichtigen sollte, falls die

Schar des ‹Azteken› auf dem Longeverner Gebiet auftauchen würde. Dann teilte Lebrac die Arbeitstrupps ein.

«Ich werde den Zimmermann machen», erklärte er.

«Und ich bin Maurerpolier!» rief Camus. «Ich werde mit Grangibus die Steine setzen. Die anderen müssen sie aussuchen und uns zureichen.»

Lebracs Trupp sollte als erstes die für das Dach des Gebäudes erforderlichen Pfosten und Stangen suchen. Der General würde sie mit seinem Hackbeil zurechtstutzen und dann beiseite legen, bis Camus' Mauer fertig sein würde.

Die anderen sollten inzwischen ein Geflecht herstellen, das sie später wie ein Gitter über das Gebälk legen würden, ähnlich einem Lattenwerk, das den Dachziegeln als Unterlage dient. Auf dieses Gitter aber würden sie einfach eine dicke Schicht von trockenen Blättern breiten und diese wiederum mit einem darüber gespannten Flechtwerk aus Zweigen festhalten, um sie vor Windstößen zu schützen.

Zunächst wanderten die sorgfältig gezählten Nägel des Schatzes zu den Knöpfen in den Beutel. Und dann gingen alle an die Arbeit.

Nie haben Kelten, die den Donner mit Pfeilschüssen bekämpften, glorreiche Zeitgenossen des Jahrhunderts der Kathedralen, die ihre Träume in Stein meißelten, Freiwillige der großen Revolution, die, angefeuert von der Stimme Dantons, zu den Waffen eilten, oder Kämpfer des Jahres achtundvierzig, die den Freiheitsbaum pflanzten, nie haben sie mit freudigerem Eifer und glühenderer Begeisterung ihr Werk begonnen als die fünfundvierzig Soldaten Lebracs, die hier im Unterholz eines verlassenen Steinbruchs der Saute das Haus ihrer gemeinsamen Träume und Hoffnungen erbauten.

Wie Quellen am Hang eines bewaldeten Berges sprudelten die Ideen. Das Baumaterial häufte sich. Camus stapelte Steine auf, Lebrac schlug und hackte aus Leibeskräften und stieß bei jedem Schlag ein dröhnendes ‹Ha!› aus. Anstatt das Dickicht nach geeigneten Ästen zu durchsuchen, hatte er es für praktischer gehalten, von den aufgeschichteten Haufen im benachbarten Holzschlag vierzig kräftige Stangen wegzuholen. Auf seinen Befehl hin waren zwanzig Freiwillige ohne Zögern zu diesem Diebstahl aufgebrochen.

Unterdessen schnitt ein Trupp die Zweige zurecht, ein anderer flocht das Gitterwerk, und Lebrac betätigte sich rastlos mit Beil und

Hammer, hackte, schnitzte, nagelte und befestigte den unteren Teil des Daches.

Damit das Gebälk hielt, mußte man Löcher in den Boden graben und dann die Pfosten einrammen. Lebrac überlegte, daß es am besten sein würde, sie mit fest eingestampften Kieseln zu umgeben, die verhinderten, daß die Pfosten rutschten und diese außerdem vor der Erdfeuchtigkeit schützten. Er hatte zuerst alles ausgemessen, dann den Plan des Gestells entworfen, und jetzt nagelte er die einzelnen Teile zusammen, um es später in die von Tintin geschnitzten Kerben einzupassen.

Ah, es war fest und solide geworden! Er hatte es ausprobiert, hatte es auf vier große Steine gelegt, war darüber gegangen, gesprungen und darauf herumgetanzt, und nichts hatte sich gerührt, nichts hatte gezittert, nichts gekracht. Das war wirklich erstklassige Arbeit!

Bis in den Abend hinein, bis es ganz dunkel geworden und das Gros der Armee abgezogen war, blieb er noch mit Camus, La Crique und Tintin da, um alles zu ordnen und für den nächsten Tag vorzubereiten. Morgen würde man das Dach aufsetzen und auch einen Strauß daranbinden, genau wie die Zimmerleute, wenn das Gebälk fertig ist und sie das Richtfest feiern. Nur schade, daß sie nicht ein paar Liter dahaben würden, um die Zeremonie würdig zu begehen!

«So, nun wollen wir aber auch nach Hause», meinte Tintin.

Sie nahmen den Weg über das ‹Beratungszimmer› und stiegen hinunter zum unteren Teil der Saute und Pépiots Steinbruch.

«He, Camus, du hast mir immer noch nicht erzählt, wie du diesen Schlupfwinkel hier eigentlich gefunden hast», erinnerte sich der General.

«Ach so», lachte der andere. «Na ja, also hört mal zu. Diesen Sommer waren wir mit der Titine von Jean-Claude und dem Schäfer vom ‹Poron› – ihr wißt schon, dem aus Laiviron, der immer so blinzelt – auf den Feldern. Außerdem waren auch noch die beiden Ronfous vom Hügel dabei, die jetzt als Hirten arbeiten.

Und da sind wir auf den Gedanken gekommen, mal zum Spaß 'ne Messe abzuhalten. Der Schäfer vom ‹Poron› wollte den Pfarrer spielen. Er hat sein Hemd ausgezogen und dann wieder über seine Sachen gezogen, damit er so was wie 'n Chorhemd hatte. Dann haben wir aus Steinen einen Altar gebaut und auch Bänke dazu. Die beiden Ronfous waren die Meßdiener, aber sie wollten ihr Hemd nicht über ihre Weste ziehen. Sie sagten, ihre Hemden wären zerrissen, aber ich möchte wetten, sie wollten sie nicht zeigen, weil sie reingeschissen hatten. Ja, und dann hat der Schäfer uns getraut, die Titine und mich.»

«Aber du hattest doch keinen Ring, den du ihr an den Finger stecken konntest?»

«Doch, ich hab ein Stückchen Schnur genommen.»

«Und der Brautkranz?»

«Wir haben einen aus Geißblatt gemacht.»

«Aha!»

«Ja, der Schäfer hatte ein Gebetbuch da und hat angefangen: ‹Dominus vobiscum, oremos fang deine Flöhe, secundum secula›, lauter so 'n Kram, genau wie der Pfaffe. Und zum Schluß hat er gesagt: ‹Ite, Missa est, geht in Frieden, meine Kinder!› Und dann bin ich mit der Titine losgegangen, und die anderen durften nicht mitkommen, weil das doch die Hochzeitsnacht war und die das nichts anging. Wir sollten nur nicht zu lange wegbleiben, haben sie gesagt, und am nächsten Morgen zur Messe für die verstorbenen Verwandten wiederkommen. Wir sind also durch die Büsche abgehauen, und da kamen wir direkt hierher zu diesem Steinbruch, durch den wir eben gegangen sind. Und da haben wir uns dann auf die Steine gelegt.»

«Und dann?»

«Wieso dann? Dann habe ich sie geküßt.»

«Ist das alles? Hast du ihr nicht den Finger ins ...?»

«Na, hör mal! Soll ich mich vielleicht dreckig machen? Und außerdem, was hätte die Titine von mir gedacht?»

«Ja, das stimmt schon, die Frauen sind dreckig.»

«Ach, solange sie klein sind, geht das noch; aber wenn sie groß werden, haben sie immer schmutzige Hosen ...»

«Pfui Teufel!» rief Tintin. «Ich muß gleich kotzen!»

«Los! Gehen wir!» brach Lebrac die Unterhaltung ab. «Es schlägt schon halb sieben. Wir müssen nach Hause, sonst kriegen wir noch Krach.»

Und so strebten sie denn nach diesen weiberfeindlichen Überlegungen ihren heimischen Penaten zu.

Die großen Tage von Longeverne

... Man bedenke nur die weise Voraussicht, die er walten ließ, um alles recht einzurichten, Lebensmittel und Munition zu speichern und Ruhe und Ordnung zu schaffen ... man halte sich auch die vorzüglichen Kriegsgesetze vor Augen, die er erließ ...

Brantôme: Grands capitaines Français – M. de Guize

«Hau-ruck! Hau-ruck!» keuchten die zehn Zimmerleute der Armee von Longeverne, die das schwere Dachgebälk für die Hütte schleppten. Und im gleichmäßigen Rhythmus dieser Rufe spannten sich die kräftigen Muskeln an zwanzig Armen, hoben das Gerüst an und hielten es hoch, um die Balken genau in die von Tintin eingeschnittenen Kerben zu setzen.

«Langsam, langsam!» befahl Lebrac. «Alle zu gleicher Zeit, damit nichts kaputtgeht! Aufpassen! Bébert, noch ein bißchen weiter vor! So, das ist richtig! – Nein! Tintin, du mußt das erste Loch noch erweitern, es ist zu eng. Nimm das Hackbeil! Nun los, mach schon!»

«Gut so, jetzt geht's!»

«Keine Angst, das hält!»

Und um zu beweisen, daß er gute Arbeit geleistet hatte, legte Lebrac sich quer über das Gerüst, das den leeren Raum überspannte. Nichts wackelte, nichts verschob sich.

«Na, seht ihr!» rief er stolz und richtete sich wieder auf. «So, und jetzt legen wir das Flechtwerk drüber!»

Camus, der sich eine primitive Steintreppe, eine Art Schräge, gebaut hatte, legte letzte Hand an seine Mauer. Es war eine mehr als drei Fuß breite Mauer, nach außen gezackt und uneben, da ihr Architekt, um den Eingang zu kaschieren, die Gleichmäßigkeit seines Mauerwerks verbergen wollte, innen jedoch so geradlinig, als sei sie mit Hilfe der Lotwaage erbaut, geglättet und mit ausgewählten Steinen errichtet, die genauestens ineinandergepaßt waren.

Vor der Höhle lag neben einem Moospolster ein stattlicher Haufen trockener Blätter, die die Kleineren in ihren Kitteln herbeigeholt hatten. Sauber und gut gearbeitetes Flechtwerk stand bereit. Es ging flott voran, die Longeverner waren keine Faulpelze ... wenn sie nur wollten.

Das Auflegen der Flechtgitter dauerte nur eine Minute, und bald darauf verschloß eine dicke Schicht trockener Blätter die obere Öffnung der Hütte. Nur rechts neben der Tür ließen sie ein kleines Loch, damit der Rauch aufsteigen und abziehen konnte – denn sie wollten ja in ihrem Haus auch Feuer machen.

Bevor man an die Herrichtung des Innenraumes ging, zogen Lebrac und Camus vor versammelter Truppe an einem Bindfaden einen riesigen Mistelstrauß hoch, zwischen dessen goldgrünen, wie von Patina überzogenen Blättern die Beeren wie riesige Perlen leuchteten. So hätten es schon die Gallier gemacht, erklärte La Crique, und ein Mistelstrauß bringe Glück.

Die Armee brach in laute Hochrufe aus.

«Es lebe die Hütte!»

«Hoch!»

«Hoch Longeverne!»

«Zum Arsch mit den Velranern! Weg mit dem Pack!»

«Nieder mit diesen Arschlöchern!»

Nachdem die Begeisterung sich ein wenig gelegt hatte, schritten die Longeverner an die Säuberung des Innenraumes.

Die ungleichmäßigen Steine wurden weggeräumt und durch andere ersetzt. Jeder hatte eine bestimmte Aufgabe, Lebrac verteilte die Rollen, dirigierte alles und arbeitete dabei selbst für vier.

«Da hinten an die Felswand kommen der Schatz und die Waffen hin. Links, gegenüber dem Herd, grenzen wir ein Stück mit Brettern ab und machen da aus Blättern und Moos ein weiches Lager für die Verwundeten und Erschöpften und daneben ein paar Sitze. Auf die andere Seite, zu beiden Seiten des Herdes, kommen Bänke und Sitze aus Stein, und in der Mitte lassen wir einen Gang frei.»

Jeder wollte seinen eigenen Stein oder einen bestimmten Platz auf einer der Bänke haben. La Crique, der die schwierigen Fragen der Rangordnung regelte, markierte die Steinsitze mit Kohle und die Bänke mit Kreide, damit später kein Streit über dieses Thema entstehen konnte. Lebrac erhielt seinen Platz ganz hinten, vor dem Schatz und den Waffen.

Hinter dem Steinsitz des Generals brachten sie zwischen den beiden Wänden eine mit Nägeln gespickte Latte an, und auch hier wurde jedem ein eigener Nagel zugewiesen, an dem er seinen Säbel aufhängen und gegen den er seine Lanze oder seinen Knüttel lehnen konnte. Die Longeverner waren, wie man sieht, für strenge Disziplin, der sie sich willig unterwarfen.

Das Mißgeschick, von dem Camus in der vorigen Woche ereilt worden war, hatte dazu beigetragen, die anarchischen Gelüste einiger Krieger zu dämpfen und zurückzudämmen, und Lebracs Überlegenheit war absolut unbestritten.

Den Herd hatte Camus konstruiert, indem er einen riesigen flachen Stein, eine sogenannte ‹Lava›, auf den Boden legte. Dahinter und an den beiden Seiten hatte er drei kleine Mauern errichtet, dann über die beiden seitlichen Mauern einen weiteren flachen Stein gelegt und hinten, direkt unterhalb der Öffnung im Dach, ein Loch gelassen, durch das der Rauch abziehen konnte.

Was den Beutel betraf, so deponierte ihn Lebrac ganz hinten, wie ein geweihtes Hostiengefäß, in ein Tabernakel aus Stein, das feierlich vermauert wurde und bis zur Stunde, da man seiner bedürfen würde, unangetastet bleiben sollte. Bevor er den Beutel in die Höhlung legte, bot er ihn ein letztes Mal der Verehrung der Gläubigen dar, prüfte Tintins Buchführung nach, zählte sorgfältig die einzelnen Stücke, gestattete allen, die es wünschten, den Schatz noch einmal anzusehen und zu berühren, und versenkte ihn dann mit priesterlicher Gebärde in den steinernen Altar.

«Eigentlich brauchten wir hier noch ein paar Bilder», bemerkte La Crique, bei dem sich ein gewisser ästhetischer Sinn und ein Farbverlangen regten, mit halb zugekniffenen Augen. Er hatte einen Spiegel im Wert von zwei Sou in der Tasche, den er jetzt der gemeinsamen Sache zum Opfer brachte und auf ein Felsgesims stellte. Dies war der erste Schmuck der Hütte.

Und während die einen das Ruhelager zurechtmachten und die Sitze errichteten, gingen andere hinaus, um im Unterholz weitere Vorräte an trockenen Blättern und Reisig zu sammeln.

Da es ungünstig gewesen wäre, soviel Brennmaterial im Innern des Hauses zu stapeln, entschlossen sie sich kurzerhand, unmittelbar daneben einen niedrigen Schuppen zu bauen, der groß genug war, die Vorräte zu fassen. Im Handumdrehen hatten sie zehn Schritt vom Eingang entfernt unter dem Schutz eines vorspringenden Felsens drei Mauern errichtet, zwischen denen sich mehr als zwei Ster Brennholz lagern ließen. Den Eingang zu diesem Schuppen verlegten sie an die Nordostseite. Dann schichteten sie drei verschiedene Haufen: grobe Klötze, mittlere und feine. Und nun waren sie gerüstet und konnten in aller Ruhe dem schlechten Wetter entgegensehen.

Am folgenden Tag wurde das Werk vollendet. Lebrac hatte illustrierte Beilagen aus dem *Petit Journal* und dem *Petit Parisien* mitgebracht, La Crique ein paar alte Kalender und einige andere Bilder. Präsident Félix Faure betrachtete mit einem etwas törichten selbstgefälligen Lächeln die Geschichte von Blaubart. Eine erwürgte Rentnerin hing gegenüber einem Reiter, der über eine Brustwehr setzen wollte und sich dabei das Genick brach, und ein alter Gambetta, den natürlich kein anderer als der junge Gambetta beschafft hatte, fixierte finster, mit starrem Blick, ein tief dekolletiertes hübsches Mädchen, das, wie die Unterschrift besagte, nur Nil- oder Riz-Zigaretten – oder vielleicht waren es auch Job-Zigaretten – rauchte.*

Das war bunt und lustig; die grellen Farben paßten vorzüglich zur Derbheit dieser Umgebung, in der die blasse Mona Lisa, die den Kriegern von Longeverne bestenfalls ein verschwommener Begriff war, völlig deplaciert gewirkt hätte.

Ein Besenrest, den einer aus dem Sortiment der ausrangierten Klassenbesen hatte mitgehen heißen, wurde hier einer weiteren Verwendung zugeführt und reckte in einer Ecke seinen vom Schmutz der Hände geschwärzten Stiel empor.

Schließlich verfertigten sie noch eine Tischplatte, indem sie ein paar übriggebliebene Bretter zusammennagelten. Vier vor Lebracs Sitz in die Erde gerammte und mit Kieselhaufen festgehaltene Pflökke dienten als Tischbeine, auf die die Platte genagelt wurde. So hatten sie ein Möbelstück, das zwar vielleicht nicht den Ansprüchen der höchsten Eleganz genügte, aber ebensogut wie alles andere seinem Zweck entsprach.

Was tat sich während dieser ganzen Zeit in Velrans?

Die Longeverner hatten täglich neue Wachen im Lager am Dikken Busch ausgestellt, doch nie hatten diese Veranlassung gehabt,

* Ich hoffe sehr, daß die drei genannten Firmen mir aus Dankbarkeit für diese spontane Reklame je eine Auswahl ihrer besten Erzeugnisse zukommen lassen werden (Anm. des Autors).

der Truppe durch die drei vereinbarten Pfiffe einen Angriff des Feindes zu melden.

Und doch hatten diese Arschlöcher sich herangeschlichen; noch nicht am ersten Tag, aber doch am zweiten.

Jawohl, am zweiten Tag war ein kleiner Trupp vor den Augen des Patrouillenchefs Tigibus aufgetaucht. Sorgfältig hatten er und seine Leute die Handlungen und Bewegungen dieser Mistbolzen beobachtet; doch bald waren die Feinde auf geheimnisvolle Weise wieder verschwunden. Am nächsten Tag erschienen wiederum zwei oder drei Velraner Krieger am Waldrand, bezogen lässig ihre Posten und verharrten dort eine ganze Weile, direkt gegenüber den Wachen von Longeverne.

Irgend etwas Ungewöhnliches ging im Lager des ‹Azteken› vor! Es war kaum anzunehmen, daß die Behandlung, die dem gefangenen General zuteil geworden war, und ‹Schiefmauls› Purzelbaum von seinem Ast den Kampfeseifer der Velraner gelähmt hätte. Aber was brüteten die da drüben aus? Die Wachen, die nichts anderes zu tun hatten, überlegten hin und her und stellten alle möglichen Vermutungen an. Lebrac hingegen war über diese Ruhepause, die der Feind ihm gönnte, viel zu erfreut, um sich Sorgen zu machen oder nachzuforschen, wie die Velraner die Stunden verbrachten, die sonst dem Kampf gewidmet waren.

Am vierten Tag jedoch, als sie gerade auskundschafteten, auf welchem Weg man am schnellsten ungesehen von der Hütte zum Dicken Busch gelangen konnte, kam eine vom Chefaufklärer gesandte Wache und meldete, daß die feindlichen Späher Drohungen ausgestoßen hätten, über deren Bedeutung kein Zweifel bestehen könne.

Offensichtlich war das Gros der Velraner Truppe ebenfalls anderweitig beschäftigt gewesen. Vielleicht hatten die da drüben sich auch einen Schlupfwinkel gebaut, vielleicht hatten sie ihre Positionen verstärkt oder im Graben Fußangeln gelegt – wer weiß, was sie getan hatten. Das einzig Logische war wohl der Bau einer Hütte. Aber wer hätte sie auf diese Idee bringen sollen? Andererseits ist es bekannt, daß Ideen, wenn sie einmal geboren sind, auf geheimnisvolle Weise weiterwandern. Eins war sicher: Die Velraner heckten etwas aus. Wie war es sonst zu erklären, daß sie sich nicht auf die Wächter am Dicken Busch gestürzt hatten?

Nun, man würde ja sehen.

Die Woche verging. Die Armee legte sich in der Festung einen Vorrat an gestohlenen Kartoffeln an. Auch ein paar alte Töpfe besaßen sie jetzt, die sie für ihren Bedarf gründlich gescheuert und sauber geputzt hatten. Im übrigen warteten sie und hielten sich in der Defensive; denn Grangibus hatte zwar den Vorschlag gemacht, einen Erkundungszug mitten in den feindlichen Wald zu unternehmen, aber keiner hatte sich zu diesem gefährlichen Gang bereit erklärt.

Am Sonntagnachmittag jedoch standen die beiden Armeen sich wieder vollzählig gegenüber und bewarfen sich mit ganzen Ladungen von Schmähr ufen und Kieselsteinen. Auf beiden Seiten war eine sichtliche Steigerung der Energie und jener unbeugsame Stolz zu bemerken, wie ihn nur eine feste Organisation und absolutes Selbstvertrauen einzuflößen vermögen. Das würde am Montag einen erbitterten Kampf setzen!

«Lernt bloß eure Aufgaben gut!» hatte Lebrac seine Leute ermahnt. «Morgen darf keiner nachsitzen, wir brauchen jeden Mann!»

Und wirklich, nie hatten die Schüler ihre Aufgaben so heruntergeschnurrt wie an diesem Montag – zum größten Erstaunen Vater Simons, dessen pädagogische Grundsätze angesichts dieser Wechselfolge von Faulheit und Fleiß, von Aufmerksamkeit und Verträumtheit völlig durcheinandergerieten. Aber wie kann ein Mensch auch Theorien auf angebliche Erfahrungen aufbauen, wenn die wirklichen Ursachen der Geschehnisse, ihre tiefsten Beweggründe, ihm so verborgen bleiben wie das Gesicht der Isis unter ihrem steinernen Schleier?

Aber dann ging's los.

Als Camus sich beim Hinaufklettern an den ersten Ast seiner Eiche hängte, purzelte er herunter. Der Sturz war glücklicherweise nicht tief, und Camus stand gleich wieder auf den Beinen. Das war ‹Schiefmauls› Rache, Camus hätte damit rechnen müssen. Aber eigentlich hatte er erwartet, der andere würde ebenfalls den Ast ansägen, auf dem er seinen angestammten Sitzplatz hatte. Als er wieder hinaufstieg, untersuchte er jedenfalls sehr sorgfältig jeden Ast, bevor er ihm sein Körpergewicht anvertraute. Im übrigen würde er ja nachher wieder hinunterklettern, um den Angriff und den Nahkampf mitzumachen, und wenn ihm ‹Schiefmaul› in die Finger geraten sollte, würde er ihm diesen Streich mit Zinsen heimzahlen.

Abgesehen von diesem Zwischenfall war es eine prächtige Schlacht.

Als beiden Heeren der Vorrat an Kieselsteinen ausgegangen war, rückten sie entschlossen, die Waffen in der Hand, vor, um sich nun nach allen Regeln der Kunst zu prügeln.

Die Velraner hatten ihre Truppe keilförmig geordnet, während die Longeverner in drei kleineren Gruppen angriffen; die mittlere führte Lebrac an, die rechte Camus und die linke Grangibus.

Kein Wort fiel. Langsam, schrittweise rückten sie vor wie Katzen, die einander belauern, mit drohend herabgezogenen Brauen, funkelnden Augen, gerunzelter Stirn, vorgestrecktem Kopf und zusammengebissenen Zähnen. Fest umklammerten ihre Fäuste die Knüttel, Säbel oder Lanzen.

Je geringer der Abstand zwischen den Heeren wurde, um so kleiner wurden ihre Schritte. Konzentrisch bewegten sich die drei Gruppen der Longeverner auf die dreieckig gegliederte Masse der Velraner zu.

Als die beiden Anführer nur noch zwei Schritte voneinander entfernt waren, blieben sie stehen. Die beiden Heere erstarrten in Reglosigkeit; aber es war die Reglosigkeit des Wassers vor dem Siedepunkt. Hoch aufgerichtet, furchteinflößend standen sie da. Ein dumpfer Groll beherrschte sie alle; die Augen schleuderten Blitze, die Fäuste zitterten vor Wut, die Lippen bebten.

Wer würde als erster vorstürzen, der ‹Azteke› oder Lebrac? Jeder fühlte, daß eine einzige Bewegung, ein einziger Schrei die Wut der Massen entfesseln, dem allgemeinen Zorn freien Lauf lassen und die angestauten Energien lösen würde. Aber die Bewegung erfolgte nicht, der Schrei ertönte nicht, und über den beiden Armeen lagerte ein großes, düsteres, tragisches Schweigen.

«Kraaah, kraaah, kraaah!» ein Rabenschwarm, der über das Schlachtfeld hinweg zum Walde zurückflog, ließ ein lautes, erstauntes Krächzen vernehmen.

Das war das Startzeichen.

Ein unartikuliertes Brüllen entrang sich Lebracs Kehle, ein furchtbarer Schrei kam über die Lippen des ‹Azteken›, und unerbittlich, mit ungeheurer Wucht brach von beiden Seiten der Sturm los.

Unmöglich, Einzelheiten zu unterscheiden. Die beiden Armeen hatten sich ineinander verkrallt, der Keil der Velraner in die Gruppe

Lebracs, die von Camus und Grangibus geführten Flügel in die Flanken der feindlichen Truppe. Die Knüttel waren hier nicht mehr zu gebrauchen. Die Kämpfer umklammerten und würgten einander, sie zerrten und kratzten, sie schlugen und bissen und rissen sich gegenseitig die Haare aus. Kittel- und Hemdärmel gingen unter den zupackenden Fingern in Fetzen. Die Brustkörbe, auf denen die Faustschläge landeten, dröhnten wie Trommeln, die Nasen bluteten, die Augen tränten. Dabei hörte man nichts als ein dumpfes Keuchen, ein Knurren und Heulen, rauhe, unartikulierte Schreie: «Ha!» – «Ho!» – «Ran!» – «Peng!» – «Raaah!» – «Krach!» – «Aho!» – «Aaas!» Dazwischen erstickte Jammerlaute: «Oh!» – «Au!» – «Ah!» Das alles verschmolz auf erschreckende Weise.

Es war ein riesiger schreiender Knäuel aus Hinterteilen und Köpfen, aus dem hier und da Arme und Beine hervorzuckten, die sich verknoteten und wieder entknoteten. Und diese ganze Masse ballte sich zusammen und floß wieder auseinander, verdichtete sich und breitete sich wieder aus in unaufhörlichem Wechsel.

Hier konnten nur die Stärksten und Rücksichtslosesten den Sieg davontragen. Wieder sollte das Kriegsglück Lebrac und seiner Armee beschieden sein.

Diejenigen, die es am heftigsten erwischt hatte, zogen sich zurück. Boulot, der von unbekannter Seite einen Schlag mit dem Holzschuh auf die Nase bekommen hatte, lief zum Dicken Busch zurück, während er sich, so gut er konnte, das Blut abwischte. Auf seiten der Velraner jedoch herrschte deutliche Verwirrung: Tatti, Pissefroid, Lataupe, Bousbot und sieben oder acht weitere Krieger hinkten, hatten den Arm hochgebunden oder dick geschwollene Lippen. Sie machten sich davon, andere folgten ihnen, immer mehr liefen davon, bis schließlich diejenigen, die unverletzt geblieben waren, einsahen, daß sie allein nichts mehr ausrichten konnten und angesichts dieser sicheren Niederlage ebenfalls ihr Heil in der Flucht suchten. Aber sie waren doch nicht schnell genug. ‹Schiefmaul›, der ‹Vollmond› und vier andere wurden umzingelt, von kräftigen Fäusten gepackt, mit Fußtritten traktiert und geschwind zum Lager im Dicken Busch geschleppt.

Es war wirklich ein herrlicher Tag!

Marie, die man vorher benachrichtigt hatte, befand sich bereits in der Hütte. Gambetta führte Boulot dorthin, um ihn verbinden zu lassen. Er selbst nahm einen Kochtopf und sauste damit zur nächsten Quelle, um frisches Wasser zu schöpfen und damit seinem tapferen Kameraden die geschwollene, blutverschmierte Nase zu waschen. Unterdessen beraubten die Sieger ihre Gefangenen aller Gegenstände, die sich in deren Taschen befanden und schnitten ihnen unbarmherzig sämtliche Knöpfe von den Kleidungsstücken. Einer nach dem anderen kam an die Reihe; aber ‹Schiefmaul› war es, dem die besondere Ehrung dieses Abends zuteil werden sollte. Camus nahm ihn sich persönlich vor, vergaß dabei nicht, seine Schleuder zu konfiszieren und zwang ihn, bis zum Ende der Exekution mit nacktem Hintern vor der gesamten Mannschaft zu stehen. Die vier anderen, die heute zum erstenmal in Gefangenschaft geraten waren, wurden kühl und sachlich und ohne unnütze Grausamkeit der üblichen Behandlung unterzogen.

Den ‹Vollmond› hatten sie sich bis zuletzt, gewissermaßen als Nachtisch, aufgehoben. War er es doch gewesen, der kürzlich dem großen General Lebrac so verräterisch ein Bein gestellt und dann gewagt hatte, seine dreckige Hand an ihn zu legen! Jawohl, dieser Heulmeier, dieser Dreckspatz, dieser Giftzwerg hatte sich erkühnt, mit einer Gerte auf den Hintern eines entwaffneten Kriegers einzuschlagen, den er im ehrlichen Kampf niemals hätte gefangennehmen können! Diese Untat erforderte Rache. Man würde ihm eine gehörige Tracht Prügel verabreichen. Aber von seiner Person ging ein charakteristischer Duft aus, ein unerträglicher pestilenzialischer Duft, der die Exekutoren von Longeverne, die doch einiges ertragen konnten, zwang, sich die Nase zuzuhalten.

Dieser Schweinehund pupte wie ein Hengst! Er erdreistete sich zu pupen!

Der ‹Vollmond› stammelte unverständliches Zeug. Jammernd und greinend, von Schluchzen geschüttelt, stand er da. Und als alle seine Knöpfe abgeschnitten waren und die Hose herunterrutschte, entdeckte man die Quelle des furchtbaren Gestanks und erkannte, daß er nicht nachlassen würde. Der unglückliche ‹Vollmond› hatte sich die Hose vollgemacht. Seine mageren verdreckten Schenkel strömten einen so durchdringenden und fürchterlichen Geruch aus, daß General Lebrac sich trotz aller Vorsätze großmütig zeigte, auf die rächenden Gertenhiebe verzichtete und den Gefangenen mitsamt den anderen ohne weitere Vergeltungsmaßnahme zurückschickte. Im Grunde seines Herzens jubelte er über diese natürliche Strafe, die der dreckigste Krieger, den diese Arschlöcher und Hosenscheißer von Velranern in ihren Reihen zählten, sich durch seine Feigheit selbst erteilt hatte.

Der Festschmaus im Walde

Füll, Schenke, Wein in meine Schale
Und geize nicht, gieß kräftig ein!
Er tropfe, ströme hier im Saale,
Man esse gut und trinke Wein!
Ronsard: Odes

Wie würde es jetzt in der Truppe des ‹Azteken› aussehen, bei den braun und blau geschlagenen, ausgeplünderten und besiegten Velranern? Das war Lebrac völlig schnuppe, ihm und seiner ganzen Armee. Sie hatten gesiegt, sie hatten sechs Gefangene gemacht. So etwas hatte man seit undenklichen Zeiten nicht erlebt. Die Geschichte der großen Kriegstaten, die ehrfürchtig bewahrt und von Generation zu Generation weitergegeben wurde, kündete, wie La Crique mit Sicherheit erklärte, von keinem ähnlichen Erfolg und von keiner Prügelei, die sich mit dieser hätte vergleichen lassen. Lebrac konnte sich als der größte Heerführer betrachten, der die Truppen von Longeverne je kommandiert hatte, und seine Armee war der tapferste und erprobteste Haufen aller Zeiten.

Die Beute häufte sich: Berge von Knöpfen und Litzen, von Schnürsenkeln, Schnallen und den verschiedenartigsten Gegenständen; denn man hatte außer den Schnupftüchern alles behalten, was die Taschen bargen. Da waren kleine Schweinsknochen mit einem Loch in der Mitte, durch das eine doppelte Wollschnur gezogen war, die, während sie sich drehte, das Knöchelchen mit singendem Schwirren kreisen ließ; es gab Murmeln und Messer – oder, um es richtiger auszudrücken, mehr schlecht als recht in einen Stiel eingelassene klingenartige Gebilde. Man sah einige Schlüssel für Sardinenbüchsen, ein ‹Väterchen Bauchweh› aus Blei in einer intimen hockenden Stellung und mehrere Stücke Schilfrohr, durch die man Erbsen schießen konnte. All diese Kostbarkeiten, die hier bunt durcheinanderlagen, sollten dem gemeinsamen Schatz einverleibt oder verlost werden.

Der Schatz würde sich damit gewiß verdoppeln. Und dabei war in zwei Tagen die zweite Kriegssteuer fällig. Lebrac kam eine Idee, die er schon einmal gehabt hatte. Wie wäre es, wenn man dieses Geld dazu verwenden würde, ein Fest zu feiern? Da er ein Mann der Tat war, erkundigte er sich sofort bei seinen Soldaten nach der Höhe der Summe, die der Schatzmeister einnehmen würde: «Wer von euch hat keinen Sou für die Kriegssteuer?»

Alles blieb still. Ob sie ihn wohl alle verstanden hatten?

«Wer den Sou für die Kriegssteuer nicht hat, soll die Hand heben!»

Keine Hand hob sich. Feierliches Schweigen. War das möglich? Demnach hatten alle Mittel und Wege gefunden, zu ihrem Sou zu kommen. Die guten Ratschläge des Generals hatten Früchte getragen. Er sprach der Truppe seine wärmste Anerkennung aus: «Na, seht ihr, ihr seid also gar nicht so dämlich, wie ihr gedacht habt! Man muß nur wollen, dann geht's immer. Man darf sich nur nicht blöd anstellen, sonst ist man in dieser Welt immer unten durch. Das hier», fuhr er fort, indem er auf die Siegesbeute wies, «ist mindestens vierzig Sous wert. Da ihr so tüchtig gewesen seid, euch dieses Zeug mit eigenen Fäusten zu erringen, brauchen wir unsere Sous nicht auszugeben, um Material zu kaufen. Wir werden morgen fünfundvierzig Sous haben. Und deshalb wollen wir am Donnerstagnachmittag alles verjubeln und unseren Sieg und das Richtfest für unsere Hütte feiern. Was meint ihr dazu?»

«Ja! Ja! Ja! Bravo! Bravo! Prima!» riefen, schrien und brüllten vierzig Stimmen. «Das machen wir! Ein Hoch auf unser Fest!»

«Und jetzt in die Hütte!» befahl der General. «Tintin, gib mir deine Mütze, damit ich die Beute hineintun kann. Nachher legen wir alles in unsere Schatzkassette.»

Dann wandte er sich um und blickte zum Waldrand. «Ist auch keiner mehr dort unten?» fragte er.

Camus kletterte auf seine Eiche, um sich zu vergewissern.

«Denkste!» rief er, nachdem er einen Blick hinübergeworfen hatte. «Nach so 'ner Abreibung sind die doch ausgerissen wie die Karnickel!»

In der Hütte fanden die Krieger von Longeverne Boulot, Gambetta und Marie vor, die sich gerade zum Gehen anschickte. Der Verwundete hatte heftig geblutet, und seine Nase war ganz blau und so groß wie eine Kartoffel; aber er beklagte sich trotzdem nicht allzusehr, sondern dachte an die vielen Schöpfe, die er gezaust, und die kraftvollen Faustschläge, die er gleichmäßig nach allen Seiten ausgeteilt hatte.

Sie kamen überein, daß sie im Dorf erzählen wollten, er sei beim Laufen über einen Holzklotz gefallen und habe nicht mehr die Zeit gehabt, seine Hände schützend vor das Gesicht zu halten.

Am Donnerstag würde er wieder wohlauf und imstande sein, mit den anderen das große Fest zu feiern, und da ihm heute schließlich am schlimmsten mitgespielt worden war, sollte er auch bei der Verteilung der Köstlichkeiten den Löwenanteil erhalten.

Am nächsten Tag berieten Lebrac und Tintin, nachdem sie das Geld eingenommen hatten, mit den Kameraden, was man dafür kaufen sollte. Vorschläge wurden laut:

«Schokolade!»

Mit diesem Kauf waren alle einverstanden.

«Wir wollen das mal ausrechnen», meinte La Crique. «Eine Tafel mit zehn Riegeln kostet acht Sous. Wir brauchen ein ordentliches Stück für jeden. Wenn wir nun drei Tafeln, also dreißig Riegel, nehmen, bekommt jeder mehr als einen halben Riegel. Ja», fügte er nach einer kurzen Überlegung hinzu, «das sind genau zweidrittel Riegel pro Mann. Ausgezeichnet. Ihr könnt die Schokolade so oder zu eurem Brot essen. Drei Tafeln zu acht Sous, das macht vierundzwanzig Sous. Dann bleiben uns also von den fünfundvierzig, die wir haben, noch einundzwanzig. Was sollen wir davon kaufen?»

«Honigkuchen!»

«Kekse!»

«Bonbons!»

«Sardinen!»

«Wir haben nur einundzwanzig Sous!» gab Lebrac zu bedenken.

«Wir sollten Sardinen kaufen», schlug Tintin vor. «Sardinen schmecken fabelhaft! Na ja, Guerillas, du weißt wohl nicht, was das ist. Also paß auf, mein Lieber, das sind kleine gekochte Fische ohne Kopf in einer Blechbüchse, aber, das kann ich dir sagen, sie schmekken verdammt gut! Meine Eltern kaufen leider nicht oft welche, weil sie so teuer sind. Wir könnten aber doch vielleicht eine Büchse kaufen, was meint ihr? Es gibt Büchsen mit zehn und zwölf, ja manchmal sogar mit dreizehn Sardinen. Und die können wir dann aufteilen.»

«Ja, das ist was Gutes!» stimmte Tigibus ihm bei. «Und das Öl is auch prima. Also, ich finde Sardinenöl großartig, ich lecke bei uns zu Hause immer die Büchsen aus. Das schmeckt ganz anders als Salatöl.»

Begeistert stimmten alle für den Kauf einer Dose Ölsardinen zu elf Sous.

Nun hatten sie noch zehn Sous zur Verfügung. La Crique hob das hervor und hielt es für richtig, noch eine Mahnung hinzuzufügen: «Am besten wäre es, wenn wir irgendwas kaufen würden, was sich leichter aufteilen läßt und wovon man für einen Sou mehrere Stücke bekommt.»

Es war nur logisch, daß man jetzt auf Bonbons verfiel, auf kleine runde Bonbons und Lakritzenstangen, die man so schön im Unterricht im Schutz des aufgeklappten Pultes lutschen und kauen konnte.

«Na gut, dann teilen wir den Betrag auf», entschied Lebrac. «Für fünf Sous Bonbons und für fünf Sous Lakritzenstangen. Das wäre also erledigt. Aber ihr könnt euch schon denken, daß das noch nicht alles ist. Ihr müßt zu Hause Äpfel und Birnen aus dem Keller klauen. Außerdem wollen wir Kartoffeln braten, und Camus wird Waldrebenzigarren drehen.»

«Wir müßten auch was zu trinken haben», erklärte Grangibus.

«O ja, könnten wir nicht Wein organisieren?»

«Oder Branntwein?»

«Oder Johannisbeerschnaps?»

«Oder Limonade?»

«Oder Grenadine?»

«Das wird nicht so einfach sein!»

«Ich weiß, wo bei uns die große Schnapsflasche steht», rief Lebrac. «Wenn ich da einen Liter abzapfen kann, sind wir gut versorgt. Aber Wein? Daraus wird wohl nichts.»

«Außerdem haben wir ja auch keine Gläser.»

«Wir sollten aber unbedingt irgendeinen Wasserbehälter haben.»

«Wieso, wir haben doch Töpfe!»

«Die sind nicht groß genug.»

«Ja, wenn wir ein kleines Faß oder vielleicht 'ne alte Gießkanne kriegen könnten!»

«Eine Gießkanne? Hinten im Schulkorridor steht doch so 'ne alte Kanne rum; die könnten wir uns holen. Sie hat zwar ein Loch im Boden und ist voller Staub, aber das ist das wenigste. Das Loch verstopfen wir mit einem Zapfen, und dann scheuern wir sie ordentlich mit Sand. Na, was meint ihr?»

«Jawohl», stimmte Lebrac zu, «das ist 'ne gute Idee. Heute nachmittag um vier habe ich Besendienst; da nehme ich sie mit und stelle sie hinter die Hofmauer, wenn ich den Kehricht wegbringe. Und am Abend, wenn es dunkel ist, hole ich sie und verstecke sie vorläufig in der hohlen Linde. Morgen können wir sie dann putzen. So, und jetzt zu unseren Einkäufen. Ich kaufe die eine Tafel Schokolade, Grangibus kauft die zweite und Tintin die dritte. La Crique wird die Sardinen besorgen, Boulot die Bonbons und Gambetta die Lakritzenstangen. So kann niemand Verdacht schöpfen. Und wenn wir den ganzen Kram haben, bringen wir ihn zusammen mit den Äpfeln, den Kartoffeln und allem, was wir außerdem noch erwischen können, in die Hütte. Ja, richtig, das hätte ich fast vergessen: Zucker! Ihr müßt versuchen, euch Zuckerstücke zu verschaffen – für den Schnaps, falls wir welchen kriegen. Die tunken wir dann da rein, das schmeckt großartig! Einen Griff in die Zuckerdose kann wohl jeder tun, wenn die Alte mal den Rücken dreht.»

Keiner dieser ausgezeichneten Ratschläge fand taube Ohren. Jeder Krieger hatte eine bestimmte Aufgabe übernommen und setzte alles daran, sie gewissenhaft zu erfüllen. Und am Donnerstagnachmittag sahen Lebrac, Camus, Tintin, La Crique und Grangibus, die vorausgegangen waren, ihre Kameraden einzeln oder in Gruppen mit zum Platzen vollgestopften Taschen anrücken.

Aber auch die Anführer hatten ein paar Überraschungen zu bieten.

Ein helles Feuer, dessen Flamme mehr als einen Meter hoch emporzüngelte, erfüllte die Hütte mit einem warmen Licht und hob die kräftigen Farben der Bilder an den Wänden hervor. Auf dem einfachen Tisch, über den anstatt eines Tischtuches Zeitungen gebreitet waren, reihten sich in schöner Ordnung die gekauften Köstlichkeiten und dahinter – o Freude und Triumph! – reckten drei volle Flaschen, drei geheimnisvolle Flaschen, die Lebrac und die beiden Brüder Gibus mit einem genialen Handstreich erobert hatten, ihre schlanken Hälse. Die eine der Flaschen enthielt Branntwein, die beiden anderen Wein.

Auf einer Art steinernem Sockel stand die Gießkanne, so sauber gescheuert, daß die Beulen förmlich glänzten. Aus ihrer vorgestreckten Schnauze sollte sich köstliches klares Wasser ergießen, das die Krieger von der nächsten Quelle geholt hatten. Unter der warmen Asche brieten knisternd Kartoffeln.

Welch herrlicher Tag!

Es war abgemacht, daß sie alle Vorräte gleichmäßig verteilen wollten; nur sein Stück Brot sollte jeder behalten. So häufte sich denn bald neben den Schokoladentafeln und der Sardinenbüchse ein ganzer Berg von Zuckerstücken, die La Crique sorgfältig abzählte.

Die Äpfel gingen gar nicht alle auf den Tisch, einige Krieger hatten sogar zwei oder drei mitgebracht. Ja, die Longeverner hatten ihre Sache wirklich gut gemacht; aber ihr General mit seiner Flasche Schnaps hatte sie alle übertrumpft.

«Es kriegt auch jeder seine Zigarre», versprach Camus und wies mit großartiger Gebärde auf einen ordentlich geschichteten Stoß Waldrebenstengel. Die ‹Zigarren› waren ausgesuchte Ware, glatt, ohne Knoten, mit schönen kleinen runden Löchern, die versprachen, daß die Glimmstengel gut ziehen würden.

Einige Krieger blieben in der Hütte, andere schauten nur eben einmal hinein. Sie kamen und gingen, lachten und schlugen sich auf den Bauch, knufften und pufften sich zum Spaß in den Rücken und strahlten vor Begeisterung.

«Mensch, das hat gut geklappt, was?»

«Prima haben wir das geschafft!»

«Werden wir 'n Spaß haben!»

Man wollte anfangen, sobald die Kartoffeln gar sein würden. Camus und Tigibus beaufsichtigten das Braten, schoben die Asche zurecht, lockerten die Glut, holten von Zeit zu Zeit mit einem kleinen Stab die köstlichen Knollen hervor und betasteten sie mit den Fingerspitzen, verbrannten sich, schüttelten die Hände und bliesen sich auf die Nägel. Dann legten sie wieder neue Scheite auf das Feuer, um es ständig in Gang zu halten.

La Crique hatte unterdessen ausgerechnet, wie viele Zuckerstükke und Äpfel jedem zustanden. Nun ging er mit Lebrac, Tintin und Grangibus an die gerechte Aufteilung der Schokoladentafeln, der kleinen Bonbons und der Lakritzenstangen.

Erwartungsvolle Aufregung packte sie, als sie die Sardinenbüchse öffneten. Würden es kleine oder große Fische sein? Würde man den Inhalt gleichmäßig unter alle aufteilen können? La Crique drehte die Sardinen der oberen Schicht mit der Spitze seines Messers herum und zählte: acht, neun, zehn, elf. «Elf», wiederholte er. «Mal sehen

– dreimal elf ist dreiunddreißig, viermal elf ist vierundvierzig! Verdammt noch mal, wir sind fünfundvierzig, also einer zuviel! Da muß einer verzichten.»

Tigibus, der vor seiner Glut hockte, hörte diesen tragischen Ausruf. Mit einer kurzen Geste beseitigte er die Schwierigkeit und löste das Problem:

«Dann verzichte ich eben!» rief er. «Dafür gebt ihr mir die Büchse mit dem Öl, damit ich sie auslecken kann; das ist mir genauso lieb. Einverstanden?»

Ob sie einverstanden waren? Begeistert waren sie!

«Ich glaube, die Kartoffeln sind jetzt fertig», meinte Camus und schob mit einem schon halb verbrannten gegabelten Haselnußzweig die rote Glut nach hinten, um die Kartoffeln herausholen zu können.

«Also dann, zu Tisch!» befahl Lebrac dröhnend und trat an den Eingang der Hütte. «Na, was ist, Kameraden! Sitzt ihr auf den Ohren? Zu Tisch, habe ich gesagt! Los, los, beeilt euch! Wo bleibt die Disziplin? Soll ich vielleicht erst 'ne Fahne raushängen, um euch einzuladen?»

Nun drängten sich alle in die Hütte.

«Jeder auf seinen Platz!» ordnete der General an. «Jetzt wird verteilt. Zuerst die Kartoffeln. Wir müssen mit was Warmem anfangen, das ist besser und vornehmer so. Das macht man auch bei den großen Diners.»

Aufgereiht auf ihren Plätzen, mit nebeneinandergestellten Beinen und rechtwinklig geknickten Knien, ihr Stück Brot in der Hand, saßen die vierzig Jungen wie ägyptische Statuen da und warteten auf die Verteilung. Sie vollzog sich in ehrfürchtigem Schweigen. Diejenigen, die zuletzt ihren Teil erhielten, blickten verzückt auf die grauen Kugeln, deren mattweißes Fleisch dampfte und die so einen guten, gesunden, kräftigen und appetitanreizenden Duft verströmten.

Sie schlitzten die Schale auf, bissen hinein, verbrannten sich den Mund und fuhren so schnell zurück, daß manche Kartoffel auf die Knie hinabrollte, wo eine flinke Hand sie eben noch rechtzeitig erwischte. Wunderbar war es! Sie lachten und strahlten. Eine ansteckende Freude hatte sie alle gepackt. Und nun lösten sich auch die Zungen.

Von Zeit zu Zeit stand einer auf und ging zur Gießkanne, um

einen kräftigen Schluck daraus zu nehmen. Er setzte die Lippen wie einen Saugnapf an die Blechtülle, schlürfte tief, so daß sein ganzer Mund gefüllt und die Backen gebläht waren, reckte dann den Kopf hoch und schluckte alles hinunter oder spuckte auch lachend, unter den Spottworten der Kameraden, das Wasser in großem Bogen wieder aus.

«Er trinkt!» – «Er trinkt nicht!» – «Wetten, daß ja!» – «Wetten, daß nein!»

Jetzt waren die Sardinen an der Reihe.

La Crique hatte feierlich jedes der Fischchen in vier Teile geteilt und war dabei mit aller Sorgfalt und Genauigkeit verfahren, damit keiner dieser Teile zerfiel. Nun ging er mit Tintin, der die Büchse hielt, herum, hob die Stückchen vorsichtig mit dem Messer heraus und legte jedem die Portion, die ihm zukam, auf sein Brot. Dabei hatte er das Gebaren eines Priesters, der den Gläubigen das Abendmahl reicht.

Keiner rührte sein Stück an, bevor alles verteilt war. Tigibus erhielt, wie abgemacht, die Büchse mit dem Öl und einigen kleinen Hautfetzchen, die darin schwammen.

Es war kein großer Happen, aber gut war er, gut! So etwas mußte man richtig genießen. Und alle berochen und beschnüffelten, betasteten und beleckten das Stückchen Fisch, das auf ihrem Brot lag, blickten andächtig auf diese Kostbarkeit, freuten sich auf den herrlichen Geschmack, den sie auf der Zunge verspüren würden, und wurden fast traurig bei dem Gedanken, daß alles so schnell ein Ende hatte. Ein Schluck, und alles würde vorbei sein. Keiner hatte das Herz anzufangen. Es war so ein winziges Bißchen. Und darum mußten sie es genießen, genießen! Sie genossen es mit den Augen, mit den Händen, mit der Zungenspitze, mit der Nase – vor allem mit der Nase! –, bis endlich Tigibus, der seinen ‹Saucenrest› mit weicher Brotkrume aufsog und auswischte, sie spöttisch fragte, ob sie aus ihren Fischen Reliquien machen wollten. Dann brauchten sie die Stücke ja nur zum Pfarrer zu bringen, und der könnte sie zu den Kaninchenknochen legen, die er den alten Weibern mit den Worten «Paß dein Korn!»* zum Küssen reichte.

Und nun aßen sie langsam, ohne Brot. Sie nahmen ganz kleine, gleichmäßige Bissen in den Mund, sogen an jedem Hautfetzchen, hörten mitten im Kauen auf und schoben das zergangene, von einer

* Zweifellos: *«Pax Tecum»*

Speichelflut durchtränkte Stück noch einmal unter die Zunge, kauten es noch ein letztes Mal und ließen es schließlich widerstrebend durch die Kehle gleiten.

Als der feierliche Akt vorüber war, gestand Guerillas, das sei wirklich verdammt gut gewesen, nur so schrecklich wenig!

Die Bonbons wollten sie für den Nachtisch aufbewahren, und die Lakritzenstangen würden sie auf dem Heimweg kauen. Somit blieben ihnen also noch die Äpfel und die Schokolade.

«Wollen wir nicht mal was trinken?» fragte Boulot.

«Da drüben steht die Gießkanne», entgegnete Grangibus in spaßhaft tadelndem Ton.

«Immer abwarten», erklärte Lebrac. «Der Wein und der Schnaps kommen zuletzt, wenn wir unsere Zigarre rauchen.»

«Na gut, dann jetzt die Schokolade!»

Jeder erhielt seinen Teil, die einen in zwei Stücken, andere in einem einzigen. Das war das Hauptgericht, und sie aßen es zu ihrem Brot. Ein paar der Jungen, die raffinierteren Genießer, zogen es vor, zuerst das Brot trocken zu essen und hinterher die Schokolade. Die Zähne krachten und malmten, die Augen blitzten. Die Herdflamme, die durch einen Armvoll Holz neue Nahrung erhalten hatte, beleuchtete ihre Wangen und ließ ihre Lippen rot schimmern. Sie sprachen von vergangenen Kämpfen, von künftigen Schlachten und nahen Eroberungen. Ihre Arme und Beine begannen zu zappeln, und sie rutschten aufgeregt hin und her.

Dann kam die Stunde des Weins und der Äpfel.

«Wir trinken alle der Reihe nach aus dem kleinen Topf», schlug Camus vor.

Aber La Crique entgegnete verächtlich:

«Ausgeschlossen! Jeder kriegt sein eigenes Glas!»

Eine derartige Behauptung verblüffte die Versammlung.

«Gläser?» – «Hast du etwa Gläser?» – «Jeder ein eigenes Glas!» – «La Crique, du hast ja 'n Vogel!» – «Wie sollen wir das machen?»

«Ihr Idioten», spottete dieser. «Schlau muß man eben sein! Und eure Äpfel, was ist damit?»

Keiner begriff, worauf La Crique hinauswollte.

«Idiotenpack!» begann er wieder ohne jeden Respekt vor seinen Kameraden. «Nehmt mal eure Messer und macht es mir nach.»

Damit ergriff er sein Messer und schnitt in das pralle Fleisch eines schönen roten Apfels ein Loch, das er säuberlich aushöhlte. So verwandelte er die schöne Frucht in einen richtigen Becher.

«Mensch, das stimmt ja!» rief Lebrac. «La Crique, du bist doch 'n toller Kerl! Großartig!»

Und sofort ließ er die Äpfel verteilen! Jeder ging daran, sich seinen Becher zu schnitzen, während La Crique mit triumphierender Gesprächigkeit erklärte:

«Wenn ich auf dem Feld Durst bekam, habe ich mir immer einen großen Apfel ausgehöhlt und schnell eine Kuh gemolken. So hatte ich jederzeit ein schönes Glas warme Milch.»

Nachdem alle sich ihre Trinkgefäße angefertigt hatten, entkorkten Grangibus und Lebrac die Weinflaschen. Die Flasche von Grangibus, die etwas größer war, mußte auf dreiundzwanzig Krieger verteilt werden, die seines Generals auf zweiundzwanzig. Glücklicherweise waren die Becher klein und die Verteilung ging gerecht vor sich – zumindest war das anzunehmen, da keine Beschwerden laut wurden.

Als jeder seinen Teil hatte, hob Lebrac seinen vollen Apfel und brachte den üblichen einfachen und kurzen Trinkspruch aus: «Und jetzt auf unser Wohl, meine Lieben, und zum Arsch mit den Velranern!»

«Auf dein Wohl!»

«Auf unser Wohl!»

«Hoch die Longeverner!»

Sie prosteten sich mit ihren Äpfeln zu, schwenkten die Becher, bedachten ihre Feinde mit wilden Schmährufen und feierten laut die Tapferkeit, die Stärke und den Heldenmut derer von Longeverne. Sie tranken, leckten und sogen ihren Apfelbecher bis auf den fleischigen Grund aus.

«Jetzt sollten wir eigentlich was singen!» schlug Tigibus vor.

«Ja, los Camus! Dein Lied!»

Camus begann:

> «Nichts ist so schön wie 'n Kanonier
> auf einem Kamel-tier ...»

«Das ist nicht lang genug! Schade! Dabei ist es so 'n schönes Lied!»

«Na gut, dann singen wir alle zusammen. ‹Bei meinem blonden Mädchen›, das können alle. Also los! Eins, zwei!»

Und all die jugendlichen Stimmen schmetterten mit voller Kraft das alte Lied:

«In meines Vaters Garten
der Lorbeer blüht voll Pracht.
Dort haben alle Vögel
der Welt ihr Nest gemacht.
  Ja!

Bei meinem blonden Mädchen
wie ist es gut, so gut, so gut!
Bei meinem blonden Mädchen
wie schläft es sich so gut!

Dort haben alle Vögel
der Welt ihr Nest gemacht,
die Turteltaub, die Wachtel,
das Rebhuhn klein und sacht.
  Ja!
Bei meinem blonden Mädchen ...

Die Turteltaub, die Wachtel,
das Rebhuhn klein und sacht
und auch das weiße Täubchen,
das singet Tag und Nacht.
  Ja!
Bei meinem blonden Mädchen ...

Und auch das weiße Täubchen,
das singet Tag und Nacht,
das singt für alle Schönen,
für die kein Liebster lacht.
  Ja!
Bei meinem blonden Mädchen ...»

Als sie mit diesem Lied fertig waren, wollten sie gleich noch ein anderes singen. Diesmal war es Tintin, der begann:

«Kleiner Tambour, so kommst du aus dem Kriege,
so kommst du aus dem Kriege,
pan, plan ra-ta-plan ...»

Aber dannn hörten sie mitten im Singen wieder auf; denn jetzt, da sie getrunken hatten, brauchten sie etwas anderes, etwas Besseres.

«Los, Camus, sing uns ‹Madeleinchen ging nach Rom›!»

«Och, nein. Ich kann nur zwei kleine Stücke aus zwei Versen, das lohnt sich nicht. Und von euch kann's keiner. Wenn die Rekruten merken, daß wir uns ranschleichen, hören sie immer auf und schikken uns weg.»

«Ja, weil das Lied so komisch ist!»

«Nein, ich glaube eher, weil da lauter Schweinereien drin sind!»

«Da ist von irgend so 'ner verdammten Sache die Rede – was das sein soll, weiß ich auch nicht –, in die wird die Madeleine, das Institut und das Pamteon, ein ganzes Infanterieregiment mit aufgepflanztem Bajonett und noch ein Haufen anderer Kram, an den ich mich nicht erinnern kann, reingestopft.»

«Später, wenn wir erst mal eingezogen sind, werden wir das auch lernen», versicherte Tigibus und mahnte seine Kameraden zur Geduld. Dann versuchte er, sich an das Lied zu erinnern, das Débiez immer sang, wenn er betrunken war:

«Zwiebelsuppe, Brühe der Demokratie ...»

Schließlich bemühten sich einige der Jungen noch, den Refrain aus dem Lied des Wilddiebs Kinkin zusammenzubekommen:

«Denn ins Paradies, lairi,
denn ins Paradies, lairi,
ja, da kannst du sicher sein,
läßt man die Betrunk'nen ein.»

Aber dann wurden sie es müde, denn es kam kein richtiger Chor zustande. Eine etwas ratlose Stille breitete sich aus, bis Boulot vorschlug: «Sollten wir jetzt vielleicht 'n paar Spiele machen?»

«Oder Kunststücke vorführen?» fiel ein anderer ein.

«Wie wär's mit ‹Alle Vögel fliegen hoch›?» meinte ein dritter.

«So 'n Blödsinn! Das ist was für Mädchen. Da können wir ja gleich über ein Springseil hüpfen!»

«Ja, und was ist mit unserem Schnaps?» rief Lebrac empört.

«Und mit meinen Zigarren?» schrie Camus.

Berichte aus heroischen Zeiten

In jenen Zeiten, einer fernen wunderbaren Epoche ...
Callet: Contes anciens

Alle folgten dem Aufruf ihrer Anführer und ergriffen wieder ihre Äpfel, und während Camus zwischen den Reihen hindurchging und mit nachlässiger Eleganz seine Waldrebenzigarren anbot, verteilte Grangibus die Zuckerstückchen.

«Na, Kinder, das ist schon 'n Fest!»

«Und ob!»

«Mensch, haben wir gut gegessen!»

«Unheimlich!»

«Enorm!»

Lebrac schwenkte mit Kennermiene seine Branntweinflasche, in der kleine Luftbläschen perlten, die aufstiegen und bevor sie zerplatzten, einen Kranz im Flaschenhals bildeten.

«Das ist 'n guter!» verkündete er. «Der hat Religion in sich, er hat sogar 'nen Rosenkranz!»

«Aufgepaßt, ich komme, stillsitzen!»

Und langsam verteilte er den Liter Alkohol auf die fünfundvierzig Kameraden. Das Ausschenken dauerte gut zehn Minuten, aber keiner trank, bevor das Zeichen gegeben wurde. Und sie brachten kühnere und verwegenere Trinksprüche aus denn je zuvor. Dann tauchte jeder seine Zuckerstückchen ein und begann vorsichtig, die Flüssigkeit herauszusaugen.

Jesus, Maria und Joseph, war das stark! Die Longeverner niesten, husteten spuckten, liefen rot, violett und purpurfarben an; aber keiner wollte zugeben, daß der Schnaps ihm die Kehle verbrannte und die Eingeweide in Aufruhr versetzte. Es war gestohlener Schnaps, also war er gut – nein, nicht nur gut, sondern köstlich, vorzüglich! Sie durften sich davon keinen Tropfen entgehen lassen.

Und wenn sie platzen würden, sie schluckten alles bis auf den letzten Rest hinunter, sie leckten ihren Apfel aus und aßen ihn dann, um nur ja nichts von der Flüssigkeit zu verlieren, die in das Fruchtfleisch eingedrungen sein mochte.

«So, und jetzt zünden wir unsere Zigarren an!» schlug Camus vor.

Tigibus, der Ofenheizer, ließ brennende Scheite herumgehen. Jeder steckte seinen Waldrebenstengel in den Mund, kniff die Augen halb zu, blies die Backen auf, spitzte die Lippen, runzelte die Stirn und begann mit aller Lungenkraft zu ziehen. Einige schafften es sogar, aus ihrem gut getrockneten Waldrebenstengel eine Flamme aufsteigen zu lassen. Dieser Erfolg wurde sehr bewundert, und alle bemühten sich, das Experiment nachzumachen.

«So, jetzt haben wir warme Füße und einen vollen Bauch, wir sitzen behaglich da und rauchen eine gute Zigarre. Wie wär's, wenn wir uns dabei ein paar Geschichten erzählten?»

«O ja! Wir könnten ja auch Rätsel raten.»

«Oder ein Pfänderspiel machen!»

«Nun paßt mal auf, meine Lieben!» La Crique, der gravitätisch mit gekreuzten Beinen, die Zigarre im Mund, dasaß, unterbrach das Stimmengewirr. «Ich werde euch was erzählen, und zwar 'ne richtig ernste und wahre Geschichte, die ich neulich mal gehört habe. Ja, sie ist beinahe historisch. Ich hab sie von dem alten Jean-Claude, der sie meinem Paten erzählt hat.»

«Na und? Um was geht es denn in der Geschichte?» wollten die Kameraden wissen.

«Um den Grund, warum wir uns immer mit den Velranern hauen. Denn ihr wißt ja auch, das ist nicht erst seit heute und gestern, sondern schon seit endlosen Jahren so.»

«Ach, das ist seit Erschaffung der Welt so!» fiel Gambetta ein. «Die sind eben immer Arschlöcher gewesen!»

«Natürlich sind sie Arschlöcher, Gambetta, aber es ist doch noch nicht ganz so lange her, wie du glaubst; das ist später passiert, ziemlich viel später. Trotzdem ist von damals bis heute 'ne ganze Menge Zeit verstrichen.»

«Na also, wenn du's weißt, dann erzähl's uns doch, La Crique! Auf jeden Fall ist es doch wohl so gekommen, weil die da drüben 'ne ganz dreckige Schweinebande sind!»

«Sehr richtig, Schweine und Nichtstuer sind sie! Und obendrein haben diese Halunken noch gewagt, die Longeverner als Diebe zu bezeichnen.»

«Ist das möglich? So 'ne Unverschämtheit!»

«Jawohl», fuhr La Crique fort. «Das Jahr, in dem die Sache passiert ist, kann ich euch nicht genau sagen. Das wußte auch der alte Jean-Claude nicht, und keiner kann sich daran erinnern. Um das rauszukriegen, müßte man in den alten Papieren nachsehen, in den ‹Archiven›, wie sie immer sagen – was das für'n Quatsch ist, weiß ich nicht. Jedenfalls war es zu der Zeit, in der man überall von der Murie sprach. Ja, und was die Murie nun eigentlich war, das weiß man auch nicht recht; vielleicht irgend 'ne scheußliche Krankheit oder so was wie ein Gespenst, das aus dem Bauch der verreckten Tiere rauskam, die die Leute irgendwo hatten liegen lassen und das dann während der Nacht in den Feldern und Wäldern und auf den Dorfstraßen herumspazierte. Man konnte die Murie nicht sehen, aber man fühlte und roch sie. Das Vieh brüllte und die Hunde jaulten gottsjämmerlich, wenn sie in der Nähe umherstrich. Und die Menschen bekreuzigten sich und sagten: ‹Ein Unglück ist unterwegs!› Ja, und wenn die Murie in der Nacht irgendwo gewesen war, dann fielen am nächsten Morgen die Tiere, die sie angerührt hatte, in ihren Ställen um und verendeten, und auch die Menschen starben wie die Fliegen.

Die Murie kam vor allem, wenn es heiß war. Da fühlte sich einer ganz wohl und lachte und aß und trank, und eine oder zwei Stunden später – ohne daß er wußte, wie ihm geschah – wurde er plötzlich schwarz, erbrach stinkendes Blut und kratzte ab. Nichts zu machen. Gegen die Murie konnte keiner an, und wen die einmal erwischt hatte, der war verloren. Da konnten die Leute den Kranken mit geweihtem Wasser besprengen, da konnten sie alle Arten von Gebeten sprechen, sie konnten den Priester kommen lassen, damit der seine Oremus herleierte, sie konnten alle Heiligen im Paradies, die Heilige Jungfrau, Jesus Christus und Gottvater selbst anrufen – es war genau, als hätten sie leeres Stroh gedroschen oder Wasser mit einem Sieb geschöpft: Die Kranken starben trotzdem, das ganze Land war verpestet und die Menschen hatten eine Mordsangst.

Na, und wenn ein Stück Vieh verendet war, dann wurde es natürlich in aller Eile eingescharrt, das könnt ihr euch ja denken.

Und die Murie, die war es, die den Krieg zwischen den Velranern und den Longevernern verursacht hat.»

Hier machte der Erzähler eine Pause, überdachte noch einmal wohlgefällig seine Vorrede und genoß die Aufmerksamkeit, die er erregt hatte. Dann zog er ein paarmal kräftig an seiner Waldrebenzigarre, und als er sah, wie die Augen seiner Kameraden starr auf ihn gerichtet waren, fuhr er fort:

«Wie es eigentlich dazu gekommen ist, läßt sich schwer feststellen, dazu gibt es zuwenig Anhaltspunkte. Immerhin glaubt man, daß irgendwelche Viehhändler – vielleicht auch Viehdiebe – zum Jahrmarkt von Morteau oder von Maîche gezogen waren und dann durch das Unterland zurückkehrten. Sie reisten immer nachts; wahrscheinlich mußten sie sich verstecken, vor allem, wenn sie Tiere gestohlen hatten. Und als sie dort oben über die Weiden von Chasalans kamen, fing doch eine von den Kühen, die sie bei sich hatten, zu brüllen an und wollte nicht mehr weitergehen. Sie stellte sich mit dem Hintern gegen eine Mauer, rührte sich nicht mehr vom Fleck und brüllte nur immerzu. Die Männer zogen an der Leine und prügelten mit Stöcken auf sie ein; nichts zu machen, sie blieb stehen. Und gleich darauf fiel sie um und streckte alle viere von sich. Sie war verreckt.

Die Kerle konnten sie natürlich nicht mitnehmen, wozu auch? Da es ja Nacht war und sie weit weg von den Dörfern waren, haben sie nirgends Bescheid gesagt und sind einfach abgehauen. Kein Mensch hat sie je wiedergesehen, und niemand hat je erfahren, wer sie eigentlich waren und woher sie stammten.

Nun muß man aber doch wissen, daß die Sache im Sommer passierte. In jener Zeit trieben die Velraner ihr Vieh auf die Gemeindeweiden von Chasalans und schlugen das Holz in dem Waldabschnitt, der seitdem immer der Wald von Velrans genannt wird – na ja, eben der Wald, aus dem diese Arschlöcher jetzt immer kommen, um uns anzugreifen.»

«Stimmt ja gar nicht!» rief einer der Kameraden dazwischen. «Das ist unser Wald, verdammt noch mal!»

«Sehr richtig, das ist unser Wald, das wird auch aus dieser Geschichte klar. Aber hört nur weiter. Da es in dem Sommer damals sehr heiß war, fing die verendete Kuh bald an zu stinken. Und nach drei Tagen stank sie ganz fürchterlich. Und eine Unmenge von Fliegen saß auf ihr, diese ekelhaften grünen Fliegen, die sogenannten Pestfliegen. Schließlich kamen Leute in der Nähe vorbei. Die rochen das natürlich und gingen hin. Und da sahen sie den Kadaver, der am Boden lag und verfaulte. Na, jetzt hatten sie's natürlich eilig. Sie haben sofort kehrtgemacht und sind nach Velrans gelaufen und haben dort den Leuten gesagt: ‹Auf eurer Weide in Chasalans liegt eine verendete Kuh, die verpestet die ganze Luft bis nach Chanet hin. Ihr müßt sie schnellstens vergraben, bevor die anderen Tiere die Murie kriegen!› – ‹Aber vielleicht kriegen wir selbst die Murie, wenn wir das Vieh einscharren›, sagten die Velraner. ‹Macht ihr das nur, ihr habt ja die Kuh gefunden. Und außerdem, wer beweist uns denn, daß sie auf unserem Gebiet liegt? Die Weide gehört euch genauso wie uns; schließlich sind ja auch eure Tiere dauernd dort.›

‹Ja, wenn sie mal zufällig hinkommen, dann brüllt ihr gleich hinter ihnen her und werft mit Steinen nach ihnen›, antworteten die Longeverner (und das war die reine Wahrheit!). ‹Ihr dürft jetzt keine Zeit mehr verlieren, sonst krepieren bald in Velrans wie in Longeverne die Tiere an der Murie und die Menschen ebenso.›

‹Ach Quatsch, selber Murie!› riefen die Velraner zurück.

‹So, ihr wollt die Kuh also nicht verscharren! Gut, das werden wir ja sehen! Fürs erste laßt euch gesagt sein, daß ihr eine Bande von Dreckskerlen und Arschlöchern seid!›

‹Was denn! Ihr seid ganz elende Mistbolzen! Den Kadaver habt ihr doch gefunden; dann behaltet ihn nur ruhig, wir schenken ihn euch!›»

«Diese Schweinehunde!» unterbrachen jetzt einige der Zuhörer die Erzählung. Es machte sie wütend, auch hier wieder der altbekannten Gemeinheit der Velraner zu begegnen. «Na, und was ist dann passiert?»

«Was passiert ist? Hört nur weiter», sagte La Crique. «Die Longeverner gingen also wieder nach Hause. Dort holten sie die alten Männer, den Pfarrer und die reicheren Bauern zusammen – eben das, was man heute den Gemeinderat nennen würde – und erzählten denen, was sie gesehen und gerochen hatten und was die Velraner dazu gesagt hatten ...

Als die Frauen erfuhren, was geschehen war, fingen sie an zu heulen und zu jammern und schrien, nun sei alles aus und nun müßten sie alle sterben. Und da beschlossen die Alten, so schnell wie möglich aufzubrechen, nach Besançon – ich glaube, es war Besançon, aber vielleicht auch 'ne andere Stadt – zu fahren und dort zu den großen Tieren, den Richtern und dem Gouverneur, zu gehen. Na, und da die Sache wirklich dringend war, haben die hohen Herrschaften sich auch gleich damit befaßt und die Longeverner und die Velraner nach Chasalans kommen lassen, um die Meinung der beiden Parteien zu hören.

Die Velraner sagten: ‹Ihr Herren, die Weide gehört uns nicht, das schwören wir bei Gott und der Heiligen Jungfrau, die unsere

Schutzpatronin ist. Sie gehört den Longevernern, und deshalb müssen die auch das Tier vergraben.›

Und die Longeverner sagten: ‹Zu dienen, ihr Herren, das ist nicht wahr. Diese Menschen sind Lügner. Sie treiben das ganze Jahr über ihr Vieh auf diese Weide und schlagen in dem Waldstück daneben Holz. Ist das etwa kein Beweis?›

Daraufhin haben die anderen auf den Boden gespuckt und wieder geschworen, das Gebiet gehöre nicht ihnen.

Die Richter waren sehr ärgerlich. Aber es stank so furchtbar, daß sie zu einem Ende kommen mußten, und deshalb fällten sie schnell ein Urteil und sagten: ‹Da es nun so ist und die Velraner beschwören, daß die Weide nicht ihnen gehört, werden die Longeverner die Kuh begraben.› Die Velraner lachten, denn, wißt ihr, die Kuh stank wirklich wie die Pest, und die feinen Herren trauten sich gar nicht ran. Aber da redeten die Richter weiter und sagten: ‹Da jedoch die Longeverner das Tier begraben, werden die Weide und das Gehölz hiermit endgültig ihnen zugesprochen. Die Velraner haben ja darauf verzichtet.›

Da ärgerten sich die Velraner natürlich und lachten nicht mehr. Aber sie hatten nun mal geschworen und dabei auf die Erde gespuckt; da konnten sie das, was sie gesagt hatten, vor dem Pfarrer und den Richtern nicht zurücknehmen.

Die Longeverner bestimmten dann durch das Los, wer die Kuh begraben sollte, und diejenigen, die es tun mußten, bekamen bei den vier folgenden Holzschlägen den doppelten Anteil. Aber sobald das Vieh verscharrt war und die Velraner keine Angst mehr vor der Murie hatten, behaupteten sie, das Gehölz gehöre noch immer ihnen und wollten nicht zulassen, daß die Longeverner dort Holz schlugen. Sie behandelten die Leute aus unserem Dorf wie Diebe und Betrüger – ausgerechnet diese Hosenscheißer, die nicht genug Mut gehabt hatten, ihren eigenen Dreck wegzuschaffen!

Und dann fingen sie einen Prozeß gegen Longeverne an, einen Prozeß, der lange, lange dauerte und für den sie einen Haufen Geld ausgeben mußten. Aber sie haben in Baume verloren, sie haben in Besançon verloren, sie haben in Dijon verloren und sie haben in Paris verloren. Ich glaube, es hat mehr als hundert Jahre gedauert, bis die Sache endgültig entschieden war.

Na, und sie ärgerten sich natürlich mächtig, wenn die Longeverner kamen und vor ihrer Nase Holz schlugen. Jedesmal schrien sie ihnen zu, sie wären Holzdiebe. Aber die Leute aus unserem Dorf hatten gute Fäuste und ließen sich so was nicht zweimal sagen. Sie fielen über die Velraner her und verprügelten sie. Meine Fresse, wie haben sie sie verprügelt!

Auf allen Jahrmärkten in Vervel, in Baume, in Sancey, in Belleherbe und in Maîche passierte dasselbe: Kaum hatten die Bauern was getrunken, rums, da ging schon das Schimpfen los, und dann gab's 'ne Keilerei. Unsere Leute haben zugeschlagen, daß das Blut floß wie Kuhpisse. Nein, die waren keine Schlappschwänze, die konnten hauen! Und zweihundert, vielleicht sogar dreihundert Jahre hindurch hat nie ein Longeverner ein Mädchen aus Velrans geheiratet, und nie ist einer aus Longeverne zum Fest nach Velrans gegangen.

Aber beim Kirchweihfest des Sprengels trafen sie sich doch regelmäßig. Da gingen sie alle hin, die Männer aus Longeverne und alle Velraner.

Zuerst machten sie einen Rundgang, um die Lage zu peilen, und dann setzten sie sich in die Kneipen und fingen an zu trinken, um in Stimmung zu kommen. Und wenn die anderen sahen, daß sie betrunken waren, machten sie, daß sie fortkamen und versteckten sich. Das war jedesmal so. Dann gingen die Longeverner in das Gasthaus, in dem die Velraner saßen, zogen ihre Kittel und Jacken aus, und los ging's.

Die Tische, die Bänke, die Stühle, die Gläser, die Flaschen, alles tanzte, krachte und flog durcheinander. Sie droschen aufeinander ein, teilten nach allen Seiten Fußtritte und Fausthiebe aus und schlugen mit Schemeln und Literflaschen zu. Bald war alles zertrümmert, die Kerzen rollten zu Boden und erloschen. Aber auch im Dunkeln ging die Keilerei weiter. Sie wälzten sich in Flaschenscherben und zerbrochenen Gläsern, das Blut floß wie Wein, und wenn dann gar nichts mehr zu sehen war, überhaupt nichts mehr, und zwei oder drei nur noch röchelten und wimmerten, daß es einen Hund jammern konnte, machten sich alle, die noch kriechen konnten, davon.

Dabei gab es immer einen oder zwei Tote, ein paar, denen ein Auge ausgeschlagen war, und andere mit gebrochenen Armen oder Beinen, zerquetschter Nase oder abgerissenen Ohren. Wer dabei einen totgeschlagen hatte, kam natürlich nie raus, aber das ist sicher, hundert oder noch mehr Jahre lang mußte beim großen Kirchweihfest jedesmal mindestens einer dran glauben.

Und wenn es keine Toten gegeben hatte, sagten unsere Leute: ‹Das war kein richtiges Fest!› Ja, das waren eben Kerle, und alle gingen hin, alle machten mit, die Jungen wie die Alten. Das war noch 'ne Zeit. Später schlugen sich dann nur noch die Rekruten, wenn die Musterungskommission da war und das Los gezogen wurde und heute ... ja, heute sind nur wir noch da, um die Ehre von Longeverne zu verteidigen. Es ist traurig, wenn man das recht bedenkt!»

Im blauen Rauch der Waldrebenzigarren flammten die Augen wie die Scheite im Herd. Der Erzähler, der sich allmählich heißgeredet hatte, fuhr fort: «Aber das ist noch nicht alles! Die schönste und komischste Geschichte ist die von der Wallfahrt zur Heiligen Jungfrau von Ranguelle. Ranguelle ... das ist die Kapelle bei Baume, gleich hinter dem Wald von Vaudrivillers, dort, wo wir voriges Jahr mit dem Pfarrer und der alten Pauline hingegangen sind, erinnert ihr euch? Damals gab's doch so viele Maikäfer, und wir haben sie überall im Wald von den Bäumen geschüttelt und dann dem Schwarzen auf die Soutane und der Alten auf die Haube gesetzt. Schließlich sahen die beiden ganz gesprenkelt aus, und die Viecher hoben immer die Flügel und wollten losfliegen, und ab und zu brauste dann einer mit fürchterlichem Gebrumm ab. Das war vielleicht komisch!

Ja, also damals in alten Zeiten, als das Gras wieder mal geschnitten und eingebracht werden mußte, unternahmen eines Tages die Longeverner – Männer, Frauen und Kinder – zusammen mit ihrem Pfarrer eine Wallfahrt zur Heiligen Jungfrau von Ranguelle, um sie zu bitten, die Sonne scheinen zu lassen, damit sie ihr Heu trocken einfahren konnten.

Unglücklicherweise hatte nun am selben Tag der Pfarrer von Velrans beschlossen, mit seinen Hammeln ... so sagt man doch, nicht?»

«Ach was, mit seinen Schäfchen, meinst du!»

«Na schön, also mit seinen Schäfchen zur selben Heiligen Jungfrau zu wallfahrten – und dabei gibt's doch einen ganzen Haufen heilige Jungfrauen hier im Land! Sie hatten ihren ganzen Kram vom heiligen Sakrament und das andere Zeug mit und wollten um Regen für ihren Kohl bitten, der keine Köpfe ansetzte ... Schon ziemlich früh am Morgen waren sie losgezogen, voran der Pfarrer im Chorhemd mit seinem Kelch, die Meßdiener mit dem Weihwedel und der Monstranz und der Kirchenvorsteher mit den Gesangbüchern; hinter ihnen kamen die Jungen, dann die Männer und schließlich die Mädchen und Frauen.

Und als die Longeverner am Wald vorbei waren, was sahen sie? Diese verdammte Scheißbande aus Velrans, die da ihre Litaneien blökte, um Regen zu erbitten! Na, ihr könnt euch wohl denken, wie die sich gefreut haben, wo sie doch gerade kamen, weil sie Sonne brauchten! Sie fingen also an, so laut sie konnten, ihre Gebete zu brüllen, die man sprechen muß, um gutes Wetter zu kriegen, während die anderen wie die Kälber um ihren Regen schrien.

Nun wollten die Longeverner als erste ankommen und machten größere Schritte. Als die Velraner das sahen, fingen sie auch an zu laufen. Sie hatten es nicht mehr weit bis zur Kapelle, vielleicht zweihundert Meter; also sind sie losgewetzt. So kamen sich die beiden Parteien immer näher. Zuerst haben sie sich schief angesehen, dann haben sie sich Schimpfwörter zugerufen wie Mistfinken, Diebe, Dreckskerle, Schweine und so weiter.

Als die Männer nur noch zehn Schritt voneinander entfernt waren, fingen sie an, mit den Fäusten zu drohen und sich wütende Blicke zuzuwerfen wie brünstige Kater. Dann ging es bei den Frauen los. Auch die schielten sich böse an und belegten sich gegenseitig mit Namen wie Freßliese, Herumtreiberin, Drecksau, alte Kuh und so ähnlich. Ja, und von den beiden Pfarrern sah einer den anderen auch nicht gerade freundlich an.

Dann fingen alle an, sich Stöcke zu schneiden und Steine aufzulesen, mit denen sie sich aus der Entfernung beschmissen. Aber nun hatten sie schon so lange gebrüllt, daß sie nicht mehr an sich halten konnten, und schließlich gerieten sie richtig aneinander und schlugen mit allem, was sie gerade zur Hand hatten, drauflos, mit Schuhen ebensogut wie mit Meßbüchern. Die Frauen kreischten, die Kinder heulten und die Männer fluchten wie die Lumpenhändler: ‹Ach, Regen wollt ihr, ihr Schweinebande? Wir werden's euch zeigen!› Und rums! Und rums! knallten die Schläge hin und zurück ... Die Männer hatten keine Jacken mehr, die Röcke der Frauen hingen schief, ihre Mieder waren zerfetzt. Aber am komischsten war die Sache mit den beiden Pfaffen, die sich ja auch gegenseitig nicht riechen konnten. Zuerst hatten sie sich beschimpft und mit dem Donner des Teufels bedroht, und dann fielen sie auch übereinander her. Sie legten ihre Chorhemden ab, rafften die Soutanen hoch, und los ging's. Und sie machten es nach allen Regeln der Kunst: Sie brüllten sich an wie die Kanoniere, bewarfen sich mit Steinen, traten sich gegenseitig, zerrten sich an den Haaren, und als nichts mehr anderes da war, schlugen sie sich ihre Kelche und Kruzifixe um die Schnauze!»

Herrgott, muß das schön gewesen sein! dachte Lebrac ergriffen. Dann fragte er: «Und wer hat nun bei der Heiligen Jungfrau recht bekommen, die Velraner oder die Longeverner? Hat sie die Sonne scheinen lassen oder Regen geschickt?»

«Sie hat sie alle beide angeschmiert», antwortete La Crique lässig. «In beiden Dörfern hat's gehagelt.»

Innere Unstimmigkeiten

Ein solcher Schimpf ist nur mit Blut
zu sühnen.
Corneille: Le Cid. I. Akt, 5. Szene

Am Freitagmorgen vor Schulbeginn versammelte sich die ganze Schar im Hof.

«Das war vielleicht ein Spaß gestern!»

«Stellt euch vor, Tigibus hat auf dem Heimweg die ganze Mauer von den Menelots vollgekotzt!»

«Na, und Guerillas! Der hat seine ganzen Kartoffeln und sein Brot wieder hergeben müssen! Vielleicht auch die Sardinen und die Schokolade, das ließ sich so genau nicht feststellen.»

«Das waren die Zigarren!»

«Oder der Schnaps!»

«Aber trotzdem, prima war's doch. Hoffentlich können wir nächsten Monat wieder so 'n Fest feiern!»

Lebrac, Grangibus, Tintin und Boulot, die in der hintersten Ekke, im Schutz der Scheune von Vater Gugu, beieinanderstanden, hörten nicht auf, diesen herrlichen Donnerstagnachmittag zu rühmen und zu preisen. Es war ja auch wirklich großartig gewesen! Auf dem Heimweg waren sie alle dreiviertel betrunken gewesen und mindestens einem halben Dutzend der Krieger war so übel geworden, daß sie anhalten und sich irgendwo – auf eine Mauer, auf einen Stein, auf die Erde – hinsetzen mußten, mit vorgerecktem Hals, belegter Zunge und einem völlig durcheinandergeratenen Magen.

Sie sprachen noch immer von diesen reinen und anhaltenden Freuden, die sich ihrem unberührten und aufnahmebereiten Gedächtnis auf lange Zeit einprägen sollten, als plötzlich laute Wutschreie, das schallende Klatschen von Ohrfeigen und wilde Flüche die allgemeine Aufmerksamkeit auf sich zogen.

Alle stürzten zu der Ecke, aus der der Lärm kam.

Da stand Camus, der mit der linken Hand Bacaillé beim Schopf gepackt hatte, während er ihn mit der rechten unentwegt ohrfeigte. Dabei schrie er ihm in die Ohren, er sei ein dreckiger Heimtücker, ein elender Mistkerl, und er, Camus, wolle es ihm schon zeigen, er wolle es ihm schon beibringen, diesem Schwein!

Was wollte er ihm beibringen? Das wußte noch keiner der Großen.

Nun kam Vater Simon, angelockt durch das Klatschen der Ohrfeigen und die Schreie der beiden Kampfhähne, herbeigeeilt, riß sie auseinander und pflanzte sie, den einen am Ende seines rechten, den anderen am Ende seines linken Armes, vor sich auf. Um ihnen jeden Drang zur Aufsässigkeit zu nehmen, verdonnerte er die beiden zunächst einmal zu je einer Stunde Nachsitzen. Nachdem er durch diesen Gewaltakt vorläufig Ruhe geschaffen hatte, verlangte er, die Ursache dieses so plötzlich ausgebrochenen heftigen Streites kennenzulernen.

Camus, nachsitzen! dachte Lebrac. Das paßte schlecht. Den würden sie heute abend bestimmt brauchen. Die Velraner würden kommen, und da konnten die Longeverner keinen ihrer Kämpfer entbehren.

«Also, ich hab mir ja immer gedacht, daß dieser Mistkerl dem Camus eines Tages einen ganz üblen Streich spielen wird», meinte Tintin leise. «Im Grunde ist er doch nur eifersüchtig, weil die Tavie sich nichts aus seiner dämlichen Fresse macht. Ich hab schon lange gemerkt, daß er versucht, Camus reinzulegen und ihm 'ne Strafe einzubrocken. Ich hab das kommen sehen und La Crique auch, dazu brauchte man kein Hellseher zu sein.»

«Aber warum sind sie jetzt so aneinandergeraten?»

Einer der Kleinen klärte Lebrac und seine Getreuen leise über die Zusammenhänge auf... Aber im übrigen waren alle von vornherein überzeugt, daß Camus in dieser Angelegenheit im Recht war – um so mehr als der Stellvertreter des Generals allgemein beliebt war und die Truppe ihn heute abend dringend brauchte. Darum verfielen sie sofort auf den Gedanken, sich gemeinsam für ihn einzusetzen und durch ihr Zeugnis zu beweisen, daß Bacaillé im Unrecht war, sein Gegner jedoch so unschuldig wie ein neugeborenes Lamm. So würde man an Vater Simons Gerechtigkeitssinn appellieren, und diesem würde angesichts der einstimmigen Aussagen und der überwältigenden Kundgebung nichts übrigbleiben, als Camus freizulassen und den Dreckskerl zu bestrafen, falls er nicht das Vertrauen seiner Schüler verlieren und ihren Glauben an Recht und Gerechtigkeit im Keim ersticken wollte.

Die Ursache des Streits war recht simpel. Camus erzählte alles rund heraus, wobei er allerdings gewisse vorausgegangene Einzelheiten überschlug, die möglicherweise ihre Bedeutung hatten.

Er war mit Bacaillé im Klo gewesen, und dabei hatte dieser ihn heimtückisch und absichtlich bepißt. Selbstverständlich hatte er eine derartige Beleidigung nicht auf sich sitzenlassen können; er hatte diesen gemeinen Kerl beim Schopf gepackt, ihn geohrfeigt und ihm ein paar ausgesucht saftige Schimpfwörter ins Gesicht geschleudert.

In Wirklichkeit lag die Sache ein wenig komplizierter.

Bacaillé und Camus, die gleichzeitig den obengenannten Ort betreten hatten, um ein gleiches Bedürfnis zu befriedigen, hatten ihre Strahlen der dafür bestimmten Abflußöffnung zugelenkt. Nun entstand wie von selbst ein natürlicher Wetteifer; die einfache Handlung wurde zum Spiel ... Bacaillé war es gewesen, der seine Überlegenheit herauskehren wollte. Ganz offensichtlich suchte er Streit.

«Ich kann weiter als du!» hatte er behauptet.

«Das ist nicht wahr!» gab Camus in gutem Glauben und gestützt auf seine Erfahrung zurück. Alle beide hatten sich auf die Zehen gestellt, den Bauch wie ein Faß vorgewölbt und versucht, sich gegenseitig zu übertreffen. Da sich mit diesem Wettbewerb kein überzeugender Beweis der Überlegenheit des einen oder anderen hatte erbringen lassen, verfiel Bacaillé, der offenbar unbedingt Krach haben wollte, auf etwas anderes.

«Meiner ist größer als deiner», erklärte er.

«Quatsch!» gab Camus zurück. «Meiner ist größer!»

«Du lügst! Messen wir doch!»

Camus war einverstanden. Und in diesem Augenblick des Vergleichens hatte Bacaillé, der noch einen Teil der Flüssigkeit, deren er sich eigentlich vorher hätte entledigen sollen, in Reserve hatte, ganz gemein und hinterlistig auf die Hand und die Hose des wehrlosen Camus gepißt.

Eine wohlgezielte Ohrfeige war die Antwort auf diese brüske Eröffnung der Feindseligkeiten gewesen. Dann begann unverzüglich die Prügelei. Die beiden Gegner fuhren sich in die Haare, ihre Mützen flogen herunter, sie stießen die Tür auf , und ihr Geschrei hallte über den Hof.

«Schweinehund! Widerlicher Misthaufen!» schäumte Camus, außer sich vor Wut.

«Du Verbrecher!» gab Bacaillé zurück.

«Wenn ihr jetzt nicht sofort den Mund haltet, müßt ihr beide acht Seiten aus dem Geschichtsbuch abschreiben und auswendig lernen. Außerdem kriegt ihr vierzehn Tage Nachsitzen.»

«Herr Lehrer, er hat angefangen! Ich habe nichts getan, ich habe kein Wort zu diesem ...»

«Nein, das ist nicht wahr! Er hat gesagt, ich wäre ein Lügner!»

Die Sache wurde immer heikler und gefährlicher.

«Er hat mich bepißt», fing Camus wieder an. «Das konnte ich mir doch nicht gefallen lassen!»

Dies war der Augenblick zum Eingreifen.

Ein einstimmiges entsetztes und empörtes «Oh!» bewies dem flinken Kletterer der Armee, daß die gesamte Truppe seine Partei ergriff und diesen heimtückischen, galligen, krummbeinigen Giftzwerg verdammte, der hier versuchte, seinem Feind eine Strafe zuzuschanzen.

Camus begriff den Sinn dieses Ausrufs und überantwortete sich dem hohen Gerechtigkeitssinn des Lehrers, der durch die spontane Bekundung der Kameraden bereits beeinflußt war.

«Herr Lehrer», rief er, «ich will ja gar nichts sagen; aber fragen Sie doch die anderen hier, ob es nicht wahr ist, daß er angefangen hat und daß ich ihm nichts getan und ihn auch nicht beschimpft habe!»

Tintin, Lebrac, La Crique und die beiden Gibus bestätigten einer nach dem anderen Camus' Worte und konnten gar nicht genug energische und übereinstimmende Ausdrücke für das ungehörige und unkameradschaftliche Verhalten Bacaillés finden.

Dieser wies, um sich zu verteidigen, alle diese Behauptungen zurück und erklärte, sie hätten den Ausbruch des Streits ja gar nicht miterlebt, ja, er betonte sogar, daß sie sich auf höchst verdächtige Weise in einen entfernten Winkel des Hofes zurückgezogen hätten.

«Also bitte, Herr Lehrer, dann fragen Sie doch die Kleinen», fuhr Camus kühn dazwischen. «Fragen Sie sie nur; die waren ja vielleicht in der Nähe!»

Die Kleinen, die jetzt einzeln befragt wurden, antworteten einer wie der andere: «Es ist so, wie Camus sagt. Bacaillé lügt.»

«Das ist nicht wahr, das ist nicht wahr!» protestierte der Angeklagte. «Das ist nicht wahr! Und wenn ihr so zu mir seid, dann werde ich jetzt alles erzählen!»

Da schaltete sich Lebrac energisch ein. Er trat direkt vor der Nase des neugierig gewordenen Lehrers auf Bacaillé zu, blitzte ihn aus seinen Wolfsaugen an und schleuderte ihm seine Herausforderung ins Gesicht: «So sag doch, was du zu sagen hast, du Lügner, du Dreckfink, du Mistkerl! Sag es doch, wenn du kein Feigling bist!»

«Lebrac», unterbrach der Lehrer ihn, «wenn du dich in deinen Ausdrücken nicht mäßigst, muß ich dich auch noch bestrafen.»

«Aber Sie sehen doch selbst, daß er ein Lügner ist, Herr Lehrer», wandte der General ein. «Er soll doch sagen, ob wir ihm jemals was getan haben! Aber dieser dreckige Hund da überlegt sich jetzt immer noch, welche Lügen er erfinden könnte. Wenn der nichts Schlechtes tut, dann denkt er was Schlechtes.»

Tatsächlich stand Bacaillé, den die Blicke, die Gesten, die Stimme und die ganze Haltung des Generals eingeschüchtert hatten, stumm und verwirrt da. Er brauchte nur kurz nachzudenken, um sich klarzuwerden, daß seine Geständnisse und Denunziationen, selbst wenn Vater Simon sie für bare Münze nehmen sollte, ihm doch nur eine Verschärfung der Strafe einbringen würden; und darauf legte er schließlich keinen Wert. Darum hielt er es für richtiger, andere Saiten aufzuziehen. Er hielt die Hände vor die Augen und begann zu weinen, zu greinen und zu schluchzen. In abgehackten Sätzen beklagte er sich darüber, daß die anderen sich über ihn lustig machten, weil er schwach und krank sei, daß sie immer Streit mit ihm suchten, ihn beschimpften, ihn heimlich zwickten und ihn jedesmal in der Tür pufften und knufften.

«Na, so was! Ist das zu glauben!» entrüstete sich Lebrac. «Ebensogut kannst du behaupten, wir wären Wilde und Mörder! Aber bitte, so erzähl doch, wann wir je was Häßliches zu dir gesagt hätten! Wann haben wir dich je daran gehindert, mit uns zu spielen?»

«Schluß jetzt!» gebot Vater Simon, der fürs erste genug wußte und auch keine Zeit für weitere Verhöre hatte. «Ich werde mir noch überlegen, was ich tue. Bacaillé wird auf jeden Fall nachsitzen. Was Camus betrifft, so hängt alles davon ab, wie er sich heute im Unterricht benimmt. Acht Uhr! Los, antreten und Mund halten!»

Und er klatschte mehrere Male in die Hände, um seinem Befehl mehr Nachdruck zu verleihen.

«Kannst du deine Aufgaben?» erkundigte Tintin sich bei Camus.

«Ja, aber nicht besonders. Sag La Crique, er soll mir vorsagen, wenn er kann, ja?»

«Herr Lehrer», meldete sich Bacaillé mit schriller Stimme. «Die beiden Gibus und La Crique beschimpfen mich!»

«Was? Was soll das heißen?»

«Sie sagen dämliches Luder zu mir! Und Misthaken! Und Ar...»

«Das ist nicht wahr, Herr Lehrer! Er lügt! Wir haben ihn gar nicht angesehen, diesen Lügner!»

Die Blicke der drei sprachen Bände.

«Genug jetzt», befahl der Lehrer schroff. «Der erste, der jetzt noch einen Ton sagt und wieder davon anfängt, wird mir zweimal die ganze Liste der französischen Departements mit allen Präfekturen und Unterpräfekturen abschreiben.»

Bacaillé, der – ganz abgesehen von dem Nachsitzen, das ihm bevorstand – in diese Drohung einbezogen war, beschloß fürs erste zu schweigen; aber er schwor sich, die erste Gelegenheit zur Rache, die sich bieten würde, nicht ungenutzt zu lassen.

Tintin hatte Camus' Wunsch, daß La Crique ihm vorsagen solle, an diesen weitergeleitet, obgleich diese Botschaft eigentlich überflüssig war. La Crique war ohnehin der vereidigte Vorsager der ganzen Klasse, und Camus konnte heute mehr denn je auf ihn zählen.

Der Stellvertreter des Generals schnitt, entgegen aller Gewohnheit, im Rechnen glänzend ab. Er hatte sich beim Durchlesen der Lektion einen allgemeinen Begriff von der Materie verschafft und antwortete munter drauflos, kräftig unterstützt von La Crique, dessen ausdrucksvolle Mimik seine Gedächtnislücken ausglich.

Aber Bacaillé hielt die Augen offen.

«Herr Lehrer, La Crique hat vorgesagt!»

«Ich?» entrüstete sich La Crique. «Kein Wort habe ich gesagt!»

«Ich habe auch nichts gehört», erklärte Vater Simon. «Und dabei bin ich nicht taub.»

«Herr Lehrer, er sagt ihm mit den Fingern vor», wollte Bacaillé erläutern.

«Mit den Fingern?» wiederholte Vater Simon verdutzt. Dann wandte er sich mit strenger Miene an Bacaillé. «Du fängst an, mir auf die Nerven zu gehen, mein Junge. Du beschuldigst wahllos deine Kameraden, obgleich kein Mensch dich danach gefragt hat. Ich kann Denunzianten nicht leiden. Nur wenn ich frage, wer etwas angestellt hat, muß der Betreffende sich melden.»

«Oder auch nicht», vervollständigte Lebrac leise diesen Satz.

«Wenn du mir jetzt noch einmal mit so etwas kommst, Bacaillé, dann wirst du eine Woche lang nachsitzen. Das ist meine letzte Warnung.»

«Stänker, Stänker, Angeber! Petzer! Dreckiger Heimtücker!» murmelte Tigibus leise und streckte die Zeigefinger wie Hörner gegen ihn aus. «Verräter! Judas! Lump! Arschloch!»

Bacaillé, dessen Aktien nun denkbar schlecht standen, schluckte schweigend seine Wut hinunter und stützte maulend den Kopf in die Hände.

Lehrer und Schüler ließen ihn links liegen. Der Unterricht ging weiter, während er krampfhaft überlegte, was er wohl anstellen könne, um sich an seinen Kameraden zu rächen, die ihn jetzt höchstwahrscheinlich in Verschiß erklären und von ihren Spielen ausschließen würden. Er grübelte hin und her, stellte sich die verrücktesten Racheakte vor: Töpfe voll Wasser, die er den anderen mitten ins Gesicht schleudern wollte, Tintenspritzer auf den Kitteln, in die Bänke gespießte Nadeln, auf die seine Kameraden sich setzen sollten, zerrissene Bücher, verschmierte Hefte. Aber nach gründlicher Überlegung ließ er jeden dieser Pläne wieder fallen. Hier war Vorsicht geboten. Lebrac, Camus und die anderen waren keine Jungen, die sich so etwas gefallen ließen, ohne kräftig zurückzuschlagen.

Bacaillé beschloß, den Gang der Ereignisse abzuwarten.

Die Ehre und Tintins Hose

Dieu et ta Dame!
Devise der alten Ritter

Man schlug sich wacker auf der Saute an diesem Abend. Der von Knöpfen aller Arten und Größen, von zahlreichen Schnallen, Schnüren und Spangen angeschwollene Schatz – ganz abgesehen von einem Paar prächtiger Hosenträger (denen des ‹Azteken›!) – verlieh den Kriegern eine gewisse Zuversicht, stärkte ihre Tatkraft und belebte ihren Mut.

Es war gewissermaßen der Tag der Einzelinitiativen und der Mann-gegen-Mann-Kämpfe, die normalerweise gefährlicher waren als ein allgemeines Handgemenge.

Die beiden etwa gleich starken Parteien hatten den Kampf mit dem üblichen gegenseitigen Steinbeschuß eröffnet. Dann, als ihnen die Munition ausgegangen war, waren die Armeen Schritt für Schritt und Sprung für Sprung vorgerückt, bis sie aufeinandertrafen und die Keilerei losging.

Camus balgte sich mit ‹Schiefmaul›, Lebrac hatte sich den ‹Azteken› vorgenommen, die übrigen schlugen sich mit weniger hervorragenden Kriegern. Tintin war mit Tatti aneinandergeraten, einem großen Trottel, dumm wie ‹sechsunddreißig zum zweitenmal verheiratete Schweine›, aber mit endlos langen Armen, die wie die Tentakel eines Kraken wirkten und mit denen er seinen Gegner lähmte und erstickte. Tintin tat, was er konnte. Er bohrte Tatti seine Fäuste in den Leib, stellte ihm so geschickt ein Bein, daß sogar ein Elefant (ein kleiner!) darüber gestolpert wäre, er bearbeitete sein Kinn mit Kopfstößen und seine Knöchel mit Fußtritten; der andere ließ geduldig wie ein gutmütiges Tier alles über sich ergehen, hielt Tintin dabei um die Körpermitte gepackt, preßte ihn zusammen wie eine Blutwurst, legte ihn über und schüttelte ihn, bis sie schließlich – plumps! – alle beide umkippten. Da lagen sie, Tatti oben, Tintin unten, zwischen den einzelnen Gruppen der über das Schlachtfeld verstreuten Kämpfer. Die oben liegenden Sieger knurrten drohend, während die Besiegten, wie Tintin, aus Stolz schwiegen und bei jeder sich bietenden Gelegenheit wie wild um sich stießen und versuchten die Lage umzukehren.

Einen Gefangenen ins eine oder andere Lager abzuschleppen schien unter diesen Umständen schwierig, wenn nicht unmöglich.

Diejenigen, die noch aufrecht standen, kämpften wie Berufsboxer, wichen rechts aus, sicherten sich nach links, und diejenigen, die am Boden lagen, lagen dort gut. Im übrigen hatte jeder genug damit zu tun, sich seines unmittelbaren Gegners zu erwehren.

Tintin und Tatti gehörten zu den hitzigsten Kämpfern. Umschlungen lagen sie am Boden, bissen und schlugen sich, rollten umeinander, und nach mehr oder weniger langen Anstrengungen hatte einmal der eine und dann der andere die Oberhand. Eines aber bemerkte weder Tintin noch die anderen Longeverner, noch die viel zu beschäftigten Velraner: Der Trottel Tatti, der vielleicht doch nicht ganz so dumm war, wie allgemein angenommen wurde, richtete es so ein, daß Tintin und er bei diesem Herumrollen dem Waldrand immer näher kamen und sich immer weiter von den einzelnen kämpfenden Gruppen auf dem Schlachtfeld entfernten.

Es kam wie es kommen mußte. Schon sehr bald war das Paar Tatti-Tintin nur noch fünf bis sechs Schritte vom Lager der Velraner entfernt, ohne daß die Longeverner in der Hitze des Gefechts auch nur das geringste davon gemerkt hätten.

Als dann der erste Glockenschlag von einem der Kirchtürme die Gebetsstunde ankündigte, als sich die Kampfgruppen daraufhin sofort auflösten und die Velraner zum Waldrand zurückstrebten, konnten sie hier Tintin, der, von seinem hartnäckigen Gegner festgehalten und mit allen vieren zappelnd rücklings am Boden lag, gewissermaßen wie eine reife Frucht pflücken.

Keiner der Longeverner hatte etwas davon gesehen. Doch als sie sich nun im Dicken Busch versammelten und ihre Augen abzählend über die Reihen gleiten ließen, mußten sie wohl oder übel feststellen, daß Tintin fehlte.

Sie stießen ihren Sammelruf, das «Tiruiii!» aus. Keine Antwort. Sie riefen und brüllten Tintins Namen. Und nun drang ein lautes Hohngeschrei an ihre Ohren.

Tintin war gefangen.

«Gambetta», befahl Lebrac, «lauf! Lauf, so schnell du kannst, ins Dorf und sag der Marie, sie soll sofort kommen, ihr Bruder sei gefangen. Und du, Boulot, geh zur Hütte, mach den Schatzschrank auf und bereite alles vor, damit unser Schatzmeister wieder zurechtgeflickt werden kann. Leg Knöpfe bereit und fädele ein paar Nadeln ein! Wir dürfen keine Zeit verlieren. Oh, diese Schweine! Wie haben die das bloß fertiggekriegt? Hat man so was schon gesehen? Das ist doch nicht zu glauben!»

Keiner wußte eine Antwort auf diese Fragen des Generals. Keiner hatte etwas bemerkt.

«Wir müssen warten, bis sie ihn wieder freilassen.»

Aber es dauerte lange, bevor Tintin, der sich, gefesselt und geknebelt, hinter dem Vorhang des Waldrands befand, wieder zum Vorschein kam. Endlich aber tauchte er, begleitet von Geschrei und Hohngelächter, verfolgt von sausenden Steinen, drüben auf, entblößt, seine Kleider unter dem Arm, im gleichen Zustand wie Lebrac und der ‹Azteke› nach ihrer jeweiligen Aburteilung und Bestrafung, nämlich mit nacktem oder doch fast nacktem Hintern, über dem das allzu kurze Hemd flatterte, das nur unzureichend verhüllte, was man gewöhnlich den Blicken anderer zu entziehen pflegt.

«Sieh mal an!» rief Camus spontan. «Da hat er ihnen also auch den Arsch gezeigt! Fabelhaft!»

«Aber wie kommt es, daß sie ihn nicht noch mal zurückgeholt haben? Warum haben die sich das gefallen lassen?» wandte La Crique ein, der hier etwas Ernsteres witterte. «Das ist doch sonderbar. Wir haben denen doch schließlich gezeigt, wie man's macht.»

Lebrac knirschte mit den Zähnen, krauste die Nase und wackelte mit der Kopfhaut – ein Zeichen zorniger Verblüffung.

«Ja», stimmte er zu, «da steckt sicher was dahinter.»

Mit zuckenden Schultern, seinen Speichel herunterschluckend, die Nase feucht von der krampfhaften Anstrengung, nicht in Tränen auszubrechen, näherte sich Tintin. Das war nicht gerade die Haltung eines Jungen, der soeben seinen Feinden einen Streich gespielt hat.

Er kam so schnell heran, wie seine schnürsenkellosen Schuhe es irgend erlaubten. Besorgt umdrängten ihn die Kameraden.

«Haben sie dir was getan? Wer hat dich denn erwischt? Sag's doch, verdammt noch mal, damit wir uns an den Kerlen rächen können! Sicher wieder dieser dreckige ‹Vollmond›, dieser ekelhafte Hosenscheißer! Der ist genauso feige wie boshaft!»

«Meine Hose! Meine Hose! Oh, oh, meine Hose!» schluchzte Tintin, der sich plötzlich völlig gehenließ und in Tränen ausbrach.

«Ach was, deine Hose, die nähen wir dir wieder zusammen! Das ist doch 'ne Kleinigkeit. Gambetta holt schon deine Schwester und Boulot legt alles zurecht.»

«Oh! Oh! Meine Hose! Meine Hose!»

«Na, zeig sie doch schon her, deine Hose!»

«Ooooh! Ich habe sie nicht mehr. Sie haben sie mir weggenommen, diese Diebe!»

«...»

«Ja. Der ‹Azteke› hat gesagt: ‹Ach, du hast mir doch neulich meine Hose geklaut, nicht? Na warte, mein Lieber, jetzt sollst du dafür büßen. Gerechtigkeit muß sein. Du und deine Drecksfreunde, ihr habt meine Hose behalten; jetzt ‚konfixiere' ich dafür deine. Wir können sie als Fahne gebrauchen.› Und dann haben sie sie mir weggenommen, und danach haben sie mir alle Knöpfe abgeschnitten und mir in den Hintern getreten. Wie soll ich jetzt bloß nach Hause kommen?»

«Oh, Scheiße! Das ist aber wirklich 'ne scheußliche Geschichte!» rief Lebrac.

«Hast du denn zu Hause nicht noch 'ne andere Hose?» fragte Camus. «Dann müssen wir jemanden hinter Gambetta herschicken und ausrichten lassen, daß die Marie dir die andere mitbringt.»

«Ja, aber meine Mutter würde sofort sehen, daß es nicht die ist, die ich am Morgen angehabt habe. Die war nämlich ganz sauber, und meine Mutter hat gesagt, wenn sie heute abend dreckig wäre, könnte ich was erleben. Was soll ich ihr denn bloß sagen?»

Camus konnte in Gedanken an die väterlichen Keile und das mütterliche Gezeter diese Frage nur mit einer ausweichenden Geste beantworten.

«Und unsere Ehre, verdammt noch mal, unsere Ehre!» wütete Lebrac. «Wollt ihr etwa, daß man sagt, die Longeverner hätten sich Tintins Hose wegnehmen lassen und wären auch nicht besser als so 'n dreckiger ‹Azteke›? Wollt ihr das? Nein, verflucht, niemals! Wenn wir uns das gefallen lassen, sind wir nichts als Idioten, die höchstens den Meßdiener spielen oder das Holz hinter dem Ofen aufschichten können.»

Die anderen starrten mit fragenden Blicken auf Lebrac. Dieser fuhr fort: «Wir müssen uns Tintins Hose zurückholen, um jeden Preis, und wenn es nur um der Ehre willen wäre – oder ich will kein General mehr sein und nie mehr kämpfen!»

«Aber wie denn?»

Tintin, der mit nackten Beinen inmitten seiner Freunde stand, schlotterte und schluchzte.

«Paßt auf», begann Lebrac wieder, der inzwischen seine Gedanken gesammelt und einen Plan entworfen hatte. «Tintin geht jetzt in die Hütte zu Boulot und wartet dort auf Marie. Wir nehmen unterdessen unsere Stöcke und Säbel und laufen so schnell wie möglich durch die unteren Felder am Wald entlang, um sie in ihrem Graben abzufangen.»

«Und die Gebetsstunde?» warf einer der Kameraden ein.

«Ach, Scheiße mit der Gebetsstunde!» gab der General zurück. «Die Velraner gehen jetzt bestimmt zu ihrer Hütte, denn die haben sicher auch eine. Wir verstecken uns zwischen den Schößlingen im Holzschlag neben dem absteigenden Graben. Wenn sie dort vorbeikommen, werden sie keine Stöcke mehr bei sich haben und nichts ahnen. Und dann fallen wir auf ein Zeichen von mir plötzlich über sie her und nehmen ihnen die Hose wieder weg. Ihr müßt ordentlich auf sie einprügeln, verstanden? Und wenn sie Widerstand leisten, zerschlagt ihnen die Schnauze! Alles klar? Also, dann los!»

«Aber wenn sie nun die Hose in ihrer Hütte versteckt haben?»

«Das werden wir ja noch sehen! Es hat keinen Sinn, sich jetzt darüber den Kopf zu zerbrechen. Und auf jeden Fall hätten wir dann wenigstens unsere Ehre gerettet!»

Da am feindlichen Waldrand keinerlei Bewegung mehr zu sehen war, rasten die tapferen Krieger von Longeverne unter Anführung ihres Generals wie ein Wirbelsturm den Hügelabhang der Saute hinunter. Sie sprangen über Erdwälle und Büsche, drangen durch Hecken, überquerten Gräben, flink wie Hasen und wild und angriffslustig wie junge Keiler. Immer noch im Galopp, stürmten sie dicht an der den Wald umgebenden Mauer entlang und gelangten so zu dem Graben, der die Holzschläge der beiden feindlichen Dörfer voneinander trennte. Leise und rasch stiegen sie im Gänsemarsch innerhalb dieses Grabens nach oben. Lebrac ließ die anderen an sich vorüberziehen und übernahm die Nachhut. Auf ein Zeichen von ihm duckten die Kameraden sich einzeln oder gruppenweise in die dichten Büsche, die zwischen den jungen Bäumen des Holzschlags von Velrans standen.

Es war auch höchste Zeit.

Aus der Tiefe des Dickichts drangen Rufe, Lachen und Füßegetrampel. Kurz darauf unterschied man schon die einzelnen Stimmen.

«Na», meinte Tatti langgezogen und wichtigtuerisch, «den hab ich doch fein reingelegt, was? Nichts konnte der machen. Was er wohl jetzt mit seiner Hose, die er nicht mehr hat, anfangen wird?»

«Da kann er doch Purzelbaum schießen, ohne was aus den Taschen zu verlieren.»

«So, jetzt machen wir sie am Ende von der Stange fest. Ist deine Stange fertig, ‹Schiefmaul›?»

«Augenblick, ich glätte nur noch die Astknoten. Ich will mir schließlich nicht die Hände zerkratzen. So, fertig!»

«Nun häng sie dran, daß die Beine in der Luft flattern!»

«Und jetzt marschieren wir einer hinter dem andern und singen unser Lied», befahl der ‹Azteke›. «Wenn die drüben das hören, ärgern die sich grün und blau!» Und er begann:

> «Ich bin ein Christ, dies ist mein Ruhm,
> dies meine Hoffnung ...»

Lebrac und Camus, die zusammen etwas unterhalb des mittleren Grabens in einem Busch hockten, konnten zwar nicht recht sehen, was da drüben vorging, aber sie hörten jedes Wort. Alle ihre Kameraden preßten die Faust um ihren Knüttel und verhielten sich stumm wie die Baumstümpfe, auf denen sie kauerten. Der General biß die Zähne zusammen. Als die Stimmen der Velraner die Worte ihres Anführers wiederholten:

> «Ich bin ein Christ, dies ist mein Ruhm ...»

murmelte er: «Ich werde ihn euch schon zeigen, euren Ruhm!»

Triumphierend rückte die feindliche Truppe an, an der Spitze ‹Schiefmaul› mit einer langen Stange, an deren Ende als Feldzeichen Tintins Hose flatterte.

Als sich schließlich fast alle im Graben befanden und im langsamen Rhythmus ihres Liedes hinabzusteigen begannen, stieß Lebrac ein unheimliches Gebrüll aus, das wie der Schrei eines Stiers klang, der erwürgt wird. Wie eine unheimlich straff gespannte Feder schnellte er aus seinem Busch hoch, riß alle seine Leute durch seinen Schwung mit und feuerte sie mit seinem Schrei an, so daß sie wie Katapulte auf die wehrlose Mauer der Velraner herabstürzten.

Das ging wie geschmiert! Mit sausenden Knütteln, laut brüllend, brach die Masse der Longeverner über die entsetzten Velraner herein. Wie mit einem Schlag wurden sämtliche Feinde zu Boden geschleudert und mit Knüttelhieben traktiert, während Lebrac, der den erschrockenen ‹Schiefmaul› mit seinen Absätzen bearbeitete, ihm im Nu und unter fürchterlichen Flüchen die Hose seines Freundes Tintin entriß.

Dann, als er so mitsamt dem geraubten Kleidungsstück die Ehre der Armee zurückerobert hatte, befahl er unverzüglich den Rückzug. Durch denselben Mittelgraben, den ihre Feinde soeben verlassen hatten, stürmten die Longeverner davon. Und während die Velraner, die wieder einmal eine schmachvolle Niederlage erlitten hatten, sich langsam erhoben, hallte das stille Unterholz wider vom Gelächter, den Spottrufen und den saftigen Flüchen Lebracs und seiner Leute, die im Galopp mit der zurückeroberten Hose ihrem Lager zujagten.

Bald erreichten sie die Hütte, in der Gambetta, Boulot und Tintin – der letzte höchst besorgt um das Schicksal seiner Hose – um Marie herumsaßen, die mit flinken Fingern die Kleidungsstücke ihres Bruders wieder mit dem unerläßlichen Zubehör versah, dessen die Velraner sie beraubt hatten.

Das arme Opfer, das sich wegen seiner Schwester schamhaft den Kittel wie einen Rock umgehängt hatte, nahm mit Freudentränen seine Hose in Empfang. Beinahe hätte er Lebrac geküßt, aber um seinem Freund eine Freude zu machen, erklärte er, daß er seine Schwester mit dieser Dankesbezeugung beauftrage und versicherte ihm mit noch vor Erregung zitternder Stimme, er sei für ihn ein wahrer Bruder, ja, noch mehr als ein Bruder.

Alle verstanden das und spendeten diskret Beifall.

Nachdem Marie Tintin rasch die fehlenden Knöpfe an die Hose ihres Bruders genäht hatte, ließen die Krieger sie vorsichtigerweise zuerst allein nach Hause gehen.

An diesem Abend kehrte die Armee von Longeverne, nachdem sie allen Schrecken überwunden hatte, unter den Klängen ihres Kriegsliedes

«So marschieren wir singend zum Siege ...»

stolz ins Dorf zurück, glücklich, ihre Ehre und Tintins Hose zurückerobert zu haben.

Der geplünderte Schatz

Hoch auf dem Vorgebirg' der Tempel
liegt in Trümmern.

De Heredia: Les Trophées

Trotz allem hatten die Longeverner Bacaillé sein Verhalten gegen Camus nicht nachgetragen und ebensowenig seine Erpressungs- und Angeberversuche. Schließlich war er dabei hereingefallen und hatte seine Strafe bekommen. Man würde sich künftig ihm gegenüber etwas vorsehen; doch abgesehen von einigen Dickköpfen wie La Crique und Tintin hatte die übrige Armee und sogar Camus großzügig einen Strich unter diese zwar bedauerliche, aber doch nicht ganz ungewöhnliche Szene gemacht, die um ein Haar Zwietracht und Hader im Lager der Longeverner gesät hätte.

Doch Bacaillés Zorn ließ sich durch die tolerante Behandlung, die ihm zuteil wurde, nicht beschwichtigen. Er spürte noch immer, wenn auch nicht auf seinen Wangen, so doch in seinem Herzen die Ohrfeigen von Camus. Er war noch immer verbittert über das Nachsitzen, das Vater Simon ihm zudiktiert hatte, und darüber, daß die gesamte Armee (die Großen wie die Kleinen) gegen ihn ausgesagt hatte. Vor allem aber empfand er gegen den Aufklärer und Stellvertreter Lebracs jenen Haß, wie ihn nur die Eifersucht des Verschmähten zu erregen vermag.

Andererseits hatte er sich überlegt, daß es einfacher sein würde, an den Longevernern im allgemeinen und an Camus im besonderen eine geheimnisvolle Rache zu nehmen, wenn er weiterhin in den Reihen der Armee kämpfte. Darum hatte er sich nach abgebüßter Strafe der Kriegerschar wieder angeschlossen.

Wenn er nicht an der berühmten Schlacht teilnehmen konnte, in deren Verlauf Tintins Hose wie eine heiß umkämpfte Schanze wieder zurückerobert wurde, so kam er keineswegs auf den Gedanken, sich deswegen aufzuhängen wie der tapfere Crillon*; an den folgenden Abenden jedoch erschien er auf der Saute und nahm, wenn auch

* Louis de Crillon war ein berühmter Heerführer des 16. Jahrhunderts, ein Freund und Waffengefährte Heinrichs IV. Nach dem Sieg bei Arques schrieb dieser an ihn: «Häng dich auf, tapferer Crillon, wir haben bei Arques gesiegt, und Du warst nicht dabei!» (A. d. Ü.)

bescheiden und unauffällig, an den großen Artilleriegefechten sowie an den wilden und lautstarken Sturmangriffen, die ihnen gewöhnlich folgten, teil. Er freute sich, daß er selbst nicht geschnappt wurde und zusehen konnte, wie die einen oder die anderen in Gefangenschaft gerieten – denn er haßte sie alle – und wie die jeweiligen Gefangenen in jämmerlichem Zustand zurückgeschickt wurden oder ins eigene Lager zurückkehrten. Er hielt sich vorsichtig in den hinteren Reihen, lachte innerlich, wenn es einen der Longeverner erwischt hatte und laut, wenn es um einen der Velraner ging. Der Kriegsschatz ‹funktionierte› ausgezeichnet. Bevor die Krieger ins Dorf heimkehrten, wanderten alle, Bacaillé eingeschlossen, zur Hütte, um dort die Waffen abzulegen und den Bestand ihres Schatzes nachzuprüfen, der je nach Sieg oder Niederlage wechselte. Mit den Gefangenen, die man gemacht hatte, schwoll er an, und er nahm ab, wenn es einen oder mehrere Besiegte gegeben hatte (das letztere kam nur selten vor!), die für die Heimkehr wieder zurechtgeflickt werden mußten.

Dieser Schatz war der Inbegriff der Freude und des Stolzes für Lebrac und die Longeverner, er war ihr Trost im Unglück, ihr Allheilmittel gegen die Verzweiflung, ihre Stütze in jedem Mißgeschick.

Der Schatz! dachte Bacaillé eines Tages. Wenn ich ihnen den wegnehmen und in alle Winde verstreuen würde! Da würden die schön dumm dreinschauen! Ja, das wäre die richtige Rache!

Aber Bacaillé war vorsichtig. Wenn jemand ihn allein in dieser Gegend umherstreifen sah, so überlegte er, würde aller Verdacht sich gegen ihn richten, und dann ... Oh, dann! Von Lebracs Zorn und dem Gericht, das er abhalten würde, war alles zu befürchten.

Nein, er durfte den Schatz nicht selbst entwenden!

Wenn ich nun meinem Vater alles erzählen würde? dachte er.

Aber nein, das wäre noch schlimmer. Es würde sofort ruchbar werden, woher der Schlag kam, und er würde der Strafe weniger denn je entrinnen. So ging es also auch nicht.

Aber seine Gedanken kehrten unaufhörlich zu diesem Plan zurück. Hier mußte er zuschlagen, das fühlte er, denn hier würde er sie an ihrer empfindlichsten Stelle treffen.

Aber wie? Wie? Eine schwierige Frage ... Nun, er hatte ja Zeit. Vielleicht würde sich die Gelegenheit von selbst bieten.

Am darauffolgenden Donnerstag fuhr Vater Bacaillé schon frühmorgens in Begleitung seines Sohnes zum Markt nach Baume. Im Vorderteil des Kastenwagens, vor den sie Bichette, die alte Stute, gespannt hatten, lag als Sitzgelegenheit ein Strohbündel, dahinter, auf frischem Streu, ein kleines, sechs Monate altes Kalb, ganz in einen Sack eingehüllt, aus dessen zusammengeschnürter Öffnung sein Kopf erstaunt in die Welt schaute. Vater Bacaillé, der es an den Metzger in Baume verkauft hatte, wollte die Gelegenheit, die der Markttag bot, wahrnehmen, um das Tier selbst zum Käufer zu bringen. Da es ein Donnerstag war, an dem nachmittags kein Unterricht stattfand und er Geld einnehmen würde, durfte sein Sohn mitfahren.

Bacaillé strahlte. Solch ein Glücksfall ergab sich nicht oft. Er stellte sich schon im voraus alle Freuden dieses Tages vor: Er würde im Wirtshaus essen, Wein, ein Gläschen Fruchtsaft oder auch einen Schluck Schnaps aus dem Becher seines Vaters trinken, er würde sich Lebkuchen kaufen und eine Trillerpfeife. Und er warf sich stolz in die Brust beim Gedanken daran, wie seine Kameraden – seine Feinde – ihn um sein Los beneiden würden.

An diesem Tag fand eine furchtbare Schlacht zwischen der Armee von Longeverne und der von Velrans statt. Zwar wurden auf keiner Seite Gefangene gemacht, aber die Steine und Knüttel richteten wahre Verwüstungen an, und denen, die es erwischt hatte, war am Abend nicht zum Lachen zumute.

Camus hatte eine mächtige Beule auf der Stirn, eine Beule mit einer schönen roten Schnittwunde, die zwei Stunden lang geblutet hatte; Tintin fühlte seinen linken Arm nicht mehr, oder vielmehr fühlte er ihn nur zu sehr; Boulot hatte ein blauschwarzes, blutunterlaufenes Bein. La Crique konnte mit dem rechten Auge nichts mehr sehen, da sein Augenlid dick geschwollen war, Grangibus hatte gequetschte Zehen, sein Bruder konnte nur mit größter Mühe das rechte Handgelenk bewegen, und die vielfältigen Abschürfungen und blauen Flecke, die den Körper und die Gliedmaßen des Generals, seines Stellvertreters und der meisten anderen Krieger zierten, waren kaum zu zählen.

Aber sie beklagten sich nicht allzusehr, denn bei den Velranern stand es vermutlich noch schlimmer. Und wenn sie auch nicht gerade ausgezogen waren, um diese Schläge einzuheimsen, so konnte man es doch andererseits einen wahren Segen nennen, daß unter den Betroffenen nicht ein paar waren, die sich mit einer Gehirnerschütterung, schweren Verrenkungen und Verstauchungen oder hohem Fieber zu Bett legen mußten.

Auch Bacaillé kehrte am Abend ins Dorf zurück. Leicht beschwipst saß er mit triumphierender Miene auf seinem Strohbündel und lachte den Kameraden, die diese Ankunft zufällig miterlebten, höhnisch ins Gesicht.

«Lieber Gott, was spielt dieser Affe sich auf, bloß weil er mal auf dem Markt war!» meinten diese. «Der steigt doch aus seiner Karre, als wäre es 'ne feine Kutsche und die alte Schindmähre 'n Vollblut!»

Aber Bacaillé sah weiterhin mit spöttischer Miene und dem Ausdruck befriedigter Rache und tiefer Verachtung auf sie herab. Ein unverständliches Verhalten!

Am nächsten Tag war an Krieg nicht zu denken, da allzu viele der Soldaten kampfunfähig waren. Und im übrigen würden auch die Velraner bestimmt nicht kommen können. So ruhten die Krieger aus, pflegten sich und behandelten ihre Wunden mit den einfachen oder komplizierteren Kräutermitteln, die sie auf gut Glück aus den Medizinkästen ihrer Mütter stibitzt hatten. La Crique bereitete sich Kamillenbäder für sein geschwollenes Augenlid, und Tintin umwickelte seinen Arm mit Tüchern, die mit einem Aufguß aus Hundszahn getränkt waren, und versicherte hoch und heilig, diese Prozedur täte ihm sehr gut. Es ist eben mit der Medizin genau wie mit der Religion: Entscheidend ist allein der Glaube.

Schließlich veranstalteten sie ein paar Murmelspiele, um sich gewissermaßen einen Ausgleich für die heftigen Erregungen des vergangenen Tages zu gönnen.

Am Samstag konnte man ebensowenig wie am Freitag zum Dikken Busch ziehen. Camus, Lebrac, Tintin und La Crique jedoch, die die Langeweile plagte, beschlossen einen kleinen Ausflug. Sie wollten nicht etwa Händel suchen oder den Feind aufspüren, sondern nur einen Spaziergang zur Hütte machen, zu ihrer geliebten Hütte, die den Schatz beherbergte und in der sie sich so sicher fühlten und so schöne Feste feiern konnten.

Sie vertrauten ihren Plan keinem Menschen an, nicht einmal den Brüdern Gibus und Gambetta. Um vier Uhr wanderte jeder von ihnen seinem Elternhaus zu, und wenig später trafen sie an der Straße nach Donzé wieder zusammen, um von hier aus quer durch den Wald von Teuré ihrer Festung zuzustreben.

Unterwegs sprachen sie von der großen Schlacht vom Donnerstag. Tintin, der den Arm in der Schlinge trug, und La Crique, der einen Verband über dem rechten Auge hatte – also zwei der Schwerstverwundeten –, erinnerten sich voller Genuß an die Fußtritte und Knüttelhiebe, die sie ausgeteilt hatten, bevor den einen ‹Schiefmauls› Faust aufs Auge und den anderen Pissefroids Stock gegen Speiche oder Ellbogenknochen traf.

«Der hat gebrüllt wie 'n Ochse, der geschlachtet wird, als ich ihm mit dem Absatz in den Magen trat», berichtete Tintin über seinen großen Feind Tatti. «Ich dachte schon, er würde überhaupt nicht mehr zu Atem kommen. Aber jetzt wird er sich hüten, mir noch mal meine Hose zu klauen!»

La Crique schilderte, wie er ‹Schiefmaul› mit einem Kopfstoß gegen den Kiefer ein paar Zähne ausgeschlagen und wie dieser Blut gespuckt habe. All diese Erinnerungen ließen sie die kleinen gegenwärtigen Leiden vergessen.

Sie waren jetzt im Gehölz auf dem alten Ernteweg angekommen, der Jahr um Jahr durch die kräftig wuchernden Schößlinge eingeengt wurde, so daß sie sich immer wieder zur Seite ducken oder sich bücken mußten, um der harten Ohrfeige eines entlaubten Zweiges auszuweichen.

Ein paar Raben, die auf den Ruf eines Veteranen hin zum Walde zurückkehrten, kreisten krächzend über den Köpfen der vier Krieger.

«Die Leute sagen, daß diese Raben Unglück bringen, genau wie die Käuzchen, die nachts vor einem Haus schreien, in dem einer sterben wird», sagte Camus. «Glaubst du, daß das wahr ist, Lebrac?»

«Ach, Blödsinn!» versetzte der General. «Das sind Altweibergeschichten! Wenn jedesmal, sobald einer einen Raben sieht, ein Unglück passieren würde, dann gäbe es überhaupt keine Menschen mehr auf der Welt. Mein Vater sagt immer, vor den Raben in der Luft brauchte man weniger Angst zu haben als vor denen ohne Flügel. Wenn man einen von denen sieht, muß man Eisen anfassen, um das Unglück abzuwenden.»

«Stimmt es, daß diese Viecher hundert Jahre alt werden? Ich würde gern ein Rabe sein. Die bekommen viel zu sehen und brauchen nicht zur Schule zu gehen», meinte Tintin neiderfüllt.

«Na, wißt ihr», ergriff La Crique das Wort, «wenn man herausbekommen will, ob sie so lange leben – und das ist durchaus möglich – dann müßte man schon die Jungen im Nest markieren. Aber wenn einer zur Welt kommt, hat er nicht gleich einen Raben zur Hand, und außerdem denkt er dann kaum an so was. Und abgesehen davon gibt es nicht viele Leute, die so alt werden!»

«Ach, hören wir doch auf von diesen Biestern», bat Camus. «Ich glaube trotzdem, daß sie Unglück bringen.»

«Man darf nicht so ‹abergläuberisch› sein, Camus! So was konnten sich die Leute früher leisten; aber heute sind wir zivilisierte Menschen ... Heute haben wir die Wissenschaft ...»

Und sie gingen weiter, während La Crique seine Lobrede auf die modernen Zeiten unterbrach, um einem jäh zurückschnellenden niedrigen Zweig auszuweichen, den Lebrac im Vorbeigehen gestreift hatte.

Am Ausgang des Waldes bogen sie nach rechts in Richtung auf die Steinbrüche ab.

«Die anderen haben uns nicht gesehen», bemerkte Lebrac.

«Nein, keiner weiß, daß wir hierhergegangen sind! Mensch, unsere Hütte liegt doch wirklich gut versteckt!»

Die anderen stimmten eifrig zu. Das Thema war unerschöpflich.

«Ich habe sie zuerst entdeckt, was?» erinnerte La Crique und stieß trotz seines blauen Auges ein triumphierendes Lachen aus.

«Gehen wir rein», schnitt Lebrac die Unterhaltung ab.

Ein Schrei der Bestürzung und des Schreckens brach gleichzeitig aus vier Kehlen, ein entsetzlicher, gellender Schrei, in dem sich Kummer, Empörung und Wut mischten.

Die Hütte war verwüstet, ausgeplündert, zerstört, vernichtet.

Es waren Menschen hier gewesen, Feinde, die Velraner sicherlich. Der Schatz war verschwunden, die Waffen zerbrochen oder entwendet, der Tisch von seinem Platz entfernt, der Herd niedergerissen, die Bänke waren umgestürzt, die Moos- und Blätterlager verbrannt, die Bilder zerrissen, der Spiegel war zerschlagen, die Gießkanne zerbeult und durchlöchert, das Dach beschädigt und der Besen – größte Schmach! –, der alte, aus den Beständen der Schule entwendete Besen war wie zum Hohn mitten in dieses Chaos hineingepflanzt, zerzauster und schmutziger denn je, ein sprechender Zeuge dieser Verwüstung, Sinnbild des Spotts.

Bei jeder Entdeckung wurden neue Wutschreie, Flüche, Verwünschungen und Racheschwüre laut.

Diese Ungeheuer hatten die Töpfe zerschlagen ... und die Kartoffeln besudelt!

Ganz gewiß waren es die Velraner gewesen, die ihnen diesen Streich gespielt hatten. La Crique, die Spürnase, bewies es den Kameraden mit zwingender Logik: «Wenn irgendein Mann aus Longeverne zufällig die Hütte gefunden hätte, so hätte er sich nur darüber lustig gemacht. Er hätte im Dorf davon erzählt, und wir hätten es erfahren. Ein Fremder hat hier nichts zu suchen, und er hätte sich auch weiter nicht darum gekümmert. Der ‹Beduine› ist viel zu dämlich, um allein ein solches Versteck zu finden, und nach seiner letzten Sauftour hat er sich sowieso nicht weit gewagt, sondern sich brav und weise verhalten und sich um sein Gemüse und Obst gekümmert.»

Somit blieben also nur die Velraner.

«Wann haben sie es getan? Gestern abend! Denn am Donnerstagabend war hier noch alles in Ordnung, und heute nach vier Uhr hatten sie unmöglich genug Zeit, um eine derartige Verwüstung anzurichten – es sei denn, sie sind heute morgen dagewesen. Aber die sind doch viel zu große Angstmeier, um die Schule zu schwänzen!»

«Wenn wir wenigstens gestern hierhergegangen wären!» jammerte Lebrac. «Und dabei habe ich noch dran gedacht! Aber alle können sie nicht hier gewesen sein, die hatten viel zu viele Verwundete. Ich weiß doch, wie die zugerichtet waren; bestimmt viel schlimmer als wir!»

«Mensch, wenn wir die doch bloß erwischt hätten! Verdammt noch mal, ich hätte sie erwürgt!»

«Diese Schweine! Diese Verbrecher!»

«Aber wißt ihr, das ist doch eine hundsgemeine Feigheit von denen», urteilte Camus.

«Und wie sollen wir jetzt weiterkämpfen?»

«Wir müßten ihre Hütte ausfindig machen», erklärte Lebrac. «Einen anderen Ausweg gibt es gar nicht.»

«Ja, aber wann? Nach vier Uhr legen sie sich am Waldrand auf die Lauer. Wir könnten also nur während der Schulzeit suchen, und da müßten wir mindestens acht Tage hintereinander schwänzen, denn wir können schließlich nicht damit rechnen, daß wir gleich am ersten Morgen mit der Nase auf ihr Versteck stoßen. Und wer will so was auf sich nehmen, wenn er weiß, daß ihm das eine fürchterliche Abreibung zu Hause und mindestens einen Monat Nachsitzen bei Vater Simon einbringt?»

«Das könnte höchstens Gambetta machen!»

«Aber wie haben diese Mistkerle unsere Hütte bloß finden können? Eine Hütte, die so gut versteckt liegt und von der kein Mensch etwas gewußt hat! Es hat ja auch niemand gesehen, wie wir hierhergegangen sind!»

«Ausgeschlossen! Das muß ihnen einer gesagt haben!»

«Meinst du? Aber wer? Außer uns weiß doch niemand was davon! Ob wir einen Verräter unter uns haben?»

«Einen Verräter ...», sagte La Crique nachdenklich. Plötzlich schlug er sich vor die Stirn, ohne an sein verletztes Auge zu denken. Trotz seiner Binde war er von einer Eingebung erleuchtet: «Aber ja! Verfluchte Scheiße!» schrie er. «Wir haben einen Verräter, und ich kenne ihn auch, diesen Schweinehund! Ich weiß, wer es ist! Oh, jetzt weiß ich alles, jetzt errate ich alles! Dieses Mistvieh, dieser Judas, dieser Dreckskerl!»

«Wer denn?» fragte Camus.

«Wer denn?» fielen die anderen ein.

«Bacaillé natürlich!»

«Der Krummbeinige? Bist du sicher?»

«Und ob ich das bin! Hört zu: Am Donnerstag war er nicht mit uns zusammen. Da ist er mit seinem Vater zum Markt nach Baume gefahren, erinnert ihr euch? Und jetzt denkt nur daran, was für ein Gesicht er gemacht hat, als er wiederkam! Es sah doch genau aus, als wollte er uns verspotten und sich über uns lustig machen. Also ist er bestimmt auf der Rückfahrt von Baume mit seinem Vater durch Velrans gekommen. Sie hatten einen in der Krone und haben dort bei irgend jemandem angehalten, bei wem, weiß ich nicht, aber ich gehe jede Wette ein, daß es so war. Vielleicht ist er sogar auf dem Rückweg noch eine Weile mit ein paar Velranern zusammen gewesen, und da hat er's ihnen bestimmt gesagt. Da hat er ihnen gesagt, wo unsere Hütte ist. Na, und dann sind eben diejenigen, die einigermaßen laufen konnten, hierhergegangen. So ist es bestimmt gewesen!»

«Dieses Schwein! Dieser Verräter! Dieser Lump!» knirschte Lebrac. «Wenn das wahr ist, großer Gott, dann soll er sich vorsehen! Den bringe ich um!»

«Wenn das wahr ist? Das ist so wahr, wie zweimal zwei vier ist, so sicher, wie ich La Crique heiße und ein Auge habe, so schwarz wie 'n Topfboden!»

«Dann müssen wir ihn entlarven», entschied Tintin.

«Gehen wir jetzt. Hier können wir doch nichts mehr tun, und ich werde verrückt, es zerreißt mir das Herz, wenn ich das noch länger ansehen muß», stöhnte Camus. «Wir können ja auf dem Nachhauseweg alles besprechen. Vor allem darf niemand ahnen, daß wir heute hiergewesen sind ... Morgen ist Sonntag. Da werden wir ihn entlarven, da werden wir ihn zum Geständnis zwingen, und dann ...»

Camus vollendete seinen Satz nicht, aber die geschlossene Faust, die er zum Himmel emporreckte, war eine sprechende Ergänzung seiner Gedanken.

Auf demselben Weg, auf dem sie gekommen waren, kehrten sie ins Dorf zurück und vereinbarten dabei die strengen Maßnahmen, die sie morgen ergreifen würden.

Der bestrafte Verräter

Da für des Herzens Sturm nicht
Lind'rung ist zu hoffen,
So ist mein Racheschwur gesetzlich
und gerecht.

Malherbe: Sur la mort de son fils

«Wie wär's, wenn wir 'n bißchen zur Hütte gingen?» schlug La Crique hinterlistig am Sonntagnachmittag nach dem Vespergottesdienst vor, als alle Kameraden sich unter dem Wetterdach der Tränke um ihren General versammelt hatten.

Bacaillé erschauerte vor Freude, ohne im mindesten zu ahnen, daß er insgeheim beobachtet wurde.

Im übrigen wußte außer den vier Kriegern, die an der gestrigen Expedition teilgenommen hatten, keiner, nicht einmal die Brüder Gibus, nicht einmal Gambetta etwas von dem Zustand, in dem die Hütte sich befand.

«Wir sollten heute lieber nicht kämpfen», riet Camus. «Nehmen wir den Weg nach Donzé.»

Der Vorschlag wurde akzeptiert, und die kleine Armee machte sich fröhlich schwatzend, ohne jeden Hintergedanken, zur Festung auf. Lebrac marschierte nach alter Gewohnheit an der Spitze. Tintin hielt sich etwa in der Mitte der Kolonne; mit harmloser Miene ging er neben Bacaillé her, streifte ihn jedoch mit keinem Blick. Die Nachhut bildeten La Crique und Camus, die sich von ihren Verwundungen schon recht gut erholt hatten. Sie verloren den Angeklagten keinen Moment aus den Augen.

Bacaillé war sichtlich von widerstreitenden Gefühlen bewegt, denn er wußte nicht genau, was die Velraner angestellt hatten. Wie würde die Hütte aussehen? Was für ein Gesicht würden Lebrac, Camus und die anderen machen, wenn ...?

Von Zeit zu Zeit schielte er vorsichtig zu ihnen hinüber, und unwillkürlich funkelten seine Augen dabei vor verhaltener Bosheit und unterdrückter Freude; aber es spiegelte sich auch eine leichte Besorgnis darin. Wenn sie nun Verdacht schöpften? Aber wie sollten sie darauf kommen, und vor allem, wie sollten sie es beweisen?

Während sie auf dem Waldweg vorrückten, beugte La Crique sich zu dem Kletterer und flüsterte: «He, Camus, deine Raben gestern, weißt du noch? ... Ich hätte das nie geglaubt. Aber es stimmt tatsächlich, diese Biester bringen manchmal Unglück!»

«Frag doch mal Bacaillé», gab Camus zurück, bei dem aus unerklärlichen Gründen die Skepsis wieder die Oberhand gewonnen hatte. «Frag ihn doch, ob er vielleicht heute morgen ein paar Raben gesehen hat. Er hat keine Ahnung, daß wir Bescheid wissen und was ihn erwartet. Sieh dir diesen Schweinehund doch bloß mal an!»

«Weil er so 'n unverschämtes Gesicht macht, meinst du? Ja, der fühlt sich völlig sicher!»

«Auf keinen Fall dürfen wir ihn entwischen lassen!»

«Glaubst du, daß dieses Krummbein weit kommt?»

«Paß nur auf, denn diese Heuschrecke kann ganz gut laufen.»

Am anderen Ende der Kolonne ertönte Boulots Stimme: «Ich kann kaum glauben, daß die sich nach der letzten Abreibung noch mal herwagen.»

«Meiner Ansicht nach müssen sie auch ein Versteck haben», meinte Lebrac. «Ihr habt doch gesehen, daß sie keine Stöcke mehr bei sich hatten, als sie mit Tintins Hose aus dem Wald kamen.»

«Ja, sicher haben sie auch eine Hütte, so wie wir», stimmte Tintin zu.

Bacaillé verzog bei dieser Bemerkung spöttisch den Mund, eine Bewegung, die weder Tintin noch La Crique und Camus entging.

«Na, bist du jetzt sicher?» tuschelte La Crique.

«Ja», bestätigte der andere. «Oh, dieser Dreckskerl! Wir müssen ihn dazu bringen, daß er gesteht!»

Sie kamen jetzt aus dem Wald in den Hohlweg. Gleich würden sie da sein.

«Oh! Oh! Verdammt noch mal!» schrie Lebrac, der stehengeblieben war, plötzlich. So wie es vereinbart war, heuchelte er Wut und Überraschung, als hätte er nichts geahnt.

Nun brach ein fürchterlicher Lärm aus. Die Jungen drängelten und stießen sich, um schneller etwas sehen zu können, und gleich darauf erscholl ein wildes Fluchkonzert.

«Du großer Gott! Ja, ist denn so was möglich?»

«Diese verdammten Schweine!»

«Der Schatz?»

«Nichts mehr da!» röchelte Grangibus.

«Und unser Dach, und unsere Säbel, unsere Gießkanne, unsere Bilder, das Bett, der Spiegel, der Tisch!»

«Der Besen!»

«Das waren die Velraner!»

«Bestimmt! Wer könnte das sonst gewesen sein?»

«Unglaublich!» warf Bacaillé ein, um auch etwas zu sagen.

Alle waren ihrem General in die Hütte gefolgt. Nur Camus und La Crique hatten sich schweigend, mit finsterer Miene, ihren Knüttel fest in der Hand, an der Tür aufgestellt wie die Cherubim, die den Eingang des Paradieses bewachen.

Lebrac ließ seinen Soldaten Zeit, zu fluchen, zu jammern und zu heulen wie Hunde, die den Tod wittern. Er selbst saß wie zerschmettert im Hintergrund auf den Steinen, die den Schatz umschlossen hatten, stützte den Kopf in die Hände und schien sich völlig seiner Verzweiflung zu überlassen.

Keiner dachte daran, hinauszugehen, alle schrien und tobten durcheinander. Dann legte sich die erste Erregung, die Schreie wurden leiser, und die große, kochende und vergebliche Wut wich der Niedergeschlagenheit, die gewöhnlich auf einen unersetzlichen Verlust folgt.

Camus und La Crique bewachten noch immer den Eingang.

Schließlich hob Lebrac den Kopf, richtete sich auf und wies allen sein verzerrtes Gesicht.

«Das ist nicht möglich», wütete er. «Die Velraner können nicht von allein darauf gekommen sein. Es ist ganz ausgeschlossen, daß sie unsere Hütte gefunden haben, ohne daß jemand ihnen geholfen hätte. Jemand hat es ihnen gesagt. Wir haben einen Verräter unter uns!»

Wie ein sausender Peitschenschlag auf eine verstörte Herde knallte diese Anklage in die Stille.

Die Krieger rissen die Augen weit auf und blinzelten. Das Schweigen wurde noch drückender.

«Einen Verräter!» wiederholten fern und schwach einige Stimmen, als wollten sie diesen ungeheuerlichen Gedanken von sich weisen.

«Jawohl, einen Verräter!» donnerte Lebrac los. «Es ist ein Verräter unter uns, und ich kenne ihn!»

«Er ist hier!» kreischte La Crique und schwang mit drohender Gebärde seinen Speer.

«Schaut euch nur richtig um, dann werdet ihr ihn schon sehen, den Verräter!» rief Lebrac und richtete seine Wolfsaugen fest auf Bacaillé.

«Das ist nicht wahr, das ist nicht wahr!» stammelte der Krummbeinige, der abwechselnd rot und blaß wurde und angesichts dieser stummen Anklage wie ein ganzes Bündel Espenlaub zitterte und schwankte.

«Da seht ihr's! Er gibt sich ganz von selbst zu erkennen, der Verräter! Ja, Bacaillé ist der Verräter! Seht nur, seht ihn an!»

«Judas!» schrie Gambetta wild auf, während Grangibus, bebend vor Wut, Bacaillé mit eisernem Griff an der Schulter packte und wie einen Pflaumenbaum schüttelte.

«Das ist nicht wahr, das ist nicht wahr!» protestierte Bacaillé von neuem. «Wann hätte ich es ihnen denn sagen können? Ich komme mit den Velranern doch gar nicht zusammen, und ich kenne niemanden dort!»

«Mund halten, du Lügner!» brüllte der General ihn an. «Wir wissen alles. Am Donnerstag war die Hütte noch heil und ganz. Sie ist am Freitag geplündert worden, denn gestern war sie schon in diesem Zustand. Diejenigen, die gestern abend mit mir hier waren, können es bezeugen!»

«Wir beschwören es!» beteuerten Camus, Tintin und La Crique wie aus einem Munde, hoben die rechte Hand, die sie zuvor mit Speichel befeuchtet hatten, und spuckten zur Bekräftigung ihres feierlichen Schwurs auf die Erde.

«Und jetzt wirst du uns sagen, du verdammter Hund – oder ich erwürge dich, verstanden? –, jetzt wirst du uns gestehen, wem du am Donnerstag auf dem Heimweg aus Baume etwas gesagt hast. Denn am Donnerstag hast du deine Brüder verraten!»

Ein derber Stoß brachte dem verschreckten Bacaillé seine furchtbare Lage zum Bewußtsein.

«Das ist nicht wahr, wirklich nicht!» leugnete er immer noch. «Und jetzt will ich hier weg, denn ich sage die Wahrheit.»

«Hier kommst du nicht raus!» knirschte La Crique und erhob seinen Stock.

«Feiglinge! Elende Feiglinge seid ihr!» gab Bacaillé zurück.

«Misthund! Galgenvogel!» brüllte Camus. «Er verrät uns, er verlockt die Velraner zum Diebstahl, und jetzt will er uns obendrein noch beschimpfen!»

«Bindet ihn!» befahl Lebrac kurz.

Und ehe noch sein Befehl ausgeführt werden konnte, packte er den Gefangenen und versetzte ihm ein paar schallende Ohrfeigen.

«La Crique», begann er dann mit gewichtiger Miene, «du weißt doch Bescheid in der französischen Geschichte. Sag uns doch mal, was die Leute in alten Zeiten gemacht haben, um die Verbrecher zum Geständnis zu zwingen!»

«Sie haben ihnen die Zehen geröstet.»

«Also, dann los, zieht dem Verräter die Schuhe aus und zündet ein Feuer an.»

Bacaillé versuchte sich loszumachen.

«Ja, zapple du nur», sagte der General, «du entkommst uns doch nicht. Wirst du jetzt gestehen, du Hund?»

Von einem Haufen aus Moos und Blättern stieg bereits eine dicke weiße Rauchwolke auf.

«Ja», wimmerte Bacaillé verängstigt. «Ja!»

Und inmitten der wütenden, drohend blickenden Longeverner begann der Krummbeinige, dessen Glieder noch immer mit Bindfäden und zu Stricken gedrehten Taschentüchern gefesselt waren, stotternd und abgehackt zu erzählen, daß er tatsächlich mit Boguet aus Velrans und dessen Vater vom Markt in Baume zurückgekommen sei, daß alle im Hause der Boguets eingekehrt wären, um noch einen Liter Wein und einen Schnaps zu trinken, und daß er dann, als er betrunken war, ohne sich etwas Böses zu denken, dem anderen erzählt habe, wo die Hütte der Longeverner sei.

«Uns brauchst du nichts vorzumachen», schnitt La Crique ihm

das Wort ab. «Ich habe genau gesehen, was für 'n Gesicht du gemacht hast, als du aus Baume zurückkamst. Du hast gewußt, was du dem gesagt hast! Und jetzt, auf dem Herweg, haben wir dich auch beobachtet. Du wußtest Bescheid! Und du hast das alles nur gemacht, weil du wütend darüber bist, daß die Tavie den Camus lieber mag als dich. Dabei hat sie ganz recht, wenn sie deine dämliche Fresse nicht sehen will! Aber sag doch, haben wir dir etwa nach der Sache vom letzten Freitag irgendwas getan? Haben wir auch nur ein Wort dagegen gesagt, daß du weiter mit uns kämpfst? Warum rächst du dich dann auf eine so dreckige Weise? Dafür gibt es keine Entschuldigung!»

«Schluß jetzt», entschied Lebrac. «Bindet ihn noch fester. Wir werden ihn richten.»

Es wurde totenstill in der Runde. Camus und La Crique, die finsteren Kerkermeister, versperrten noch immer die Schwelle. Ein ganzer Wall von Fäusten reckte sich Bacaillé entgegen. Als dieser begriff, daß er von seinen Peinigern kein Mitleid erwarten konnte und daß die Stunde der Vergeltung geschlagen hatte, unternahm er einen letzten verzweifelten Versuch, sich zu wehren, mit den Füßen auszuschlagen und zu beißen. Aber Gambetta und die Brüder Gibus, die die Rollen der Gefangenenwärter übernommen hatten, waren drei derbe, muskulöse Burschen, mit denen man so nicht umspringen konnte, um so mehr als die Wut – eine Wut, die ihre Ohren rot färbte – ihre Kräfte verzehnfachte. Bacaillés Handgelenke, die wie mit eisernen Schrauben festgehalten wurden, liefen blau an, seine Beine waren im Nu noch fester zusammengeschnürt. Dann flog er wie ein Bündel Lumpen mitten in die Hütte, direkt unter das Loch in dem zerstörten Dach – dieses Dach, das so solide gebaut war, daß die Velraner es trotz aller Anstrengungen nur an einer einzigen Stelle hatten durchbohren können.

Nun ergriff Lebrac das Wort.

«Die Hütte ist verloren», sagte er. «Der Feind kennt jetzt unser Versteck; wir müssen also eine neue bauen. Aber das ist noch das wenigste. Unser Schatz ist verschwunden, unsere Ehre ist besudelt. Die Ehre können wir wieder reinwaschen; wir wissen gut genug, was unsere Fäuste vermögen. Aber der Schatz... der Kriegsschatz war gut und gern hundert Sous wert! Bacaillé», fuhr er in strengem Ton fort, «du bist der Komplice der Diebe, du bist selbst ein Dieb. Du hast uns hundert Sous gestohlen. Kannst du uns ein Francstück wiedergeben?»

Das war eine rein rhetorische Frage, und Lebrac wußte das. Wer hätte je hundert Sous besessen, hundert Sous, von denen die Eltern nichts wußten und auf die sie nicht jederzeit ihre Hand hätten legen können? Keiner.

«Ich habe drei Sous», wimmerte Bacaillé.

«Steck sie dir sonstwo rein!» schrie Gambetta ihn an.

«Kameraden», begann Lebrac wieder mit feierlicher Stimme. «Wir haben einen Verräter vor uns, und wir werden ihn ohne Nachsicht aburteilen und bestrafen.»

«Ohne Haß und ohne Furcht», berichtigte La Crique, der sich an gewisse Ausdrücke aus der Staatsbürgerkunde erinnerte.

«Er hat seine Schuld gestanden; aber er hat nur gestanden, weil ihm nichts anderes übrigblieb und wir sein Verbrechen kannten. Welche Strafe soll er erleiden?»

«Umbringen!» brüllten einige Stimmen.

«Aufhängen!» schrien andere.

«Kastrieren!» ertönte es von einer Seite.

«Die Zunge abschneiden!»

«Zunächst», unterbrach der General, der etwas zurückhaltender war und sich trotz seines Zorns unbewußt eine klarere Übersicht über die Lage und die Folgen aller Handlungen bewahrt hatte, «zunächst werden wir ihm alle Knöpfe abschneiden, um so den Grundstock für einen neuen Schatz zu haben und wenigstens einen kleinen Teil von dem zurückzubekommen, was seine Freunde, die Velraner, uns gestohlen haben.»

«Mein Sonntagsanzug?» fuhr der Gefangene auf. «Das will ich nicht, das will ich nicht! Das sage ich meinen Eltern!»

«Ja, petz du nur, mein Junge! Du machst uns Spaß! Aber fang bloß nicht wieder mit deinen Angebereien an, das rate ich dir. Und wenn du uns hier die Ohren vollbrüllst, werden wir dir die Schnauze mit deinem Rotzlappen stopfen, so wie wir's mit dem ‹Azteken› gemacht haben!»

Da auch diese Drohung Bacaillé nicht zum Schweigen brachte, knebelten sie ihn und beraubten ihn daraufhin aller seiner Knöpfe.

«Aber das genügt noch nicht, verdammte Scheiße!» empörte sich La Crique. «Für einen Verräter ist das viel zuwenig! Ein Verräter! ... Das ist ein Verräter, verdammt noch mal! So einer dürfte gar nicht weiterleben!»

«Wir müssen ihn auspeitschen», schlug Grangibus vor. «Und jeder darf einmal zuschlagen, weil er uns allen was angetan hat.»

Nun banden sie Bacaillé nackt auf die Bretter des zerstörten Tisches.

«Anfangen!» befahl Lebrac.

Einer nach dem anderen traten die vierzig Longeverner, eine Weidengerte in der Hand, vor Bacaillé, der unter ihren Schlägen zum Steinerweichen schrie und schluchzte. Und zum Zeichen ihrer Verachtung und ihres Ekels spuckten sie ihm auf den Rücken, auf die Seiten, auf die Schenkel, auf den ganzen Körper.

Inzwischen waren ein Dutzend Krieger unter Anführung von La Crique mit den Kleidungsstücken des Verurteilten hinausgegangen.

Als die Exekution beendet war, kamen sie zurück und reichten dem losgebundenen und von seinem Knebel befreiten Bacaillé an langen Stangen die einzelnen Teile seiner knopflosen Bekleidung hin. Die Richter von Longeverne hatten die Sachen von oben bis unten bepißt und auch auf andere Weise verunreinigt.

«Da, laß dich von den Velranern wieder zusammenflicken!» rieten sie ihm zum Schluß.

Tragische Heimkehr

> Geseufz der Folterqual, Geschrei der Marterstadt
> Sind eine Symphonie von trunkenen Akkorden...
> *Baudelaire: Le Reniement de Saint Pierre*

Seiner Fesseln ledig, mit blutendem Hintern, verzerrtem Gesicht und Augen, die vor Entsetzen aus den Höhlen traten, stand Bacaillé da, während seine Kleidungsstücke ihm wie übelriechende Pakete einzeln ins Gesicht klatschten. Dann überließ die Armee ihn seinem Schicksal. Die Offiziere voran, traten sie einer nach dem anderen in würdevoller Haltung aus der Hütte und begaben sich an einen entfernten, einsamen und versteckten Ort, um zu beraten, was als nächstes in dieser so dringlichen und schwierigen Situation zu tun sei.

Nicht einer fragte sich, was aus dem entlarvten, bestraften, geschlagenen, entehrten und stinkenden Verräter wurde. Das war seine Sache, ihm war nur zuteil geworden, was er nach Recht und Gerechtigkeit verdient hatte. Zwar drangen die röchelnden Töne, das Schlucken und Knurren der Wut, die schluchzenden Schreie, die sich anhörten, als werde ein Mensch ermordet, noch eine Weile an ihre Ohren, aber sie kümmerten sich nicht darum.

Dann, als der Gemarterte allmählich wieder zur Besinnung kam und sich so rasch wie möglich davonmachte, ließ das Schluchzen, Schreien und Heulen nach, bis schließlich nichts mehr zu hören war.

«Wir müssen alles, was noch irgend verwendbar ist, aus der Hütte wegholen und vorläufig anderswo verstecken», befahl Lebrac.

Etwa zweihundert Meter von der Hütte entfernt lag mitten im Dickicht eine kleine Aushöhlung, die zwar einen Vergleich mit der Höhle, die man durch Bacaillés Verbrechen eingebüßt hatte, nicht aushielt, aber doch in Ermangelung eines Besseren fürs erste die Überreste dessen aufnehmen konnte, was einst der ruhmreiche Palast der Armee von Longeverne gewesen war.

«Wir müssen alles hierherbringen», entschied Lebrac. Und sofort machte sich das Gros der Armee an diese Arbeit.

«Reißt auch die Mauer nieder», ergänzte er. «Nehmt das Dach ab und vermauert den Holzvorrat. Es darf überhaupt nichts mehr zu sehen sein.»

Nachdem die Befehle erteilt und die Soldaten gegangen waren, um diese notwendigen und dringlichen Aufgaben zu erfüllen, besprach sich Lebrac mit den anderen Führern der Armee, mit Camus, La Crique, Tintin, Boulot, Grangibus und Gambetta.

Es war eine lange und geheimnisvolle Sitzung.

Zukunft und Gegenwart wurden hier der Vergangenheit gegenübergestellt, was nicht ohne Klagen und Ausdrücke des Bedauerns abging. Vor allem aber wurde die Frage, wie der verlorene Schatz zurückerobert werden könne, von allen Seiten beleuchtet.

Der Schatz befand sich mit Sicherheit in der Hütte der Velraner, und die Hütte lag im Walde. Aber wie sollten sie sie finden und vor allem, wann sollten sie sich auf die Suche danach machen? Nur Gambetta, der am Hügel wohnte, und Grangibus, der gelegentlich in der Mühle beschäftigt war, konnten für ein Wegbleiben vom Unterricht plausible Gründe anführen, ohne Gefahr zu laufen, daß diese Gründe sofort einer eingehenden Prüfung unterzogen wurden.

Gambetta zögerte nicht.

«Ich schwänze die Schule so lange, wie es nötig ist. Ich werde den Wald von oben nach unten und nach allen Seiten durchstöbern und kein Zollbreit unerforscht lassen, bis ich die Hütte dieser Schweine zerstört und unseren Beutel zurückgeholt habe!»

Grangibus erklärte, daß er seinen Kameraden, wann immer es ihm möglich sei, etwa eine halbe Stunde vor Beginn des Unterrichts bei Pépiots Steinbruch treffen und sich an der Suche beteiligen wolle.

Sobald Gambettas Treibjagd zum Erfolg geführt haben würde und sie den Schatz wieder in Händen hatten, würden sie eine neue Hütte bauen. Den passenden Ort dafür würden sie nach genauesten Geländeforschungen an einem späteren Termin bestimmen. Vorerst begnügten sie sich damit, den Brüdern Gibus auf ihrem Heimweg nach Vernois bis zur Wegbiegung beim Hof der Menelots und Jean-Baptistes Mergelgrube das Geleit zu geben.

Der Transport der Überreste war beendet. Die Krieger scharten sich von neuem um ihre Offiziere.

Im Namen des Stabes verkündete Lebrac mit ernster Miene, daß der Krieg auf der Saute zunächst ausgesetzt werde. Den Tag des Wiederbeginns werde man festlegen, sobald die Armee alles Nötige beschafft hätte. Die geheimnisvollen Einzelheiten der großen Entscheidungen behielt der Stab vorsichtig für sich.

Nachdem sie noch die Spuren, die von der alten Hütte zu dem neuen Versteck führten, nach Möglichkeit beseitigt hatten, entschlossen sie sich, ins Dorf zurückzukehren – ohne zu ahnen, daß dieses Dorf sich in hellem Aufruhr befand.

Die Rekruten, die Kegel spielten, die Männer, die bei Fricot einen Schoppen tranken, die Frauen, die auf einen Schwatz zur Nachbarin gegangen waren, die Mädchen, die mit einer Stickerei oder einer Häkelarbeit hinter der Gardine saßen, kurz, die gesamte Bevölkerung von Longeverne, die sich der Erholung und Ruhe widmete, wurde plötzlich zur Mitte der Straße gezogen, ja, von ihr ‹angesogen› könnte man fast sagen. Von dorther nämlich ertönten plötzlich grauenhafte röchelnde Schreie, die nichts Menschliches mehr an sich hatten. Dort mußte ein Unglücklicher sein, der seinem Ende nahe war, der im nächsten Augenblick zu Boden stürzen und seinen Geist aufgeben würde. Die Leute rissen vor Entsetzen die Augen weit auf, und jeder fragte sich, was denn um Gottes willen los sei.

Und nun sahen sie Bacaillé auf dem Fußpfad auftauchen. Krummbeiniger denn je und aus letzter Kraft brüllend kam er angerannt, nackt oder doch fast nackt, da er nichts auf dem Leibe hatte als sein Hemd und nichts an den Füßen außer den Schuhen, an denen die Schnürsenkel fehlten. Unter den Armen hielt er zwei Kleiderpakete – und er roch, er stank schlimmer als sechsunddreißig verwesende Tierkadaver!

Die ersten, die ihm entgegenliefen, prallten zurück und hielten sich die Nase zu. Dann, als sie sich ein wenig an den Gestank gewöhnt hatten, kamen sie wieder näher und fragten, völlig erschüttert:

«Was ist denn passiert?»

Bacaillés Schenkel waren von Blut gerötet, ganze Fäden von Speichel rannen an seinen Beinen hinab. In den verdrehten Augen standen keine Tränen mehr, seine Haare waren starr und verklebt wie die Stacheln eines Igels, und er zitterte wie ein welkes Blatt, das sich von seinem Zweig lösen und mit dem Wind davonfliegen will.

«Was ist denn los? Was ist denn passiert?»

Bacaillé konnte nichts sagen. Er schluckte, röchelte, wand sich, schüttelte den Kopf und ließ sich zu Boden sinken.

Sein Vater und seine Mutter, die herbeigeeilt waren, trugen den halb Ohnmächtigen ins Haus, und das gesamte Dorf strömte voller Neugier hinterher.

Man wusch Bacaillé, verband ihn und tat seine Kleider zum Einweichen in einen Holzkübel, der in den Schuppen gestellt wurde. Dann brachte die Mutter ihren Sohn zu Bett, umgab ihn vorsorglich mit erhitzten Ziegelsteinen und Wärmflaschen und flößte ihm Tee, Kaffee und Grog ein. Zunächst war Bacaillé noch von Schluchzen geschüttelt, doch allmählich beruhigte er sich ein wenig, und seine Lider sanken herab.

Eine Viertelstunde später hatte er sich etwas erholt,und nun schlug er die Augen auf und erzählte seinen Eltern sowie all den Frauen, die um sein Bett herumsaßen, alles, was sich in der Hütte zugetragen hatte, wobei er jedoch sorgfältig vermied, auf die Gründe, die ihm eine so barbarische Behandlung eingetragen hatten – seinen Verrat also –, näher einzugehen. Und er erzählte auch alles andere: Er offenbarte sämtliche Geheimnisse der Longeverner, er berichtete von den Streifzügen und den Kämpfen auf der Saute, er gestand die Sache mit den abgeschnittenen Knöpfen und der Erhebung der Kriegssteuer, er enthüllte alle Listen Lebracs und gab alle seine Ratschläge preis. Er belastete Camus, wo er nur irgend konnte; er sprach von den gestohlenen Brettern, den entwendeten Nägeln, den ‹ausgeliehenen› Handwerksgeräten, von dem Fest in der Hütte, dem Schnaps, dem Wein, den Äpfeln, dem Zucker, den anstößigen Liedern, den Szenen, die sich auf dem Heimweg vom Fest abgespielt hatten, von den Streichen, die sie dem ‹Beduinen› gespielt hatten, von der Bekleidung der Statue des heiligen Joseph mit der geraubten Hose des ‹Azteken›, alles, alles, alles erzählte er. Es strömte nur so aus ihm heraus, er gab alles preis, er rächte sich. Dann schlief er fiebernd ein und versank in einen Alptraum.

Einzeln oder in kleinen Gruppen schlichen sich die Besucherinnen auf den Zehenspitzen hinaus. An der Tür blieben sie stehen und warfen noch einen letzten Blick auf diesen interessanten Kranken. Vor dem Haus jedoch warteten sie aufeinander, und als alle wieder beisammen waren, begannen sie sich tuschelnd zu beraten, erregten sich dabei immer mehr und steigerten sich schließlich in eine sinnlose Wut hinein. Gestohlene Eier, Knöpfe und Nägel! Und außerdem gab es sicher noch mancherlei, was man noch gar nicht ahnte! Bald darauf wußte jede Katze im Dorf – falls diese anmutigen Tierchen den schlechten Geschmack hatten, den Reden ihrer Herrinnen ein Ohr zu leihen – über diese schreckliche Sache in allen Einzelheiten Bescheid.

«Diese Taugenichtse!» – «Diese Flegel!» – «Diese Lümmel!» – «Diese Strolche!» – «Diese Mistfinken!»

«Na, mein Junge soll mir bloß nach Hause kommen! Dem werd ich's besorgen!»

«Und meiner kann sich auch auf was gefaßt machen!»

«Ja, ist denn so was zu fassen! Jungen in diesem Alter!»

«Es gibt eben keine richtigen Kinder mehr!»

«Aber unseren wird der Vater sich persönlich vornehmen!»

«Die sollen nur kommen!»

Die jungen Helden von Longeverne aber schienen es mit dem Nachhausegehen gar nicht so eilig zu haben – und sie hätten es noch viel weniger eilig gehabt, wenn sie hätten ahnen können, in welchen Zustand äußerster Erregung die Rückkehr und die Eröffnungen Bacaillés ihre Erzeuger versetzt hatten.

«Habt ihr sie noch nicht gesehen?»

«Nein! Ich möchte bloß wissen, was für Dummheiten die jetzt wieder aushecken.»

Unterdessen waren auch die Väter nach Hause gekommen, um die Tiere zu füttern, sie zur Tränke zu führen und die Streu zu erneuern. Sie erhoben kein solches Geschrei wie ihre Ehehälften, aber ihre Gesichter zogen sich zusammen und verhärteten sich.

Vater Bacaillé hatte von Krankheit, Prozeß und Schadenersatz mit Zinsen gesprochen und – verdammt noch mal! – wenn einer die Schnüre ihres Geldbeutels lockern wollte, verstanden sie keinen Spaß! Darum versprachen sie innerlich, aber auch laut und vernehmlich ihren Sprößlingen eine sagenhafte Tracht Prügel.

«Da sind sie!» verkündete Mutter Camus, die auf der Futtermauer der Scheune stand und spähend die Hand über die Augen hielt.

Und wirklich, gleich darauf tauchten auf dem Weg beim Brunnen die Krieger von Longeverne auf. Sie liefen hintereinander her, redeten und lärmten wie gewöhnlich.

«Geh nach Hause, sofort!» befahl Vater Tintin, der gerade seine Tiere tränkte, seinem Sohn. «Und du, Lebrac, scher dich weg», fuhr er fort, «und du auch, Camus. Dein Vater hat schon dreimal nach dir gerufen.»

«Ja, ja, wir gehen schon», antworteten die beiden nachlässig.

Und bald erschienen an allen Ecken und in allen Haustüren die Mütter und Väter, die mit lauter Stimme nach ihren Söhnen riefen und ihnen befahlen, unverzüglich ins Haus zu kommen.

Die Brüder Gibus und Gambetta, die plötzlich allein dastanden, beschlossen daraufhin, ebenfalls ihren heimatlichen Gefilden zuzustreben. Doch als Gambetta den Hügel hinaufstieg und die Brüder Gibus an der letzten Hütte vorübergekommen waren, blieben sie plötzlich wie angewurzelt stehen.

Aus allen Häusern des Dorfes ertönten Schreie, Jammerlaute, Flüche und röchelnde Stimmen, untermischt mit krachenden Fußtritten, dröhnenden Faustschlägen und dem Poltern umfallender Stühle und Möbelstücke. Das entsetzte Aufjaulen flüchtender Hunde und das hastige Zuschlagen der Katzenschlupflöcher vereinigten sich mit diesem Lärm zu dem fürchterlichsten Getöse, das ein menschliches Ohr sich erträumen kann.

Es hatte fast den Anschein, als herrsche überall gleichzeitig Mord und Totschlag.

Beklommen, reglos, stand Gambetta da und lauschte.

Das waren doch ... jawohl, das waren die Stimmen seiner Freunde! Das war das dumpfe Brüllen Lebracs, die Iltisschreie La

Criques, das für Camus typische Heulen, Tintins markerschütterndes Ächzen, Boulots Kreischen, das waren die Tränen, dies das Zähneknirschen all der anderen. Sie wurden geschlagen, geprügelt, verdroschen, verwamst!

Was hatte das nur zu bedeuten?

Und er schlich sich von hinten durch die Obstgärten ins Dorf zurück; denn an Léons Tabakladen wagte er nicht vorbeizugehen, weil dort ein paar hartgesottene Junggesellen ihre Stummelpfeife rauchten, nach den Schreien, die sie vernahmen, die Wucht der Schläge abschätzten und ironisch über die Kraft der verschiedenen väterlichen Fäuste diskutierten.

Er bemerkte die Brüder Gibus, die ebenfalls stehengeblieben waren, wie Hasen, die mit runden Augen und gesträubtem Fell dem Lärm der Treibjagd lauschen.

«Hörst du? Hört ihr das?»

«Die werden verprügelt. Warum?»

«Bacaillé ...» erklärte Grangibus schließlich. «Ich wette, da steckt Bacaillé dahinter. Ja, der ist vorhin ins Dorf zurückgekommen, womöglich im gleichen Zustand, in dem wir ihn in der Hütte gelassen haben, mit seinen vollgeschissenen Kleidern. Na, und da hat er bestimmt wieder gepetzt!»

«Vielleicht hat er alles erzählt, dieser Schweinehund!»

«Na, dann kriegen wir auch 'ne Abreibung, wenn unsere Alten das erfahren.»

«Wenn er keine Namen genannt hat, dann behaupten wir zu Hause einfach, wir wären nicht dabeigewesen.»

«Hör doch! Hör dir das an! ...»

Eine ganze Flut von röchelnden Schluchzern, Schreien, Flüchen und Drohungen drang aus jedem Haus, stieg empor, vermischte sich mit dem Getöse aus den anderen Häusern und erfüllte die ganze Straße mit einer bestürzenden Kakophonie. Es war, als werde hier ein Hexensabbat gefeiert, als ertöne der Chor der Verdammten.

Die gesamte Armee von Longeverne, vom General bis zum gemeinen Soldaten, vom Größten bis zum Kleinsten, vom Schlausten bis zum Dümmsten, bezog Prügel, und da ihr Geldbeutel bedroht war, kannten die Väter kein Halten, sondern droschen mit den Fäusten, mit Schuhen und Holzpantinen, mit Klopfpeitschen und Stöcken auf ihre Söhne ein. Auch die Mütter, die wild empört und unerbittlich waren, wenn es um ihre guten Sous ging, mischten sich ein, während die Schwestern, die sich ein bißchen mitschuldig fühlten, entsetzt weinten, jammerten und flehten, man möge doch ihre armen kleinen Brüder nicht um so einer Lächerlichkeit willen totschlagen.

Marie Tintin wollte direkt eingreifen und bezog dafür von ihrer Mutter ein paar schallende Ohrfeigen und die Drohung: «Misch du dich nicht in Dinge, die dich nichts angehen, du kleine Schlampe! Ich hab von den Nachbarinnen gehört, daß du dich mit diesem Lümmel, dem jungen Lebrac rumtreibst! Aber ich werde dir schon beibringen, was sich für dich gehört!»

Als Marie widersprechen wollte, klatschte eine Ohrfeige des Vaters auf ihre Wange, die ihr jede weitere Lust an einer Einmischung nahm. So verkroch sie sich still in einen Winkel und weinte.

Erschrocken machten sich nun auch Gambetta und die Brüder Gibus, jeder in seiner Richtung, auf den Heimweg. Zuvor hatten sie vereinbart, daß Grangibus am nächsten Morgen zur Schule gehen solle, um sich zu erkundigen, was passiert sei, und daß er am Dienstag Gambetta auf die Saute begleiten, mit ihm nach der Höhle der Velraner suchen und ihm bei dieser Gelegenheit berichten solle, was er erfahren habe.

Letzte Worte

> Und wenn nur einer bleibt, so werde ich es sein!
>
> *Hugo: Les Châtiments*

Unter dem Druck der allmächtigen Faust und jener unwiderleglichen Argumente, wie wohlgezielte Tritte in den Hintern sie darstellen, waren fast alle Krieger von Longeverne zu einem Gelöbnis gezwungen worden: zu dem Versprechen, sich nicht mehr mit den Velranern zu schlagen und in Zukunft nie wieder Knöpfe, Nägel, Bretter, Eier oder Geld zum Nachteil des elterlichen Haushalts zu entwenden.

Nur die Brüder Gibus und Gambetta, die auf kleinen Pachthöfen weit vom Mittelpunkt des Dorfes entfernt wohnten, waren für den Augenblick der Bestrafung entgangen. Was Lebrac betraf, der starrköpfiger war als ein halbes Dutzend Maulesel, so war er weder durch Drohungen noch durch Stockschläge zu bewegen gewesen, etwas zu gestehen. Er war stumm geblieben wie ein Karpfen, oder, richtiger gesagt, er hatte sich auch während der fürchterlichen Tracht Prügel, die er bezog, keinen menschlich artikulierten Laut entschlüpfen lassen, sondern nur brüllende, kreischende, wiehernde und ächzende Töne von sich gegeben, die geeignet waren, sämtliche wilden Tiere der Schöpfung mit Neid zu erfüllen.

Und natürlich waren alle jungen Longeverner an diesem Abend ohne Essen schlafen gegangen oder hatten bestenfalls die Erlaubnis erhalten, ein Stück trockenes Brot zu verzehren und dazu einen Schluck Wasser aus der Gießkanne oder dem Becken zu trinken.*

Am nächsten Tag durften sie vor dem Unterricht nicht spielen und erhielten den strikten Befehl, um elf und um vier Uhr sofort nach Hause zu kommen. Außerdem wurde ihnen strengstens untersagt, mit den Kameraden zu sprechen, und Vater Simon wurde gebeten, ihnen zusätzlich Schulaufgaben aufzubrummen, die Einhaltung des Schweigegebots zu überwachen und harte und härteste Strafen zu verhängen, falls ein unverbesserlicher Sünder es wagen sollte, den Mund aufzutun und die von allen Familienvorständen einhellig erlassenen Bestimmungen zu übertreten.

Fünf Minuten vor acht schickte man sie los.

Auf der Straße trafen die Brüder Gibus Tintin, der unter den strengen Blicken seines Vaters der Schule zustrebte, und wollten sich bei ihm nach dem Stand der Dinge erkundigen. Mit geröteten Augen und hängenden Schultern schlich er dahin. Als er ihre Frage hörte, warf er ihnen nur einen erschrockenen Blick zu und schwieg so hartnäckig, als hätte die Katze seine Zunge verschluckt. Sie versuchten es bei Boulot – mit dem gleichen Erfolg. Das sah ja wirklich bedrohlich aus!

Alle Väter standen in der Tür ihres Hauses. Camus blieb ebenso stumm wie Tintin, und La Crique antwortete nur mit einem äußerst vielsagenden Achselzucken.

Nun, im Schulhof würde er schon etwas erfahren, dachte Grangibus. Aber Vater Simon ließ sie gar nicht erst hinein. Er stand vor der Tür, ließ die Schüler in Zweierreihen antreten und verbot ihnen, auch nur den Mund aufzumachen.

* In meiner Kindheit bewahrte man fast bei allen Bauern einen Wasservorrat in Holzbottichen auf, aus denen man mit Hilfe eines kupfernen Bekkens schöpfte.

Grangibus bedauerte es bitter, daß er nicht seinem ersten Impuls nachgegeben, Gambetta auf seinem Pirschgang begleitet und es seinem Bruder überlassen hatte, hier Erkundigungen einzuziehen.

Sie betraten das Klassenzimmer.

Aufrecht und mit strenger Miene, das Ebenholzlineal in der Hand, stand der Lehrer auf seinem Katheder und begann mit einer Strafpredigt, in der er seinen Schülern mit energischen Ausdrücken ihr unglaubliches Benehmen von gestern vorhielt und erklärte, daß ein solches Verhalten unwürdig zivilisierter Bürger sei, die in einer Republik lebten, welche die Worte «Freiheit, Gleichheit, Brüderlichkeit» auf ihre Fahnen geschrieben habe. Daraufhin verglich er sie mit den abscheulichsten und entartetsten Wesen der Schöpfung: mit den Apachen, den Menschenfressern, den Heloten der Antike, den Affen von Sumatra und Zentralafrika, den Tigern, den Wölfen, den Eingeborenen von Borneo, den türkischen Baschi-Buzuks, den Barbaren vergangener Zeiten, und – was das Schlimmste war – er beendete seine Rede mit der Versicherung, daß er nicht ein einziges Wort dulden werde und der erste Verständigungsversuch, den er während des Unterrichts oder in der Pause entdecken würde, dem Übeltäter dreißig Tage Nachsitzen und gesalzene Strafarbeiten eintragen werde – pro Tag zehn Seiten französische Geschichte oder Geographie abschreiben und auswendig lernen!

Es wurde für alle ein düsterer Schultag. Im Klassenzimmer hörte man nichts als das Kratzen der Federn, die wütend auf das Papier einhackten, dann und wann ein Holzschuhklappern, das leise, erstickte Knarren der vorsichtig gehobenen Pultdeckel und später, als es ans Abfragen der Lektionen ging, die rauhe Stimme Vater Simons und die zaghafte des befragten Schülers.

Aber die Gibus wollten unbedingt wissen, woran sie waren, da das väterliche Strafgericht immer noch wie ein Damoklesschwert über ihnen schwebte. Endlich gelang es Grangibus, mit unendlicher Vorsicht und durch Vermittlung seiner Nachbarn, Lebrac einen kleinen Zettel mit einer Frage zukommen zu lassen.

Lebrac schaffte es, ihm auf gleichem Wege zu antworten, in einigen prägnanten Sätzen die Lage zu erklären und in knappen Worten seine Weisungen zu geben: «Bacaillé imbet mit Fiper, hat gepäzt. Er hatt ale verfiefen. Ale ham Prügel bekom. Ferbott zu reden, sonst gibs mer. Fersprochen nich wider anzufangen, aber das is scheisägal. Die Velranner soln sich nur forsän. Trodsdem Schatts suchen.»

Nun wußte Grangibus genug. Es hatte keinen Sinn, sich weiteren Gefahren auszusetzen. Noch am selben Nachmittag schwänzte er die Schule. Sein Bruder entschuldigte ihn beim Lehrer und erklärte, Narcisse, der Knecht, habe sich am Arm verletzt, und sein Bruder müsse deshalb vorübergehend in der Mühle aushelfen.

Der Dienstag und der Mittwoch waren ebenso düstere und arbeitsame Tage wie der Montag. Die Schüler sagten ihre Lektionen wie am Schnürchen her, und ihre Hausaufgaben waren sorgfältig und vorzüglich gemacht. Keiner unternahm einen Versuch, die Gebote zu übertreten. Die Sache war allzu heikel, und so zogen sie ihre Krallen ein wie die Katzen und zeigten eine unterwürfige Miene.

Tigibus ließ Lebrac jeden Tag einen Zettel gleichen Inhalts zukommen: «Nichts!»

Am Freitag lockerte Vater Simon die strengen Vorschriften ein wenig. Die Schüler waren ja so brav, so auffallend musterhaft und offenbar von allen Untugenden geheilt. Außerdem erfuhr man, daß Bacaillé wieder von seinem Krankenlager aufgestanden war.

Mit der Genesung des Kranken schwand auch die Angst vor einem gerichtlichen Nachspiel und Schadenersatzforderungen; der Zorn der Väter und Mütter legte sich allmählich, und sie waren weniger schroff. Aber in der kleinen Welt der Jungen blieb man auf der Hut.

Am Samstag, als Bacaillé zum erstenmal ausging, ließ die Spannung noch mehr nach. Die Schüler durften im Hof spielen und konnten im Verlauf dieser Spiele einige auf ihre Lage bezügliche kurze Bemerkungen in die üblichen Spielausdrücke einflechten. Sie waren aber vorsichtig und wählten doppeldeutige Wörter, denn sie fühlten sich beobachtet.

Am Sonntag kurz vor der Messe endlich konnten sie sich an der Tränke versammeln und ihre Angelegenheiten besprechen.

Sie sahen Bacaillé an der Hand seines Vaters vorbeikommen, völlig genesen, höhnischer denn je, in seinen ‹wiederhergestellten› Kleidern. Nach dem Vespergottesdienst hielten sie es jedoch für angebracht, nach Hause zu gehen, bevor man sie dazu aufforderte.

Die Vorsichtsmaßnahme lohnte sich, denn nun waren die Eltern und der Lehrer völlig beruhigt und erlaubten ihnen am Montag, frei zu spielen und zu schwatzen wie vor dem großen Strafgericht, und sie machten sich das zunutze und verzogen sich nach vier Uhr an einen Ort, wo sie vor gespitzten Ohren und böswilligen Blicken sicher waren.

Am Mittwoch aber gab es eine große Aufregung: Grangibus kam mit seinem Bruder zur Schule, und auch Gambetta stieg schon vor acht Uhr vom Hügel herunter. Er überreichte Vater Simon einen doppelt zusammengefalteten Zettel aus fettigem Papier, auf dem geschrieben stand:

Herr Lehrer,
hirmit möchte ich inen sagen, das ich Léon zu Haus behalten habe wegen mein Reumatißmus, damit er die Tire versorgt.
Jean-Baptiste Cassard.

Gambetta hatte das Schreiben entworfen, und Grangibus hatte für Gambettas Vater unterschrieben, damit die beiden Schriften sich nicht allzusehr ähnelten. Vater Simon akzeptierte es.

Diese Frage machte den Kriegern ohnehin kein Kopfzerbrechen; jeder wußte, daß Grangibus oft zu Haus gebraucht wurde. Wenn aber jetzt Gambetta und Grangibus wieder in der Schule erschienen, so hieß das, daß sie die Hütte der Velraner gefunden und den Schatz zurückerobert haben mußten.

Lebracs Augen funkelten wie die eines Wolfes, und die Soldaten waren nicht weniger interessiert. Wie rasch war da das Donnerwetter vom vorletzten Sonntag vergessen! Wie wenig fühlen zwölfjährige Seelen sich von Versprechungen und Gelöbnissen belastet, die man ihnen mit Gewalt abgerungen hat!

«Ist es soweit?» fragte Lebrac.

«Jawohl, es ist soweit!» erwiderte Gambetta.

Lebrac wurde blaß vor Aufregung. Er schluckte.

Tintin, La Crique und Boulot hatten Frage und Antwort gehört. Auch sie waren blaß.

«Wir müssen uns heute abend treffen!» entschied Lebrac.

«Ja, um vier bei Pépiots Steinbruch! Und wenn sie uns erwischen, können wir's auch nicht ändern!»

«Ach was», rief La Crique. «Wir tun so, als spielten wir Verstekken. Und dann schleicht sich jeder auf irgendwelchen Umwegen da rüber. So erfährt kein Mensch was!»

«Abgemacht!»

Es war ein grauer, trüber Abend. Den ganzen Tag über hatte der Nordwind geweht und den Staub von den Straßen gefegt. Nun lag eine ruhige Kälte über den Feldern, dicke, unförmige bleigraue Wolken türmten sich am Horizont – der Schnee war gewiß nicht mehr fern. Doch keiner der Krieger, die sich beim Steinbruch einfanden, spürte die Kälte: In ihren Herzen loderte Glut und ein ganzes Feuerwerk in ihrem Kopf.

«Wo ist er?» fragte Lebrac Gambetta.

«Oben im neuen Versteck», erwiderte dieser. «Und stell dir vor, er hat Junge gekriegt!»

«Ah!»

Und als schließlich Boulot – wie immer als letzter – eingetroffen war, machten sich alle im Eilmarsch zu ihrem provisorischen Schlupfwinkel auf, wo Gambetta unter einem Haufen von Brettern und Nägeln einen riesigen, runden, prallen Beutel hervorholte, angefüllt mit Knöpfen und der gesamten Munition der Krieger von Velrans.

«Wie hast du den bloß gefunden? Hast du ihre Hütte zerstört?»

«Ihre Hütte! ...» rief Gambetta ... «Hütte! Pah! Die haben doch keine Hüttc, für so was sind die viel zu dämlich! Die können sich nicht mal 'ne armselige Bude bauen. So 'n kleines Drecksding haben sie unter einem Felsbrocken, kaum zu sehen!»

«Ja, man kann nur mit Mühe auf den Knien reinkriechen.»

«Ah!»

«Ja, und da drin lagen ihre Säbel, ihre Stöcke und Lanzen alle auf einem Haufen. Die haben wir erst mal alle zerbrochen. War 'n ziemliches Stück Arbeit, uns taten hinterher direkt die Knie weh.»

«Und der Beutel?»

«Richtig, das hab ich euch ja noch gar nicht erzählt, wie wir den Beutel gefunden haben! Mensch, das war vielleicht schwierig!»

«Und wie!» beteuerte auch Grangibus. «Eine ganze Woche lang haben wir umsonst gesucht. Die Sache hing uns schließlich schon zum Halse raus!»

«So, und jetzt ratet mal, wie wir ihn gefunden haben!»

«Nun erzählt schon, das kriegen wir doch nicht raus!» drängte La Crique.

«Ja, los, los erzählt!» fielen die anderen ungeduldig ein.

«Na, ihr würdet es doch nie erraten. Aber wir hatten eben Glück, weil wir mal 'n bißchen in die Luft geguckt haben.»

«Waas?»

«Ja, mein Lieber, und dabei waren wir schon mindestens vier- oder fünfmal an der Stelle vorbeigekommen! Plötzlich sahen wir auf einer Eiche ein Eichhörnchennest, und Grangibus sagte zu mir: ‹Ob das Eichhörnchen wohl da drin ist? Steig doch mal rauf und sieh nach!› Na, ich hab also meinen kleinen Stock zwischen die Zähne genommen, um damit in dem Nest rumzustochern, denn wenn das Vieh dringewesen wäre und ich meine Hand reingesteckt hätte, dann hätte es mich in die Finger beißen können. Also, ich klettere rauf, stochere in dem Nest rum, und was finde ich?»

«Den Beutel!»

«Aber nein, denkste! Gar nichts! Ich schmeiße das Nest runter, und wie ich ihm nachsehe, entdecke ich etwas abseits davon, ein bißchen weiter nach Norden zu, das Versteck dieser Velraner Schweine. Na, ich war vielleicht schnell wieder unten! Grangibus dachte schon, das Eichhörnchen hätte mich gebissen, so bin ich vom Baum runtergesaust; aber als er mich dann rennen sah, hat er gleich gemerkt, daß was los war. Und dann haben wir ihre Proviantkammer geplündert. Ganz hinten, unter einem großen Stein, waren die Knöpfe. Es war so duster, daß ich mich mit den Händen rantasten mußte. Mensch, war das 'n Spaß! Aber das ist noch nicht alles. Bevor wir weg sind, hab ich mir hinten in ihrer Höhle die Hosen runtergelassen ... und dann hab ich den Stein wieder an seinen Platz gelegt. Die zerbrochenen Säbel und Lanzen haben wir alle da hingetan, wo sie waren. Wenn die Velraner jetzt unter dem Stein nachfühlen, werden sie ja merken, was aus ihrem Schatz geworden ist! Na, wie hab ich das gemacht?»

Die Kameraden drückten Gambetta die Hand, klopften ihm auf den Bauch und boxten ihn in den Rücken, um ihn gebührend zu feiern.

«So», begann er wieder und unterbrach damit den Schwall der Lobsprüche, die von allen Seiten auf ihn einregneten. «Und ihr habt also Dresche gekriegt?»

«Na, Mensch, und wie!»

«Und stell dir vor», fügte Lebrac hinzu, «der Pfaffe hat gesagt, daß er mich dieses Jahr wieder nicht zur ersten Kommunion zulassen will wegen der Geschichte mit der Hose und dem heiligen Joseph. Aber er kann mich mal!»

«Na schön, aber das mit den Alten, das war kein Spaß. Im Grunde ist es ja gemein. Die tun genau, als hätten sie früher nie was ausgefressen! Und dabei bilden sie sich noch ein, daß jetzt, wo sie uns das Fell gegerbt haben, alles vorbei wäre und wir nicht dran dächten, wieder anzufangen!»

«Ja, manchmal halten die uns wirklich für Idioten», bestätigte Lebrac. «Aber die sollen nur denken, was sie wollen; sobald 'n bißchen Gras über die Sache gewachsen ist, nehmen wir uns die Velraner wieder vor. Dann geht's wieder los! Na ja, ich weiß zwar, daß so 'n paar Hosenscheißer nicht mehr mitmachen wollen; aber ihr seid doch bestimmt alle wieder dabei und 'ne ganze Menge von den anderen auch. Aber selbst wenn ich ganz allein losgehen müßte, ich würde es tun und den Velranern sagen, daß sie mich ankotzen ... und daß sie nichts als Arschlöcher und Kühe ohne Milch sind. Jawohl, das würde ich ihnen sagen!»

«Und wir kommen mit, ganz bestimmt! Die Alten sollen doch bloß den Mund halten! Als ob wir nicht wüßten, daß sie's genauso gemacht haben, als sie jung waren! Nach dem Abendessen schicken sie uns in die Federn, und dann setzen sie sich mit den Nachbarn zusammen und erzählen sich Witze und machen ein Spiel und knakken Nüsse. Und dann essen sie noch was und trinken Wein und Schnaps und reden von den Dingen, die sie zu ihrer Zeit angestellt haben. Und weil wir die Augen zukneifen, bilden sie sich ein, wir schliefen und sagen das auch. Aber wir hören zu, und sie ahnen nicht, daß wir alles wissen!»

«Ja, ich hab mal an einem Abend im letzten Winter gehört, wie mein Alter den anderen erzählt hat, was er früher gemacht hat, um sich mit meiner Mutter zu treffen.

Er ist immer in den Pferdestall gegangen und hat dort gewartet, bis ihre Eltern zu Bett gingen, und dann ist er zu meiner Mutter rauf und hat bei ihr geschlafen. Aber eines Abends hätte mein Großvater ihn beinahe erwischt, als er noch mal in den Stall kam, um nach den Tieren zu sehen. Da hat sich mein Alter dann unter der Krippe versteckt, direkt vor den Mäulern der Ochsen, und die haben ihm in die Nase geprustet, ganz übel war das!

Und mein Großvater ist ganz harmlos mit der Laterne drauflosgegangen und hat sich zufällig so umgedreht, daß mein Alter schon dachte, er hätte ihn gesehen und würde ihm gleich an die Kehle springen.

Aber, was meint ihr, der hat gar nicht daran gedacht. Er hat sich die Hose aufgeknöpft und in aller Ruhe angefangen zu pinkeln. Und immer wieder hat er sein Dings geschüttelt, wie mein Vater erzählt hat! Der hielt es fast nicht mehr aus, weil es ihm so im Hals kitzelte und er Angst hatte, er müßte husten. Und erst als mein

Großvater weg war, konnte er sich wieder aufrichten und Atem schöpfen. Und eine Viertelstunde später hat er dann schon mit meiner Mutter im oberen Zimmer im Bett gelegen.

Da seht ihr mal, wie die's getrieben haben! Und jetzt frage ich euch: Hat etwa einer von euch sich je so 'ne Schweinerei geleistet? Wir geben doch höchstens unserer Freundin mal 'n Kuß, wenn wir ihr einen Lebkuchen oder eine Apfelsine schenken; und da machen die wegen so eines dreckigen Verräters und Diebes, dem wir eins mit dem Stock verpaßt haben, ein Theater, als wär 'n Ochse krepiert!»

«Aber das wird uns doch nicht davon abbringen, unsere Pflicht zu erfüllen!»

«Trotzdem, du lieber Gott, es ist doch 'n Jammer, daß Kinder Väter und Mütter haben müssen!»

Ein langes Schweigen folgte auf diese Überlegung. Lebrac versteckte den Schatz an einem Ort, wo er bis zum Tage der neuen Kriegserklärung liegen sollte.

Als sie dann zwischen den Büschen der Saute wieder hinuntergingen, dachte jeder an die Prügel, die er bezogen hatte, und La Crique äußerte, bewegt und schwermütig – vielleicht in Gedanken an den kommenden Schnee, vielleicht auch in Vorahnung schwindender Illusionen – die prophetischen Worte: «Und wenn wir erst mal groß sind, werden wir womöglich genauso dämlich wie die!»